致青春 090

綠茶要有綠茶的本事

（下）

蘇錢錢　著

高寶書版集團

目錄
CONTENTS

第十五章　你是我的，只能想我

車裡淡淡的薰香，靠過來的柔軟身體。

體溫、呼吸、腰間的雙手，都讓這個夜晚變得繾綣起來。

溫妤就像在外廝殺的小獸回到了安全的地方，徹底收起所有爪牙，毫無保留地埋在蔣禹赫懷裡。

迷迷糊糊的睏意襲來，她逐漸就以這樣的姿勢睡去。

許久許久後，蔣禹赫的手才慢慢回應地，攬住了溫妤的腰。

慢慢收緊，完全地佔有在掌心裡。

車平穩開著，四周都格外安靜，耳邊只剩懷裡女人淺淺的呼吸聲。

蔣禹赫垂眸看過去。

車窗外不斷後退的光影忽隱忽現地打在溫妤的側臉，像一幀一幀靜止的畫。

上一次這麼恬靜地在自己面前睡著，還是在書房玩著不同的遊戲時。

那時的他們，才進入一個互相適應的時期。

蔣禹赫也不知道自己的感情是從哪一刻開始變的，是起源於最初的同情，還是日漸相處的習慣，還是別的任何一種。

但這不重要。

他很清楚地認識當下的自己，對溫妤，就是很純粹的男人對女人的那種喜歡和渴望。

沒有別的。

「老闆，」老何突然開口，原想問一句要不要把車開進停車場，就從後視鏡裡看到蔣禹赫捏著溫妤的手，握在手心裡，輕輕摩挲著她的每根手指。

像是把玩著什麼心愛的東西，姿態散漫，卻又專注認真。

這畫面誰敢打擾，老何便把話憋了回去，直直開進了觀南公寓的停車場。

幾分鐘後停好車，才小心問道：「老闆，要我通知一下小魚的哥哥嗎？」

話畢，蔣禹赫淡淡抬起頭看了過來。

這股意味不明的視線讓老何感覺自己好像又說錯話了，仔細想想，該死哦，他都一把年紀了怎麼還看不出男人的佔有欲。

哥哥之位本來就爭得水火不容的，他還在這火上加油。

於是老老實實閉上嘴不再開口，直到蔣禹赫吩咐他：「過來開門，聲音小點。」

老何才小心翼翼地走到後座打開門，手擋在車門上方，配合蔣禹赫把溫妤抱在懷裡下了車。

溫妤這一覺睡得沉，蔣禹赫抱她進電梯，上樓，到家門口，一概不知。

按了門鈴，溫清佑出來開的門，看到兩人後微愣了下，視線落在溫妤身上，問：「睡著了？」

緊接著便是一個下意識的伸手動作，「我來吧。」

蔣禹赫直接讓開，「不用了。」

溫清佑：「……」

蔣禹赫抱著人走進去，環視一圈：「她房間在哪。」

溫清佑無語跟在身後，頓了頓，上前打開一間房的房門，「這裡。」

蔣禹赫便朝房間走了過去，進門後把溫妤放平在床上，脫了鞋，蓋好被子。

這一切，都沒讓溫清佑插手。

安置好溫妤，蔣禹赫稍稍站直，忽地看到床頭櫃上放了一個沒有拆封的禮盒。

盒子表面是用黑色條紋的牛皮紙包裝的，看起來很有質感。

溫清佑這時站在門口敲了兩下門，「蔣總是想在我妹妹這過夜嗎。」

蔣禹赫最後看了溫妤一眼，轉身，擦身而過時不屑對溫清佑說：「我要真想做點什麼，你以為自己攔得住嗎。」

說完人已經冷淡地出了大門。

溫清佑輕輕搖頭笑了笑，良久在心裡感慨——這姐弟倆還真是完全不一樣。

蔣禹赫輕狂自負，對愛情的佔有欲極強。蔣令薇卻完全相反，只熱愛自由的風和烈酒。

愛情對她來說，可以是調劑品，卻不是必需品。

好像，自己才是那個最難的人。

&

隔日早上八點，溫妤醒了。

身上還穿著昨晚應酬的裙子，隱隱約約能聞到一點酒味。

她很快想起昨晚在會所包廂裡發生的事，以及後來和蔣禹赫在車裡的對話。

溫妤並沒醉，每一句都記得很清楚，只是當時有些微醺上頭，連膽子都被放大了似的，故意去撩了下蔣禹赫。

現在清醒了才有些茫然。

撩完了呢？

發生什麼了。

她去抱了蔣禹赫，那他什麼反應啊？

他回抱自己了嗎？

溫妤大腦是空白的，一點關於昨晚的記憶都沒有。

就離譜，哪有人一邊撩人一邊睡覺的。

她懊惱地揉了揉頭髮，下床重新卸妝洗澡，全部整理好了出來時，溫清佑正在吃早餐看新聞。

溫妤在他對面坐下，猶豫了會，還是問道：「昨晚我怎麼回來的？」

溫清佑沒抬頭：「自己不知道？」

「我睡著了啊……」

溫清佑抬眸，頓了頓：「你覺得你還能怎麼回來，總不能自己睡著走回來。」

那就肯定是被抱回來的了。

溫妤抿了抿唇，小心試探道：「我的意思是，是你還是他……」

「你覺得可能是我嗎？」溫清佑斜了溫妤一眼，看出來很無語了，「我這個親哥哥都沒法從他手裡把你要回來，你乾脆改姓蔣算了。」

他說完起身，抽起沙發上的領帶邊繫邊說：「你喜歡的人可是一點沒把我這個未來大舅子放在眼裡。」

溫妤：「……」

好像已經腦補出了昨晚的畫面，溫妤壓住上翹的唇角，過了會才反應過來，「什麼未來大舅子，我們還沒確定關係，你這麼急著要跟人家成一家人嗎。」

「無所謂。」溫清佑繫好領帶，意味不明地冒出一句：「反正遲早也會是一家人。」

「……？」

吃完早餐，兄妹倆一起去了公司。路上尤昕打來電話給溫妤，說是回京市了，約她晚上出來聚一聚。

尤昕在外地拍了一個月的戲，好不容易回來，剛好溫妤也連續加了很久的班，便一口答應了聚會。

接著到公司的第一件事，溫妤就讓唐淮解除了和顧秦造型組的合作，並重新物色起了合作對象。

顧秦那邊收到通知後，不斷打來電話希望能和溫妤解釋道歉。

《我愛上你的那個瞬間》首先已經是一個人氣IP，其次它在競拍時被蔣禹赫看中，又戲劇化地被溫妤這個名不見經傳的新人搶得，更是無形中贏了許多的話題熱度。

再加上溫妤現在請到了名導陳有生和金牌編劇鐘平團隊，只要在演員選擇和後期資金上不拉垮，這個項目幾乎是穩賺不賠的。

所以顧秦才會力爭挽回的餘地，但溫妤沒有給他這個機會。

蔣禹赫教過她，手段該強硬的時候必須強硬，這個圈子不會有人跟你講什麼真善美。

何況這個顧秦還是自己送上門讓溫妤立規矩的。

唐淮這時遞了些文件過來，說：「這裡是一些演員的資料，部分是各大公司推薦的，還有一些是我們綜合分析過後篩選出來的適合人選，林導也推薦了一些。」

跟古代皇帝選妃似的，溫妤隨便翻了幾張，就看到了好幾個風格不同的帥哥。

看了會她問：「亞盛那邊沒有推薦藝人嗎？」

唐淮：「蔣總可能是想避嫌。」

溫妤猜想也是這個可能，但她想讓尤昕試試劇本裡的一個角色，尤昕是亞盛簽約的藝人，就必須要跟他們談才行。

「行我知道了，你先出去吧。」

等唐淮離開，溫妤打去電話給蔣禹赫。

接通過程中想起昨晚主動撩人家的畫面，趕緊喝了口水給自己打氣。

沒事，待會就當什麼都沒有發生過好了。

他不提我也不提。

幾秒後——

「喂。」

電話接通，男人淡淡的聲音傳來，帶著點沙啞。

溫妤心驀地一跳，腦子裡立刻就蹦出昨晚抱著他的畫面，他的氣息，他的溫度，都隨著這一聲「喂」瘋狂發散。

後勁太大，太令人著迷。

溫好好像又抱住了他似的，渾身隱隱作熱，思路莫名就被打斷，想說的話卡了半天說不出來，最後不得不匆匆找藉口：「呃，沒事，我打錯了。」

正要掛斷通話，蔣禹赫忽然叫住她：「晚上一起吃飯，我過去接你。」

溫好怔住，「尤昕回來了，約我晚上聚一聚。」

那邊停了幾秒沒說話，「去哪玩。」

「還沒決定，她想唱歌。」

「嗯。」

掛掉電話沒幾分鐘，溫好收到了蔣禹赫傳來的微信。

是一則城中知名KTV的包廂預訂資訊，以及一句簡短地叮囑：【少喝點酒。】

溫好忽然有種甜絲絲的感覺，忍不住抿了抿唇，回道：【你要一起來嗎？】

蔣禹赫：【不了，我晚上有事。】

那行吧。

溫好沒有再打擾他，馬上把訂位資訊轉傳給尤昕，【地方訂好啦。】

尤昕原本還在找合適的場所，沒想到溫好動作這麼快，不禁誇了句：【當老闆了就是不一樣！】

溫好暗暗把蔣禹赫和自己剛剛的對話截圖傳給了尤昕，來了個無聲的炫耀。

幾秒後，尤昕把剛剛那句話加了一個字又傳了一遍：【好傢伙，當老闆娘了就是不一樣！】

「……」

溫好看著閨蜜的話先是沒忍住翹了翹唇，可緊接著又抿住。

什麼老闆娘不老闆娘的，蔣禹赫可從沒說過半個字。

雖說成年人之間有些事不用說得太清楚，可溫妤還是希望能聽到一些確定的話。

畢竟他們之間又有些複雜，還多了一層偽兄妹的關係。

可是蔣禹赫不說，總不能她去主動問吧，那多沒面子。

因為這個問題，溫妤走了會神，直到辦公室裡電話響起，唐淮外線告訴她：「有位叫沈銘嘉的先生找你。」

溫妤瞬間回神，「誰？」

「沈銘嘉。」

哪怕只是隔著電話聽到這個名字，溫妤都覺得一陣噁心，趕蒼蠅似的，「不接，別轉進來，這個人的電話一律不接。」

溫妤不知道沈銘嘉突然找自己幹什麼，當然也沒興趣知道。

之後正常工作了一整天，到了晚上，唐淮開車送溫妤去KTV，到時隨意說了句：「這是蔣總朋友開的，他有時候應酬客人也會來這裡，溫總你在這可以放心玩，都是自己人。」

怪不得那麼快幫自己訂到位置……

溫妤想起了什麼，問唐淮：「老實說，蔣總在這種地方應酬，會不會叫公關？」

唐淮停頓了幾秒，很坦誠地回答：「會視情況為需要的客戶叫，但蔣總個人從來不碰。」

其實溫妤也能猜到，畢竟當初自己還是三等公民的時候只是挨著他睡了下，都差點被趕出家門。

更何況外面的這些公關小姐。

大概是蔣禹赫事前打過招呼，到KTV後，有專人帶溫妤來到包廂，尤昕和許常已經到了，桌上滿滿堆著各種飲料和酒，小吃水果。

一切都安排妥當，專人畢恭畢敬離開。

尤昕這才卸下女明星的包袱，說：「好傢伙，這一桌我吃三天也吃不完吧？蔣總餵豬呢？」

許常也很興奮地到處亂看：「這家KTV是娛樂圈的明星店，最小的包廂都是一小時四千起，我們就三個人開個豪華包廂是不是有點破費了？」

「所以說你眼光淺，」尤昕一副對方沒見過世面的樣子：「蔣總的女人出來玩能唱小包廂？」

這個稱呼讓溫妤有些尷尬，「好好說話行嗎，什麼蔣總的女人。」

尤昕瞥她，「你不是嗎？」

蔣禹赫都沒開過口，溫妤才不想上趕著為自己蓋章。她從包包裡拿出一份初稿的劇本給尤昕：「回去好好看看，改天我帶你去見陳有生。」

尤昕愣住，驚了：「誰，陳導？」

「沒錯，就是你當初要去自薦的陳導。」

這邊尤昕還在震驚中沒回神，溫妤又跟許常說：「常常，到時候你也來劇組做造型吧，我會開個好價錢給你。」

許常一直跟的都是些小劇組，沒想到溫妤竟然朝他拋出了這樣的橄欖枝，一時間激動到說不出話。

兩人都沒想到只是出來唱個歌，事業都被安排著往前進了一大步。

但這對溫妤來說，卻是早就存在心裡的感激。

她最困難落魄的時候，是尤昕陪著她，是許常收留了她，還為她熬薑湯。

溫妤舉起一杯酒，「不是早說過嗎，姐妹會帶你再次飛的，這一次一定帶你們去最高的地方，看最美的風景。」

尤昕竟然聽哭了，「我就知道你會有出息的，溫大小姐什麼時候輸過！！」

「加油！」

三人碰杯，氣氛一時間熱鬧又動容。

之後一起唱歌、喝酒、遊戲，玩到興起的時候尤昕告訴溫妤：「我聽說沈銘嘉現在混得挺慘的，好像被業內共同封殺了。」

溫妤輕嗤道：「怪不得那麼恨我呢。」

「他現在已經接不到什麼戲了，沒看到嗎，都開始做直播割韭菜了。」

溫妤剛要說下去，手機忽然響，她看了眼馬上站起來，「我出去接通電話。」

電話是鐘平打來的，是一些和劇本有關的事，溫妤原本在走道裡和他說，但人來人往走動聲音大，她看到隔壁有一間沒被開的閒置包廂，便直接走了進去。

在裡面安靜地聊了五、六分鐘後，溫妤掛了電話。

正要回包廂，一轉身，卻看到一個身影站在面前。

溫妤嚇了一跳，等看清來人後瞬間皺眉：「你怎麼在這？」

沈銘嘉聳聳肩：「我打了十多通電話到你辦公室你都不接，只能在你公司樓下等你了。」

溫妤微怔，驀地反應過來：「你從公司跟蹤我到這？」

這家ＫＴＶ隱私性極高，客人刷卡進入包廂後門會自動關上，外人進不去。

沈銘嘉一定在走道晃了很久，就等溫妤出來。

「我有些話想跟你說。」

「免了，」溫妤往門口走，「我們不熟，也沒什麼好說的。」

誰知門卻已經被沈銘嘉反鎖，溫妤弄了半天沒打開，轉身盯著他：「你到底要幹什麼？」

「你把我整得這麼慘，你覺得我要幹什麼。」

「整我也就算了，還玩我朋友，溫妤，沒有像你這麼做人的。」

溫妤聽笑了，「不是你們自找的嗎？」

頓了頓，「我怎麼做人不用你教，馬上開門，不然我報警了。」

沈銘嘉不慌不忙地在小包廂的沙發上坐下，打開手機：「我開門見山吧，要嘛在你的劇裡給我一個角色，要嘛我曝光我們以前的關係，讓大家知道，現在這麼紅的美女投資人，以前也跟我沈銘嘉風花雪月過，你猜大家會不會感興趣呢？」

沈銘嘉一張張滑動著以前和溫妤在一起時拍過的自拍照，其中有幾張姿態很親密。

溫妤被突如其來的照片炸懵了。

看著那些早就隨自己那支丟失的手機一同消失在記憶裡的影像，她腦中有片刻的凝滯。

沈銘嘉如今已經聲名狼藉，他走這一步擺明瞭是想跟自己魚死網破，這些照片一旦被曝光，隨時影響合夥人對自己的信任不說——溫妤不知道蔣禹赫看到了會怎麼樣。

這才是最重要的。

換個立場，如果是蔣禹赫現在被爆出和前女友的親密自拍，她看到了一定也會像吃了蒼蠅似的難受。

何況沈銘嘉還曾經是自己騙蔣禹赫三個月的理由，他不是什麼普通的前男友，本就是橫在兩人之間的一根刺，好不容易事情翻篇了，再鬧大的話，無疑是又一次的傷害。

可溫妤又不想這麼便宜了渣男。

「你讓我想想。」她說。

&

蔣禹赫從會議室出來是晚上九點半，這場海外視訊會議開了兩個小時，內容繁瑣又複雜，期間好幾次蔣禹赫都在看手錶。

想到溫妤這個人喝多了沒什麼酒品，在自己面前喝多的兩次都撒嬌亂抱，今晚他不在，總擔心她跑去抱別人。

好不容易結束會議，出來後蔣禹赫便問厲白：「那邊有什麼消息沒有。」

厲白：「說三個人關著門在裡面唱得可開心了。」

蔣禹赫一邊收拾文件一邊扯了扯唇。

厲白見他心情不錯，提議道：「老闆去接她嗎？估計快結束了。」

蔣禹赫本也有這個打算，收拾完畢後剛和厲白下了停車場，KTV的人電話就打了過來。

「溫小姐和沈銘嘉單獨進了一個小包廂，還鎖了門。」

厲白微愣，緊接著轉述。

聽到那個惹人厭的名字，蔣禹赫的臉色瞬間就沉了下去。

包廂裡，溫妤還沒有妥協。

「怎麼，這都還猶豫？」沈銘嘉等得不耐煩了，「我要求不高，給個男三的位置就行。溫妤，做人留一線，你把我逼得太急，我也會咬人的。」

溫妤思緒急速運轉著，想找到第三個辦法去應付他的威脅，可無論怎麼想，這些照片就像是她人生中的黑歷史，是真實存在的。

她無法去改變這個事實。

「實在不願意，」沈銘嘉又陰惻惻地靠近溫妤，「你重新跟回我，陪我睡一晚也行，讓我嘗嘗被蔣禹赫睡過的女人是什麼滋味。」

他一隻手伸過來，溫妤正要閃躲，門碰一聲忽然從外面被人打開。

溫妤還沒反應過來，就被進來的那道身影拉到身後，緊接著便是冷冷的聲音：「你剛剛說什麼，再說一次？」

沈銘嘉的手亦被瞬間打開，他抬起頭，難以置信地看著突然出現的蔣禹赫。

男人眸色冷沉，氣勢逼人，應該不是剛好路過。

這讓沈銘嘉有些怕了。

以為溫妤和他鬧掰了才敢找上門威脅，沒想到……竟然沒有？

沈銘嘉不是沒腦子，快速權衡後，他決定先退一步，不把事情鬧大。

起碼，不要在蔣禹赫這裡鬧大。

於是若無其事地聳了聳肩：「沒說什麼，一點誤會而已，不打擾你們了。」

說完沈銘嘉就朝門口走，可打開門卻愕然發現，門外這時站了至少八、九個陌生的男人。

層層將他圍住，根本出不去。

一看就是KTV養的那群專門處理鬧事找碴的人。

聲色場所這種地方，灰色的東西太多，不同的人不同的圈子，亦有不同的規則。

沈銘嘉不禁生出幾分恐懼，恐懼很快轉化為怒意，他回頭對溫妤說：「溫妤，我剛剛說過別把我逼急了！」

「你他媽滾進去再說。」一個男人踢了沈銘嘉一腳，接著又關上門。

沈銘嘉狼狽摔倒在地，剛好摔在蔣禹赫腳邊，手機也從口袋裡掉了出來。

溫妤心一緊，不動聲色地把手機踢到一邊。

蔣禹赫注意到了她這個小動作，但沒出聲，看著地上的男人問：「逼急了要怎麼樣？」

「你在威脅誰呢沈銘嘉？」

沈銘嘉肘骨被撞得一陣刺痛，痛到失去理智般口不擇言道：「我他媽跟溫妤敘敘舊不行嗎，誰規定分手後不能跟前女友見面了？！我見我前女友犯法了嗎？」

一聲聲的「前女友」在包廂裡迴蕩，像一簇無形而濃烈的火，徹底激化並抽出了深藏在蔣禹赫心底的那根刺。

「你還知道自己是前任。」

蔣禹赫語氣冷冷的，慢慢蹲下，平靜而又壓迫地看著沈銘嘉，半晌——

「見她之前問過我這個現任了嗎？」

蔣禹赫說完這句話，溫妤怔了怔，眼睛睜大看著他，以為自己好像聽錯了什麼——

現任？

蔣禹赫這時也轉過來看著溫妤，好像看出了她眼裡的愕然似的，輕輕去拉了她的手，語氣也輕緩了幾分：「他威脅你什麼？」

突然的現任讓溫妤分了神，思緒調轉到沈銘嘉身上，她張了張嘴，想說又不敢說。

溫妤深知蔣禹赫心底對沈銘嘉有介懷，過去沈銘嘉前男友這個身分只是一個名詞的時候，可能某些情緒還可以去壓制，可如果真正看到了那些照片，對他和溫妤的過去有了具象的畫面時，溫妤也不知道蔣禹赫會是什麼反應。

彼此好不容易消失的那道隔閡會因為照片而再次加深嗎。

溫妤不確定，也不敢去嘗試。

蔣禹赫見溫妤欲言又止，沒了耐心似的，直接拿起地上的那支手機問沈銘嘉：「裡面有什麼？」

剛剛沈銘嘉聽到「現任」兩個字的時候，人已經清醒了。

原來蔣禹赫和溫妤並沒有鬧掰。

不僅沒有，他們還在一起了。

公共場合不表露，不過是他們故意做戲罷了。

他可真是小看了溫妤的魅力。

沈銘嘉知道自己已經沒什麼可以威脅別人，他不可能玩過蔣禹赫。

「什麼都沒有。」他低著頭喪氣地說，「我以後不會再見她了，我保證。」

但蔣禹赫不是傻子，剛剛溫妤下意識的那個動作已經說明手機裡有她不想讓自己看到的東西。

也是沈銘嘉口中「別把他逼太急」的籌碼。

蔣禹赫不會允許有任何人對溫妤造成威脅，哪怕知道手機裡的東西自己看了不一定能接受，他也要弄個清楚。

蔣禹赫把手機丟在沈銘嘉面前，聲淡道：「自己打開。」

溫妤猶豫了下，輕輕去扯他的袖子：「真沒什麼，你還是別看了。」

蔣禹赫平靜看著她，「你們有什麼是我不能看的嗎？」

……自己根本不是這個意思。

溫妤嘆了口氣，閉了閉眼——算了，既然已經到這一步了，長痛不如短痛，與其被曝光出去讓全世界看，還不如就在這個小包廂裡讓蔣禹赫看完解決掉。

她相信他有這個能力。

見沈銘嘉悶聲不動，溫妤乾脆自己蹲下拿起手機，隨便試了下以前他的開機密碼，竟然沒變。手機很快跳轉到主畫面。

她這番熟練操作讓蔣禹赫微妙地皺了皺眉。

溫妤輕車熟路地打開相簿，接著遞給蔣禹赫，深吸一口氣坦白道：「他拿這些過去和我的自拍威脅我，要我給他一個角色，要不然就對外公開我跟他以前談過戀愛的事情。」

說這些話的時候，溫妤是垂著眸的，她不敢去看蔣禹赫的表情。

腦補如果是自己看他和前女友摟在一起拍的照片，可能會作上三天三夜。

安靜了幾秒，溫妤只聽到很輕的一聲手機被按滅的聲音。

溫妤微微抬起頭，卻發現蔣禹赫的臉色跟剛剛一樣淡漠平靜，沒有任何起伏，甚至連眼裡都看不出半點波瀾。

溫妤揣測不出他這一刻的心情，卻見他輕輕笑了笑，問沈銘嘉：「這麼喜歡威脅別人，知道我蔣禹赫最擅長什麼嗎。」

沈銘嘉到底在圈子裡混了兩年，對這位大佬的手段早有耳聞。

蔣家父輩從九〇年代就在娛樂圈混，幾十年下來累積了雄厚的資本不說，社會人脈關係更是盤根錯節。

蔣禹赫做事早已被傳深不可測，向來不留餘地，沒有最狠，只有更狠。

沈銘嘉預感自己今天可能不會輕鬆地離開這個房間，但還是顫顫地搖頭說，「對不起，我是喝了酒有點不清醒，照片我肯定不會往外傳的，相信我。」

他態度誠懇，甚至接近求饒。然而蔣禹赫卻反應平平，給了一個眾人都無法揣測的表情後，什麼都沒再說，把手機拿在手裡，拉著溫妤起身：「走了。」

溫妤愣愣地被他帶出包廂。

眾人還等在門外，蔣禹赫走出去，輕淡對厲白叮囑了一聲：「沈先生要唱歌，多找幾個人好好陪著。」

厲白很熟悉蔣禹赫的話術，點頭：「知道了。」

溫妤卻聽不懂蔣禹赫在說什麼，但「陪著」兩個字讓她隱約覺得，沈銘嘉不會有什麼好結果。

「你要幹什麼？」

蔣禹赫沒回答她的問題，只說：「去跟你朋友說一聲，你要先走。」

溫妤怔了兩秒，心想這是要跟自己算帳了嗎。

畢竟剛剛在包廂裡那些親密的自拍都被他看到了，在別人面前沒發作，現在大概是要拎著自己回去好好發作一下了。

溫妤傳了則有事先走的訊息給尤昕，慢吞吞跟著蔣禹赫上了車。

路上，蔣禹赫只是安靜地開著車，一句話都沒跟溫妤說。

氣氛一度有些說不出的詭異。

溫妤不知道他在想什麼，但能感覺到他可能有些不開心，這也正常，換自己忽然看一堆他和前女友的自拍肯定也會不舒服。

溫妤悄悄用餘光掃了蔣禹赫一眼，端正坐好，清了清嗓子，打算說點什麼先哄一哄他好了。

雖然她知道這個男人一向很難哄。

「別生氣嘛，明天開始我也跟你拍很多自拍好不好。」

車這時開到繞江的一條大道，蔣禹赫停都沒停，忽然開了窗把沈銘嘉的手機扔進了茫茫江水裡。

「記性不錯，過去這麼久了還記得他的開機密碼。」

「……」

怪不得一直彆扭，原來是又吃醋了。

溫妤咳了聲，「你的我記得更清楚，不信你隨便考我。」

蔣禹赫沒理她，過了會才繼續說：「所以你是覺得我還不如那個沈銘嘉，這點小事都沒辦法幫你解決是不是。」

「……當然不是。」溫妤轉過來看著他，「我就是怕他把那些照片曝光，你看到了會不舒服。」

蔣禹赫沉默。

溫妤嘟噥道：「你看吧，是不是被我說中了。」

「沒錯。」蔣禹赫淡淡道：「我看到那些的確會不舒服。」

過去很久，他才低聲補了一句：「但不是現在。」

溫妤沒聽懂，「什麼意思？」

蔣禹赫這時忽然在十字路口轉了彎，又開出去幾分鐘後，溫妤才反應過來這不是在朝自己家開。而是開往蔣家別墅的路。

溫妤納悶：「你帶我去哪？」

蔣禹赫：「回我家。」

「都夜裡十一點多了，奶奶和姐姐肯定都睡了，現在帶我去你家幹什麼。」

「給你看樣東西。」

「……」

車就這樣一路朝蔣家的別墅開過去，十分鐘後，車停在地下室，蔣禹赫拉著溫妤直接上了二樓書房。

家裡很安靜，沒人知道溫妤過來了。

蔣禹赫把溫妤拉到書桌前的座椅上坐下。

溫妤有些緊張，不知道蔣禹赫要給她看什麼，但莫名就是有一股說不出的緊張感。

「到底看什麼？」

蔣禹赫打開書桌左側抽屜的第二格，從裡面拿出一支手機。

而後遞給溫妤：「認得嗎。」

溫妤不敢相信地看著他手裡的東西，怔了很久才緩緩接到手裡：「我的手機？」

「是，是你的手機。」

「怎麼會在你這？怎麼會……」溫妤太震驚了，她一直以為自己的手機早就在車禍那次失蹤丟失，沒想到竟然在蔣禹赫的書房裡。

蔣禹赫淡淡告訴她，「在你剛跟我去公司上班的時候，交通警察隊通知我去拿回了這支手機。」

溫妤茫然地看著蔣禹赫，有很多念頭在腦子裡橫衝直撞，「那你為什麼——」

「因為想留下你。」蔣禹赫很坦然地靠在桌邊坐下，看著她說，「因為不想你走，不想你去找以前的男朋友。」

「……」

溫妤被這突然知曉的真相衝擊得完全不知道該說什麼。

原來這個男人早就對自己有了這樣的佔有欲和掌控欲，而她竟完全懵然不知。

蔣禹赫繼續平靜道：「因此沈銘嘉手機上的那些自拍對我來說已經沒有任何波瀾了，我早就從你的手機上看過同樣的照片。」

頓了頓，「雖然很多個夜裡，我的確曾經被折磨過。」

沉默了很久，溫妤才輕輕呢喃：「所以我是你的獵物嗎？」

蔣禹赫卻反問一句：「我不是你的嗎？」

「……」

「比起你，我兩次心甘情願進你的牢籠，如果我是獵人，也是一個被獵物征服的獵人。」

溫妤睜著眼，久久怔在這句話裡。

好像，是這樣。

在那場三個月的遊戲裡，他們早就將對方看為自己的囊中之物，只不過溫妤是被動的，帶著目的的。

而蔣禹赫是主動，一步步攻心把溫妤留在身邊。

他們算是棋逢對手，撞到一起了。

溫妤垂下頭，忽然笑了笑，「我覺得現在是不是該換你跟我證明下自己，竟然那麼腹黑地想要把我留在身邊，太壞了，哪天我被你吃了都不知道。」

聞聲，靠在桌邊的蔣禹赫轉過來，意味不明地看著她。

對上這個眼神，溫妤馬上回神「證明」兩個字好像在暗示什麼，她撩了下耳邊的頭髮，解釋的話還沒來得及說出口，蔣禹赫忽然就俯身過來，手輕輕穿過她的髮間。

溫妤睜大眼睛，感受唇上突然襲來的溫度。

男性灼熱的氣息強勢闖入，溫妤坐在椅子上，下意識去尋找一個支撐的點，摸索了半天發現兩邊都是空的。

蔣禹赫這時卻直接壓了過來，雙手撐在身後的桌上，直接把她圈禁在一方小小的座椅上。

溫妤像插翅難逃的獵物，感覺空氣一點點被吻堵到了喉嚨深處，呼吸逼近窒息，她下意識去推他，卻換來一陣更深入的控制。

溫妤急促地喘著氣，眼裡好像含了水霧，無法控制地溢出一陣嗚咽的求饒。

蔣禹赫停下來，聲音又輕又啞：「還要證明嗎。」

溫妤瘋狂搖頭，可他好像問著玩似的，沒等溫妤長喘一口氣，捧著她的臉重新又覆了上來。

那股帶著沙啞的熱氣讓溫妤一陣陣顫抖，她閉緊了眼睛，慢慢感覺男人的吻從唇到臉頰，賞味似的，不急不緩，輕慢恣意。

最後手指慢條斯理地在她髮間摩挲，熱氣壓在耳邊，說：「今天開始，你是我的。」

夜深人靜的蔣家別墅，大家都已沉睡，沒人知道書房裡如火如荼一直在持續的熱吻。

溫妤第一次感受到了男人攻城略池般的侵略，以及他一遍又一遍低聲說的話——

「以後只可以想我。」

想你，只想你。

溫妤亦在細碎而熱烈的吻中應允著他。

溫度上升，空氣稀薄，思緒混亂，這是一個蓄謀已久，開啟便失控的故事。

直到凌晨回家後，溫妤的心都是灼熱悸動的。

整個臥室都好像漂浮著蔣禹赫身上的味道，遍佈身上的那股熱氣怎麼都散不掉。

烘得溫妤翻來覆去睡不著。

這個男人太迷人了，她想。

翻了個身看時間，夜裡一點，也不知道尤昕睡了沒。

一小時前尤昕就問溫妤回家了沒有，只是那時候她在書房和蔣禹赫接吻，沒顧上回。

溫妤拿出手機回過去：【我到家了，你呢？】

沒幾分鐘尤昕就回了過來：【我們也剛回來。告訴你個刺激的，我走的時候才知道沈銘嘉今晚也在，就在離我們不遠的一個小包廂裡，聽說被人玩得挺慘的。】

溫妤愣了幾秒，倒也不覺得意外。

當初的黎蔓，雖然不知道當初蔣禹赫是怎麼反擊她的，但之後她的現狀，也足以看出其中的真相不會太溫柔。

溫妤暗暗吸了一口涼氣。

她這位現任是真的狠。

狠到連接吻都是一樣的風格，讓她好幾次都差點喘不上氣。

想到這，黑暗中，溫妤用手指輕輕碰了碰自己的唇，感受男人從上面滾燙碾過的溫度，臉頰微微有些熱。

尤昕這時又傳過來：【我們走的時候KTV的人說我們是蔣總女朋友的朋友，送了終生會員卡不說，還特地派了司機送我們。你晚上還不承認你們的關係，是不是連我都要開始隱瞞了？】

溫妤：「……」

他們明明一小時前在那個書房才算確定了關係的好不好。

原來這個男人對著朋友都已經稱自己是他女朋友了嗎。

真不要臉啊。

雖然吐槽，溫妤卻又忍不住地彎了唇角，告訴尤昕：【真沒隱瞞，我們今晚才那啥的。】

尤昕：【？？？哪個啥？】

過了一秒，馬上驚訝道：【天啊！你提前走是為了和蔣總那個啥嗎？到現在？蔣總挺厲害啊。】

溫妤：「……」

【你少腦補點行嗎，我是說我們今晚才確定了關係。】

尤昕：【嘿嘿，你這麼說我就來勁了，怎麼確定的？跟我詳細說說細節，正好我睡不著。】

隔著螢幕溫妤都能看到閨蜜逐漸猥瑣的笑容：【睡不著請你去看劇本謝謝。】

尤昕：【……】

安靜了很久，溫妤迷迷糊糊都快睡過去的時候，尤昕又傳來一則。

【對了，你那個禮物送給蔣總了嗎，他什麼反應啊？】

溫妤被這麼提醒，想起放在床頭櫃上的那個黑色禮品盒。

禮物本來是情人節當天想送給蔣禹赫的，後來自首失敗，東西也沒能送出去，之後兩人不清不楚地到現在，更是一直留在了家裡。

最近沒什麼特別的節日，先放著好了，溫妤想。

總會有機會送給他的。

&

第二天是週末，不用上班。

早上九點多醒來，溫妤習慣性地去摸手機——沒有未接電話，沒有未讀訊息。

溫妤還以為睜開眼睛能收到某人幾十則諸如「寶貝我想你寶貝你起床了嗎」這樣的早安問候。

畢竟昨晚才把自己按在椅子裡吻了那麼久。

正常男人睡醒了都會迫不及待想聽到女朋友的聲音吧？

但她的男朋友明顯是個例外。

快十點了，蔣禹赫不可能還沒起床，別說電話了，一則訊息都沒有。

這真的是剛剛確定關係的戀人該有的狀態嗎？

真就親你時熱情似火，親完冰凍成河。

溫妤的小脾氣突然上來，馬上撥了過去給蔣禹赫。

接通了好幾聲那邊才接起，「喂。」

聽到聲音的那一刻，溫妤不爭氣地原諒了他一秒鐘。

但一秒就夠了。

第二秒開始，溫妤故意非常冷漠地談起了公事。

「我想讓尤昕過來試個角色。」

蔣禹赫：「好，我讓藝人部那邊跟你們談。」

溫妤：「……」

挺乾脆挺冷靜啊。

你倒是拿出昨晚親我時的樣子啊。

溫妤：「我要你親自跟我談。」

蔣禹赫似乎感覺到了溫妤語氣的刻意和生硬，安靜了幾秒，笑了：「談什麼。」

「……」還好意思笑。

溫妤反而被這一聲笑弄得有些臉紅，好像被看穿了目的似的，她底氣抽走了一半，頓時也不想演了：「談你是怎麼騙完良家美女的吻就不認帳的。」

話音剛落，溫清佑在外面敲門：「好妤，有人找。」

溫妤應了聲，一邊披衣服下床一邊對蔣禹赫嚴肅說：「等我一分鐘，回來我再接著跟你談。」

她快步走出去，看到門口站著一個陌生小哥，手裡還捧著一大束黑色包裝紙包著的紅玫瑰。嬌豔欲滴，十分惹火。

「是溫小姐嗎，這是您的花。」

溫妤茫然接到手裡，「誰送的？」

小哥指了指花裡面，「有卡片。」

溫妤道了聲謝，邊走邊拿出那張卡片，溫清佑也靠過來看了一眼，「誰送的，怎麼只有個日期。」

黑色卡片上就只有一行字，寫著昨天的年月日。

溫妤起初也反應了幾秒，但很快就明白了是什麼意思。

昨天是她和蔣禹赫捅破那層紙，確定關係的日子。

的確值得紀念。

溫妤馬上被這一行字哄好了。

一邊壓著上翹的唇角一邊小碎步跑回房間，對溫清佑嬌嗔一句：「不告訴你。」

溫清佑：「……」

回房間關上門，拿起手機，溫妤剛剛那點小怨念全都沒了。

開口便是一聲做作的——

「哥哥～」

蔣禹赫：「……」

蔣禹赫：「剛剛的話題還談嗎。」

「不談了。」溫妤唇角飛到了天上，緩了緩，還不忘為剛剛的自己解釋：「你知道我這個人很矜持，我就是想你了，但你又沒找我，所以才假裝談公事找你的。」

蔣禹赫：「……」

嗯，是滿矜持的。

溫妤聞著花香，隨口撒嬌了一句：「那你現在在幹嘛呀？」

「開會。」

「……」

溫妤怔了下，馬上掛了電話：「對不起我不知道你今天加班，打擾了，拜拜！」

會議室裡，蔣禹赫輕輕扯了扯唇，呼吸吐納間，忽然覺得開了一上午會帶來的疲乏都因為這通電話褪去不少。

大概，女朋友偶爾的小作，能讓人神清氣爽吧。

想起她委委屈屈說自己不找她的話，幾分鐘後，蔣禹赫又傳了則簡訊給溫妤：【待會過去接你，中午一起吃飯。】

溫妤收到訊息後滿足地笑了。

那這，算不算是兩人的第一次約會？

像初次戀愛的少女，溫妤竟也有了小鹿亂跳的悸動，她馬上起身打開衣櫃，從裡面拿出好幾件風格不同的裙子，糾結了很久不知道穿哪件。

她抱著所有裙子跑到客廳，「哥，哪件好看？」

溫清佑瞟了眼，「去約會？」

溫妤揚了揚唇，算是默認。

溫清佑便指了一條到小腿的白色小碎花長裙。

所有裙子裡最長的一款。

「這件好看？」

「嗯。」

溫妤若有所思地拿著裙子回臥室，心想原來男人喜歡這種清純的裝扮嗎。

不過她好像還真沒在蔣禹赫面前穿過這種長裙。

行吧，那就試試好了。

溫妤在房間裡認真化了個妝，又換上親哥幫忙挑選的清純系長裙，十一點的時候，蔣禹赫打來電話。

「下來，在停車場。」

溫妤在下電梯前臉上都是掛著笑容的，直到從電梯裡走出來，看到停在不遠處的車後，那股收不住的笑意才開始刹住。

出門之前溫妤就告訴過自己，她今天走的是清純人設。

是穿著白碎花，長裙飄飄，紮起馬尾，有著初戀感的清純妹妹。

所以從言行到舉止，都必須要收斂一下。

況且今天是以女朋友的身分第一次和他約會吃飯，還是矜持一點的好。

老何看到溫妤走過來，馬上下車幫忙開門：「小魚來啦，小魚今天真漂亮。」

溫妤靦腆一笑：「謝謝何叔。」

接著彎腰坐進車裡，雙腿靠攏，雙手規規矩矩搭在腿上，輕輕地清了下嗓子，才轉過來溫柔喊了聲：「哥哥。」

蔣禹赫：「……」

掃了眼溫妤這身反常的打扮，忽地想起她電話裡那句「良家美女」。

嗯，今天是挺良家的。

老何朝著餐廳開過去，一路上兩人也沒說話，溫妤不像以前嘰嘰喳喳話多，今天特別安靜。

蔣禹赫餘光看了她很久，突然喊她：「過來。」

「啊？」溫妤嬌滴滴抬起頭，「幹嘛呀。」

「呀」字的尾音才發出一半，溫妤就被蔣禹赫伸手勾住脖子拉近，唇覆了過來。

溫妤：「……」

雖然短暫的兩、三秒後蔣禹赫就鬆了手，但溫妤還是呆住了。

你是流氓嗎？前面還有人呢！

就不能矜持一點，控制一下自己？

溫妤嘴裡嘀嘀咕咕，馬上往車門那挪了挪，卻不小心從前面的後視鏡裡看到了滿臉笑容的老何。

一副嗑到了的表情。

溫妤：「……」

十分鐘後，車開到了這家新開的商場。

餐廳在商場七樓，兩人習慣性地分開進去，蔣禹赫先走，溫妤等幾分鐘再進。

在車上等的時候，老何找到機會，樂呵呵地轉身問溫妤：「小魚，你和老闆是不是在一起了？」

溫妤尷尬地笑了笑，「是……啊。」

老何笑得更高興了：「我就說嘛，其實我早就看出來你們在一起了。」

這話聽著不對勁，「早就？」

「那天你在車上睡著，我見老闆一直捏著你的手，還很專注地玩你的手指，我就知道你倆肯定在一起了，不然哪能那麼親密啊嘿嘿。」

「……？」

好傢伙。

溫妤一直不知道自己那晚主動撩蔣禹赫後他的反應是什麼，今天竟然蹲到了一個後續。

藏手機想留住自己，對朋友說自己是他女朋友，趁睡著偷偷摸自己手手。

這個男人到底還有多少自己不知道的祕密？

五分鐘後，溫妤打開車門，也跟著上樓進了餐廳包廂。

走到蔣禹赫對面，正要坐下，一抬頭便看到男人打量的視線。

從上到下，從裡到外，好像要把溫妤的裙子給看融掉似的。

溫妤被看得有些不好意思，坐下來問：「看我幹嘛。」

「今天怎麼穿這種風格。」

溫妤一怔，反應過來——是自己的清純系引起了他的注意嗎？

她笑了笑，特地站起來到蔣禹赫面前做作地轉了個圈，「好看嗎？」

蔣禹赫視線淡淡，喝了口茶，沒表態。

溫妤卻沒注意，還沉浸在清純妹妹的新鮮人設裡：「我說要跟你約會，我哥幫我選的，他覺得你應該會喜歡這種。」

沉默片刻，蔣禹赫嗤地笑了。

怪不得。

宋清佑怎麼不讓溫妤裹個被子出來跟自己約會？

服務生這時把餐點送了上來。

今天吃的是西餐牛排，溫妤坐回位置上將餐巾鋪好，拿起刀叉，正要切下去，忽然想起今天的人設，頓時收了收力度。

幾分鐘後，蔣禹赫看著對面彷彿在切橡皮的女人皺眉，「你幹什麼？」

溫妤：「這個牛排可能煎太老了，我切不動嘛。」

蔣禹赫：「……」

這個嘛字真是嗲到蔣禹赫都有些受不了。

他快速將自己盤子裡的牛排切成小塊，然後推到溫妤面前。

溫妤一邊接過來一邊說：「啊，這怎麼好意思。」

蔣禹赫：「……」

我看你特別好意思。

看著溫妤小口小口抿的樣子，蔣禹赫又問，「切不動吃得動嗎。」

溫妤眨了眨眼：「什麼？」

「需不需要我餵到你嘴裡？」

「……」那倒也不必這麼熱情。

怕蔣禹赫真這麼做，溫妤暫時把人設包袱丟開，認真吃起了牛排，過了會想起了什麼似的，說：「我聽尤昕說了昨晚沈銘嘉在KTV的事了。」

蔣禹赫聽著，沒接話。

「我在想他要是照片有備份的話，會不會更加恨我，會不會——」

「沒有這些可能。」蔣禹赫打斷溫妤的話。

本想告訴她自己讓沈銘嘉徹底封口的手段，可猶豫了片刻，還是不想讓她知道那些過於陰暗的東西。

只輕輕說了句：「我不會讓這些可能發生。」

他語氣雖淡，卻格外堅定，讓溫妤聽著安心。

她便不再糾結這件事，點了點頭，「我相信你。」

其實就算曝光也無所謂了，反正蔣禹赫已經看過，其他人怎麼想，溫妤不在乎。

蔣禹赫是忙裡抽空來陪溫妤吃了這頓飯，吃完就要馬上趕回公司工作。

按照兩人的習慣還是溫妤先下樓，在停車場等他。

以前蔣禹赫幾分鐘就會跟著下來，但今天溫妤等了快一刻鐘才看到他。

「幹嘛去了，怎麼這麼慢。」

「買了點東西。」他說。

溫妤上下打量他，明明兩手空空地回來，哪裡有買東西。

但她也沒問，畢竟做人女朋友第一天就管東管西的好像不太好。

反正十五分鐘的時間，他總不可能是去偷人了。

那就隨便吧。

平安開回觀南公寓，停車場裡，溫妤正準備下車，蔣禹赫叫住了她。

他從西裝內袋裡拿出一個包裝好的盒子遞給她：「送你。」

溫妤：「？」

送她？

驀地反應過來，剛剛難道是去買禮物給她了？

溫妤頓時心花怒放，但礙於矜持又不能把那份欣喜表現得太明顯。

故作平靜地把禮物接過來——盒子不大，比菸盒大那麼一點。

拿在手裡也不重，很輕。

憑著多年的購物經驗，溫妤從盒子的大小，重量判斷，裡面裝的應該是首飾。

？？？

他不會這麼著急就送戒指給自己吧？

溫妤表演了一個線上羞澀：「我現在可以拆嗎。」

蔣禹赫看了她一眼，「回去拆。」

「噢，好。」

可惜了，她還挺想看到自己拆完禮物後男人的表情呢。

他該不會是不好意思吧。

真沒想到他會這麼情不自禁，談戀愛的第一天就要送禮物給自己。

這要在古代叫什麼？

叫定！情！信！物！

溫妤內心十分激動，臉上卻非常淡定，下車揮手，「那我回去了。」

頓了頓，「待會我拆開了拍照給你看呀。」

蔣禹赫的眼神多了幾分意味不明，似乎笑了一下：「好。」

溫妤覺得他一定是不好意思了。

半分鐘後，汽車駛離了停車場。

溫妤也立馬八百公尺衝刺地進電梯上樓，到家換完鞋就一陣風似的回了自己的臥室。

把定情信物鄭重地放在床上，拆開之前溫妤又想了很多次。

這麼小，這麼輕，就算不是戒指也是項鍊之類的東西，但他已經送過項鍊給自己了，所以這個九十%會是戒指。

唉，太突然了。

自己還怪不好意思的。

溫妤一邊笑一邊拆，待一層層的包裝紙拆開後，她滿懷期待地看著盒子裡的禮物，下一秒──掛在唇角的笑意緩緩停住。

臉上依次出現不可思議、難以置信、無言以對的多重表情。

大腦緊跟著腦補出一些畫面，身體亦連鎖反應般開始一陣陣發熱。

溫妤臉紅心跳地看著她的「定情信物」──一雙透明光滑、柔軟細膩的黑絲襪。

薄如蟬翼，好像一撕就能破。

空氣都因為這抹曖昧的顏色而變得忽然旖旎起來。

滴一聲，手機響了。

蔣禹赫傳來的微信與此刻的畫面無縫銜接──

【以後少聽你親哥的話。】

第十六章　談戀愛要親親抱抱

溫妤看著這則微信，半天之後才反應過來——

蔣禹赫根本不喜歡什麼小白裙，更不喜歡什麼清純妹妹。

從一開始他就是張狂自負的。

喜歡的也必然都是熱烈明豔的女人。

溫妤懊惱地捶了下自己的頭。

做作地在他面前轉圈時他那個毫無波瀾的反應，自己就應該明白的。

這個男人心機深沉，極度腹黑。明明不喜歡卻不明示，用這麼一條絲襪來告訴溫妤他的喜好。

的確，用物品代替語言，效果不僅加倍，還更深刻。

溫妤把絲襪拿到手裡，慢慢撐開。

雖然是黑色，卻是那種朦朦朧朧，似透非透，看了就會冒出無數遐想的透明黑。

而且太薄了，如一層輕紗，精緻誘惑卻又脆弱不堪，稍稍輕扯就會破。

想起走之前對蔣禹赫說的那句「拆開了拍給你看」，溫妤現在相當後悔。

這要怎麼拍給他看，穿上拍嗎？

太羞恥了吧。

溫妤長這麼大不是沒穿過絲襪，但這種透明的黑是真的沒碰過。

剛剛只是把小臂套在裡面試了下，帶來的感官刺激讓她一個女人看了都有些浮想聯翩，甚至連帶著「定情信物」四個字在腦子裡也不可控制地有了別的意思。

溫妤臉色染上緋紅，馬上把絲襪藏了起來。

放到床頭櫃的抽屜裡。

關上抽屜的一刻，她目光落在床頭櫃的黑色禮品盒上，動作頓在那，心忽然跳得更快。

自己想要送給蔣禹赫的禮物，和他送來的這條絲襪倒是莫名地相得益彰。

某種程度上，他們似乎真的是天生一對的獵物與獵手。

都在覬覦對方，企圖互相征服。

只不過相比蔣禹赫的直接從容，溫妤作為一個女人，到底還是會內斂些。

因為這一雙絲襪，她整個下午沒敢聯繫蔣禹赫，就怕他突然問自己——說好的買家秀呢？

還好不知是不是蔣禹赫加班太忙，吃過飯後，也沒有再找過溫妤。

溫妤被這雙絲襪弄得心神不寧，胡思亂想，乾脆決定去找尤昕和許常玩。

畢竟昨天在KTV沒聊夠自己就提前走了。

溫妤把清純白裙脫掉，重新換了身休閒的打扮，穿著牛仔褲出了門。

「我今天不回來睡。」溫妤邊換鞋邊告訴溫清佑。

中午才和蔣禹赫出去吃了飯，晚上就不回來睡。

溫清佑不禁皺眉：「你們進展是不是快了點？」

溫妤斜了他一眼：「想哪去了，我去我閨蜜那住一晚，和她聊聊天。」

溫清佑也難以察出溫妤的話是真是假，畢竟妹妹也這麼大了，她談戀愛，和男朋友要發生點什麼，正如蔣禹赫之前所說——他這個哥哥是攔不住的。

溫清佑沒再追問，只淡淡留了句：「總之你保護好自己，記得做措施。」

溫妤：「……」

算了，懶得解釋了。

陽光和煦，溫妤打了電話給尤昕，聽說她在郊區的影視基地，直接朝那邊開了過去。

溫妤還是第一次來京市的影視城，這裡大大小小匯聚了十多個超大型的攝影基地，是國內知名的拍攝點之一。

尤昕今天在一個古裝劇組裡補拍鏡頭。溫妤去的時候她正在拍攝中，溫妤便沒有打擾，自己安靜地站在那觀摩。

站了約十來分鐘的時候，有人給她遞來一張導演椅，「溫總，坐下看吧。」

溫妤沒想到這裡竟然有人認識她，轉身一看，是個年輕男人，有點眼熟，但一時想不起名字。

溫妤有些尷尬自己沒認出對方，只好道了聲謝謝。

年輕男人沒繼續說下去，遞完凳子就走到一邊看起了劇本。

之後溫妤暗暗回憶了很久，才想起這個男人叫霍岩。

她上週在《瞬間》的男主角候選演員資料裡見過。

這位霍岩算是眼下當紅的流量男藝人，拍戲唱歌雙線發展，粉絲的名字都用他名字的諧音叫火焰。

有了椅子，溫妤總算不用站得那麼累，她坐下，又看了尤昕半小時。

不得不說，閨蜜雖然滿腦子黃色廢料，但演起戲來是真的認真又專業，這場打戲打了十多遍了，因為對手狀態不好，她不厭其煩地陪他磨合。

好不容易，尤昕補拍結束。

她換了衣服來找溫妤，「走嗎？我帶你去吃這邊有名的烤魚。」

溫妤卻沒動，「等會，我看看那個霍岩的戲。」

這時的鏡頭是在拍霍岩。

尤昕也跟著在旁邊坐下，調侃道：「怎麼，對他感興趣啊？」

溫妤無語瞥她：「他經紀人送了資料來試鏡，我今天剛好在這，看看現場不是更好。」

尤昕點點頭：「霍岩戲還行，比同類型的流量要好些。」

溫妤沒說話，專注看拍攝中的霍岩。

這也是一場打戲，霍岩吊在威亞上，反覆與另個演員配合。

他狀態看起來不錯，只拍了三遍導演就喊了cut。

霍岩放下手裡的劍緩緩從威亞上降下，也是這時，視線無意間對上坐在下面看的溫妤。

他很輕地笑了笑，溫妤想起剛剛椅子的事，也點了個頭算是回應。

接著拉尤昕起身：「走吧，去吃什麼來著？」

兩人一邊說一邊往外走，剛走出攝影棚，身後忽然傳來聲音：「小心！」

溫妤還沒回過神，就看到身側一個巨大的金屬道具門直直朝自己傾斜了過來。

眼看整個人都要被道具門壓到，一雙手突然推開了溫妤。

咣噹一聲重響，鐵門轟然倒地，掀起一陣灰塵。而溫妤因為被推開得及時，只是朝旁邊摔了下，小腿撞到了一旁的木板。

偏偏還是之前車禍時被撞到的地方，這下再次被撞，疼痛瞬間襲來。

站在溫妤身邊的尤昕也被連帶著摔了個跟斗，她看溫妤一臉痛色馬上過來扶住她：「沒事吧好好？」

霍岩也推開金屬門走過來，「沒事吧溫總？」

溫妤從疼痛裡抬起頭，這才反應過來剛剛推開自己的是霍岩。

「沒事，謝謝。」

霍岩：「附近有診所，要不要我送你過去看看？」

溫妤搖頭：「不用了，我——」

話還沒說完，另一道女聲插了進來：「好好？怎麼了，撞傷了嗎。」

來的人是明媱，祁敘的女朋友，也是正當紅的女明星。

溫妤之前跟蔣禹赫出去時見過明媱一次，但不熟，甚至都沒怎麼說過話。

她不知道明媱為什麼會突然來關心自己，張了張嘴，還沒開口問，明媱就親暱地牽住了她：「我車在那邊，上去再說。」

說完，輕輕靠在溫妤耳邊道：「蔣總在車上。」

溫妤：「……」

這都能撞上？

明媱這句話說出來，溫妤就知道自己沒辦法拒絕了。

她跟尤昕說了聲，然後慢慢挪著步子，跟明媱一起上了她的保姆車。

車門拉開，果然，車上坐著兩個男人。

一位是祁敘，另一位當然就是自己那位男朋友。

別說，這兩個男人坐一起竟然很配。

一個戴眼鏡穿白襯衫，斯文矜貴。

一個乾脆全身黑色，氣場強大又深邃。

見溫妤上來，祁敘自動讓開位置，坐到前排明媱助理的座位上。

今天天氣熱，蔣禹赫這款襯衫領口是比較休閒的款式，微微敞開，整個人看著沒那麼拘謹。

他接過溫妤的手，把她拉到身邊坐下，「你怎麼在這。」

溫妤：「我過來找尤昕，順便看看怎麼拍戲。」

蔣禹赫視線從車外某處緩緩收回，又落到她腿上：「撞到哪了？」

不等溫妤開口，明媱就說：「前面有診所，下去讓醫生看看好了，別傷到了骨頭。」

溫妤尷尬地笑了笑，「應該沒什麼事的。」

「那就去看看。」蔣禹赫說。

「……」

保姆車就這樣開去了影視城的診所。

知道蔣禹赫和溫妤正在避嫌中，明媱特地先下去清了個場，幸好這時診所也沒什麼人。

確定沒人看到後，溫妤才瘸著腿下車，正要慢慢走進醫務室，身體忽然懸空。

蔣禹赫從後面把她抱了起來。

溫妤嚇了一跳，手下意識地就掛到了他脖子上。

蔣禹赫似乎也也被溫妤這個略顯主動的動作怔了下。

他頓了頓，看向懷裡的溫妤，溫妤剛好也在看他。

猝不及防一個四目對視後——溫妤倏地鬆了手。

畢竟自己上午還在走清純妹妹人設，切個牛排都切不動的那種，這時突然就黏到人家身上，好像有點違和。

她故作鎮定地往回縮自己的手，想試圖補救一下自己的人設，雖然已知他不喜歡這一款，但自己說崩就崩未免也有些兒戲。

可貼在蔣禹赫身上又真的好舒服。

超級有安全感的那種。

而且難得占一次他的便宜，自己還沒占夠呢，怎麼想這筆帳都不划算。

掙扎了幾秒，溫妤做出了決定——管她什麼人設呢，崩就崩吧。

人生就要享受當下才行！

小溫總現在只想體驗一把被男朋友公主抱的快樂。

於是已經縮到胸前的手又暗暗攀了回去。

頭也撒嬌般埋到了男人懷裡。

蔣禹赫不是不知道溫妤在想什麼，只是一直沒出聲，想看看這個女人腦子裡的小劇場結束後會怎麼抉擇罷了。

還好。

他輕輕扯了扯唇，心裡掠過誰也不知道的滿足。

診所裡，醫生讓溫妤坐下，拿一個小工具在她小腿附近敲著檢查，又拉伸了幾次，最後說：「骨頭沒事，應該就是外傷，把褲子往上抽一點我看看有沒有瘀血吧。」

溫妤穿的是一條緊身的牛仔褲，褲管很窄，試著往上提了兩下卻更加擠壓到了傷處。

她痛得放棄了這個檢查：「算了不看了。」

「這，」醫生有些為難，「不看我沒法給你開藥。」

蔣禹赫知道是褲子太緊的緣故，頓了頓，問醫生，「有沒有剪刀。」

醫生一愣，轉身從滅菌盒裡拿出一把紗布剪遞給他。

蔣禹赫在溫妤面前蹲下，按著她受傷的那條腿。溫妤還沒回神，冰冷的金屬就這樣從褲腿處緩緩探入。

——她吸了口氣，身體莫名激起一陣顫慄。

男人的手是溫暖的，泛著光澤的金屬是冰冷的。

兩種溫度同時貼到皮膚上，莫名在溫妤心裡捲起一股微妙的波瀾。

她心跳在暗中加快，手也不覺抓緊了病床上的一次性墊巾。

矛盾的溫度還在交錯前進，蔣禹赫按照傷口的位置緩緩剪開了褲子。

他手裡好像有沙子，慢慢的，沿著溫妤血液運行的方向，從腳踝嚴嚴密密緩緩向上，在小腿皮膚上爬行包裹，密不透風，喘不過氣，血液都跟著變得滾燙起來。

這種感覺讓溫妤有些不知所措，她無意識地往後瑟縮了下，蔣禹赫另一隻手直接握住她的腳踝，甚至往回拽了下。

像拽回一隻不聽話的小貓——

「別動。」

溫妤：「……」

蔣禹赫這時剪到側面偏硬的褲縫處，紗布剪沒能剪下去，他乾脆丟了工具，雙手抓住，輕鬆撕開了那個缺角。

啪啦一聲，傷口終於被完全暴露了出來。

溫妤的臉卻更熱了。

她不知道自己在聯想什麼，只覺得自己好像被尤昕附體了，滿腦子都是些不和諧的畫面。

醫生圍過來看了一眼，習以為常地說：「沒事，稍微有些瘀腫，用點藥就行。」

影視城經常有因為拍戲受外傷的情況，所以診所裡這樣的外傷藥很常用。

醫生一邊幫溫妤用酒精做表面消毒，一邊拿了支藥膏給蔣禹赫：「一天擦三次，兩、三天就好了。」

蔣禹赫接到手裡，轉身問溫妤：「你開車過來的？」

溫妤點點頭。

「車鑰匙給我。」

「……」

拿走了車鑰匙，又過了十分鐘左右，蔣禹赫把車開到診所門口，這才又抱著溫妤上了車。

「祁總呢？」

「我讓他們先回去了。」

「哦。」溫妤安靜地坐在副駕駛上，餘光偶爾偷瞥一眼男人，總覺得自己小腿上還有他手的溫度。

車裡也是，氣氛莫名浮著一層散不去的曖昧。

好像兩人剛剛不是在檢查傷口，他扯破的也不是褲子。

溫妤閉了閉眼，主動找話題打破這種氣氛：「你怎麼會在影視城？」

「祁敘女朋友在這邊拍戲，我帶他過來探班。」

被這麼一說，溫妤想起了什麼，眨了眨眼問，「明嫿姐現在什麼身價？」

蔣禹赫：「你想找她？」

「是啊，你不覺得她很漂亮嗎？而且笑起來特別有感染力，就特別容易讓人一見鍾情的那種。」

蔣禹赫很久都沒回這個問題，還是到一個紅燈路口停下，才轉過來看了溫妤一眼，說：「你漂亮多一點。」

溫妤：「……」

天啊，這個男人竟然會對自己說情話了。

溫妤一時竟有些不習慣，緩了兩秒，冒出一句：「那我哪裡比她漂亮？」

等了片刻，蔣禹赫卻反問她：「難道你會覺得祁敘比我好？」

他這麼說，溫妤懂了。

情人眼裡出西施，自己喜歡的人，再怎麼樣都是最好的。

好比祁敘雖然也優秀，但在溫妤眼裡，還是覺得面前這個男人最好。

哪裡都讓她心動。

溫妤暗自彎了彎唇，對這種不拉踩別人的理智情話相當滿意。

半小時後，車開回了觀南公寓。

蔣禹赫抱著溫妤下車，溫妤這時候已經非常熟練且享受這個動作，才被抱上就把頭靠在蔣禹赫懷裡。

頓了頓，忽然感慨地說：「你還記不記得車禍後我剛去你家時你是怎麼對我的？」

蔣禹赫抱著她，沉默。

溫妤見他不說話，用手戳他胸口：「我幫你回憶下？」

她一樁樁如數家珍：「讓我瘸著腿自己上下車，也不幫我收輪椅，我主動跟你說話都不理我，跟你交換號碼也不願意，那時候的我可比現在傷得重多了。」

頓了頓，溫妤入戲了似的抬起頭看蔣禹赫，一臉的痛心疾首：「說真的，午夜夢迴的時候你良心不會痛嗎，不想為自己曾經做過的事贖罪嗎？」

「你這個冷漠的傢伙。」

「說話呀你。」

蔣禹赫耐心聽她碎碎念了一路，好不容易到家把人抱回臥室就去了浴室。

很快，一陣水聲傳了出來。

溫妤嘖了聲，心想這人是嫌自己髒嗎，回來就洗手。

她試著起來走了兩下，發現其實也就是剛剛撞到的時候有些疼，這時已經好多了。

又站在臥室門口喊了兩聲溫清佑的名字，發現親哥不在家。

於是又慢吞吞走回去，想去浴室看看蔣禹赫在洗什麼這麼認真，剛走出兩步，他人出來了。

手裡還有沒擦乾的紙巾，邊走邊丟到了垃圾桶裡。

「坐好。」他說。

溫妤被蔣禹赫一按，人坐在了床頭沙發上，還未反應，小腿忽然一涼。

她垂眸看過去，只見蔣禹赫拉高了她的褲腳，手裡拿著醫生開的藥膏，擠了一點在她被撞到的地方。

藥膏帶著一點涼意，緩緩被他推開。

這一波操作來得措手不及，溫妤倒吸一口氣，「……你幹什麼。」

蔣禹赫頭都沒抬：「贖罪。」

溫妤：「……」

頓了幾秒，小聲嘀咕：「我看你一點都不像在贖罪。」

蔣禹赫停下，看著她：「那我像什麼？」

男人指腹不似女人柔軟，在皮膚上揉搓時會有輕微的粗糙感，偏偏溫妤的腿部皮膚又特別細膩，蔣禹赫這麼一圈一圈的塗抹揉搓——

溫妤閉了閉嘴，「我覺得你在勾引我。」

「……」

安靜了幾秒，蔣禹赫懶得理溫妤似的，繼續垂下頭抹藥。

溫妤從他眼裡看出一種「你是不是有什麼自作多情的毛病」的意思。

「我說錯了嗎。」她馬上坐正，終於挑破了絲襪的事，「你從中午送我那個禮物開始就在不懷好意地勾引我。」

蔣禹赫還是沒回應她。

溫妤更加覺得自己受到了冒犯，虛張聲勢道：「反正我不會穿的。」

「你想都別想。」

蔣禹赫幫溫妤抹好了藥膏，放下褲腳，才慢條斯理說：「我還沒那麼迫不及待。」

溫妤：「……」

「我送你那個是想你知道，別什麼事都聽宋清佑指導，我跟他不一樣。」

他聲音低，又視線灼灼地看著自己，溫妤無法承受太久這樣的對視，主動移開視線，又推開他說：「我哥是跟你不一樣。」

「他很規矩的，沒你這麼不正經。」

話音剛落，臥室外傳來窸窣的聲音。

有人開門走進來了。

蔣禹赫知道應該是溫清佑回了家，想著反正待會也是被趕走的命，乾脆自己先走。

他把藥膏放在桌上，叮囑溫妤：「睡前記得再擦一次。」

說著他就開門往外走，溫妤起身道，「你等會，我話還沒說完呢。」

話剛喊完，溫妤便看到蔣禹赫停在門口的走道那沒動。

表情也有些不對勁。

好像看到了什麼不能繼續往前走的畫面。

「怎麼了？」溫妤好奇地走過去。

走到狹長的走道處，看到客廳裡的畫面，她驀地怔住，而後眼睛慢慢睜大，差點連呼吸也跟著屏住。

客廳被暮色籠罩，暗沉沉的，昏暗一片。

一對男女就這樣旁若無人地在牆邊熱吻著。

女人的領口被扯開了一半，男人襯衫的鈕釦也在被一個個解開。

在熱情似火的親密聲中，蔣禹赫緩緩轉過來看著溫妤，眼裡好像在說——「你哥真的滿正經的。」

溫妤看得瞠目結舌，無言以對，實在也無法為親哥立人設了。

他一定是聽自己說今晚不回來住所以才敢這麼玩。

可是玩也就罷了——對方怎麼會是蔣禹赫的姐姐啊！

客廳一角，激情癡纏持續上演，在溫清佑的襯衫快要脫離身體之前，蔣禹赫伸手蒙住了溫妤的眼睛。

然後平靜看著那對身影說：「進房間有那麼難嗎。」

成年男女所有的瘋狂都在蔣禹赫這句平靜又冷漠的話後戛然而止。

猶如往熊熊燃燒的烈火裡淋了一大盆冰水，倏地就澆滅了所有熱情不說，當事人也被這冰火碰撞的化學反應狠狠嚇了一跳。

四雙眼睛凝視著對方，客廳瞬間陷入了死寂。

溫清佑和蔣令薇是不幸的，人生歡樂之時被人撞見。

但他們又是幸運的，起碼被撞見的時候，彼此的情不自禁還只停留在熱吻之上。

沒有更深一步。

兩人以超高的人品死死抓住了最後那麼一點底線。

激情退去，蔣令薇匆匆整理好自己凌亂的衣衫，溫清佑也淡定扣上了已經垮到腰間的襯衫。

蔣禹赫這才冷臉走過去，把蔣令薇拉到自己身後，面朝溫清佑：「坐下來說說？」

溫清佑輕輕扶了扶眼鏡，「說什麼？」

這不是很明顯的事了嗎。

還用得著再說一次？

蔣禹赫輕笑，「沒點交代嗎？」

蔣令薇雖然是姐姐，但在蔣家，蔣禹赫這個弟弟反而更強勢。

因此此刻的態度並沒那麼友好。

溫清佑輕拉自己的領口，回道：「你不是都看到了嗎。」

兩個男人明顯話中帶刺，語氣都不太好。

蔣令薇怕吵起來，主動解釋：「禹赫，我們很早就認識了，不是你想的那樣。」

「我沒空去想你們。」蔣禹赫停了幾秒說，「我沒興趣知道你們什麼時候認識什麼時候上床，但溫妤顯然不適合再跟你住在一起。」

頓了頓：「我要帶她回去。」

溫清佑緩緩抱胸，「怎麼就不適合了？」

蔣禹赫面無表情看著對面的男人：「讓她在這妨礙你們還是像剛剛一樣欣賞你們？」

溫清佑笑了，「我覺得你在趁火打劫。」

「你怎麼覺得我無所謂。」蔣禹赫也笑，「總之人我要帶走。」

溫妤也聞到了越來越重的火藥味，她輕輕扯了扯蔣禹赫的袖子，想暗示他態度不要那麼強硬。

蔣令薇卻聽出些不對勁的地方，皺了皺眉，「蔣禹赫，你是不是管得有點寬啊，我跟小魚哥哥的事關小魚什麼事，你要把人家妹妹帶哪裡去？」

蔣禹赫睨了親姐姐一眼，還未開口，溫清佑幫他開口了。

像是找到了反擊的機會，他輕笑：「怎麼你不知道你弟弟和我妹妹也在一起了嗎？」

蔣令薇：「？？？」

蔣令薇怔了好幾秒，驚訝地看著他們：「你們不是……」

簡直就是大型互相翻車現場。

畢竟在蔣家人眼裡，溫妤算是蔣禹赫的半個親妹妹，付文清和蔣令薇也都是這麼認為的，甚至蔣令薇還曾經有過認溫妤做乾妹妹的打算。

怎麼突然，自己的弟弟就和這個妹妹在一起了？

太亂了。

溫妤尷尬得不知道說什麼，倒是蔣禹赫異常淡定，「我們在一起有什麼問題嗎。」

沒人說話。

當然沒有問題，他們又沒有真的血緣關係。

兩個互相喜歡的成年人為什麼不能在一起。

見大家都默認，蔣禹赫繼續剛才的話題：「除了不想好好繼續住在這影響你們，她今天腿受傷了，醫生說要靜養一個月，我是她男朋友，照顧她是我的事，我想這一點宋先生應該不會還要跟我爭議吧。」

溫妤：？

醫生什麼時候說要靜養一個月了。

醫生明明說擦藥幾天就能好的吧？

溫清佑這才注意到溫妤被剪開的褲腿，起身就想過來查看，「怎麼回事，怎麼受傷了？嚴不嚴重？」

蔣禹赫當然不會真的讓他看，馬上攔住，眼裡意味不言而喻——「就不勞您費心了。」

溫妤馬上對溫清佑說：「哥我沒事。」

又急匆匆緩解兩個男人的關係：「我知道你們都關心我，但你們能不能好好說話，你們這樣我和姐姐都很難做人。」

蔣禹赫懶得管別人怎麼想，直接拉著溫妤回到臥室，說：「必要的東西拿走，其他的都不用帶。」

「啊？」這也太快了，溫妤有些措手不及，「現在就走？」

「難道你要留下來看他們繼續？」

「……」

「還是說，」蔣禹赫頓了頓，聲音壓低了些：「你不想跟我一起。」

溫妤倒也沒必要違背自己的內心撒謊。

其實回京市後她就想和以前一樣，吃住都和蔣禹赫在一起，畢竟過去那幾個月她都這麼過來的，已經習慣了那種生活。

只是沒料到溫清佑會突然跟著過來，橫插一腳，打亂了自己的計畫。

現在既然他和蔣令薇在一起了，自己留在這，似乎的確在妨礙別人恩愛。

而且看剛剛親哥那個樣子，都不知道暗中盼望她不在家多久了。

溫妤很快做了決定，但不想讓蔣禹赫覺得自己好像很想跟他在一起，故意做出一副不得已的樣子說：「我搬走是給我哥和你姐行方便，你別多想。」

蔣禹赫輕笑：「嗯，我不想。」

溫妤從衣櫃裡拿出一個行李箱，正要把一些常穿的衣服帶走，蔣禹赫攔住她，「帶幾套貼身的內衣就行。」

想起以前別墅裡有自己的衣服，溫妤以為蔣禹赫是這個意思，就沒有多拿。

她去拉下面的抽屜，都已經拿出一件 bra 了，才忽然想起了什麼似的又塞回去。

接著抬頭對蔣禹赫說：「你看什麼看，轉過去。」

蔣禹赫：「……」

其實他已經看到了那條黑色的細肩帶。

喉結無意識動了動，他朝陽台走，「我出去抽菸等你。」

溫妤換了一個小的行李袋，收拾了幾套內衣和一些私密的貼身用品，再在房裡轉了一圈，把準備送給蔣禹赫的禮物和床頭櫃裡的絲襪一起裝到了包包裡。

總之和蔣禹赫有關的一切，一樣都沒落下。

都收拾好後，她敲了敲拉門的玻璃：「可以了。」

蔣禹赫掐了菸，走進來拎起她的包包，「走吧。」

走出幾步又忽然停下，一把抱起溫妤。

溫妤微愣，說：「沒事，我腿沒那麼疼了。」

蔣禹赫：「現在不疼也要疼。」

「……」

真沒看出來你也挺會演的。

經過客廳時，外面的兩個人不知在討論什麼話題，蔣禹赫停了一下：「我們先走了。」

「哥，」溫妤心虛地對溫清佑說：「我養好腿就回來。」

溫清佑淡淡看了她一眼，深知被蔣禹赫叼走的妹妹怎麼可能那麼容易就放回來。

他也知道這個男人等這一天很久了，今天正好抓住了機會而已。

事實證明蔣禹赫的確是個行動力強的，見縫插針，當機立斷，說帶走就帶走。

知道溫妤遲早都是他的人，溫清佑沒有想過一直阻撓，到這一步也只能說了句：「好好照顧好好。」

「當然。」

&

直到離開公寓，坐在車上的溫妤都還是想不通：「我哥到底什麼時候跟你姐對上眼的，他們在江城酒吧那次才第一次見面吧？怎麼這麼快就……」

想起那個火熱的畫面溫妤都不好意思繼續往下說，誰知蔣禹赫淡淡接了句：「不快。」

「？」

「是我們慢而已。」

「……」

溫妤腦子嗡了好幾秒，愣是沒想出要怎麼接他這句話。

哪裡慢了！

我都跟你回家了，還要怎麼快？

是不是現在我抱個孩子在手裡才不叫慢？

溫妤哼了聲，撇開頭。

過了會，故意抬起自己受傷那隻腿，「你是不是要賠我一條新褲子？」

蔣禹赫：「好。」

「……」

答應得這麼爽快反而讓溫妤覺得沒了意思，她沒再說話，過了會又想起了什麼似的扭過頭：「你都沒跟奶奶說一聲，就這麼突然帶我回去會不會不太好？」

蔣禹赫看著前方路況，淡淡回：「我回自己的家不需要跟任何人說。」

溫妤點著頭：「道理是這樣，可萬一奶奶不喜歡呢？」

蔣禹赫似乎根本沒考慮這個問題，反倒說起了別的，「奶奶下個月過七十歲生日，到時候我會告訴她我們的事。」

「七十？」溫妤成功被轉移走了注意力，「那是大生日欸，我送什麼禮物給她好？你奶奶有什麼特別喜歡的東西嗎？」

後半段的路程，溫妤就圍繞著付文清七十大壽的話題聊了很久。直到車朝一個陌生的豪華住宅停車場開進去，她才注意到不對勁。

「等會，我們不是回家嗎？」

蔣禹赫停好車，拉好手剎轉過來看溫妤：「這裡就是。」

溫妤：「？？」

驀地，她想起之前蔣禹赫說過的買房子的事，可當時溫清佑沒准自己跟他一起住，溫妤還以為買房子的事就此作罷了。

她問：「你真買了？」

蔣禹赫：「我什麼時候說過假話。」

「……」

蔣禹赫買的這間房子是京市稱得上地標建築的豪華住宅，房價一度達到一百七十五萬一坪，能入住的非富即貴，這樣也把這些上流住戶的隱私保護得很好。

私人電梯直接入戶，來到一個新的住處，溫妤四處打量。

房子的裝修一如蔣家別墅裡蔣禹赫臥室的風格，黑白灰設計，線條感極強，是他喜歡的那種簡約和硬朗。

溫妤看了一圈問：「我住哪個房間？」

「只有一個臥室。」

溫妤不屑一笑：「你當我三歲小孩呢，這麼大的房子就只有一個臥室？剩下的地方被你吃了？」

蔣禹赫沒解釋，只朝裡走過去，說：「過來。」

溫妤也想看看這個男人葫蘆裡賣的什麼藥，跟著他走到一扇房門前。

蔣禹赫推開門：「自己看。」

什麼啊？還神神祕祕的。

溫妤邊嘀咕邊走了進去，可抬眸瞬間表情便怔住。

溫妤無法用語言形容這一刻的心情。

難以置信，不可思議，尖叫抑在嗓間，比剛剛看到親哥的瘋狂還要感到震驚。

眼前這間寬敞的房間裡，盡是琳琅滿目的衣服、鞋子、包包、首飾，甚至還有晚禮服。

各大品牌的當季新款，成行成列地按風格擺放著，呈列出了一個精緻到極點的豪華穿衣間。

比自己破產前在江城家裡的衣帽間還要大好幾倍。

溫妤怔在其中許久沒說出話，走進去看了幾眼，還是不太相信：「給我的？」

蔣禹赫靠在門邊，「嗯。」

怪不得剛剛說賠自己褲子時說得那麼乾脆……

原來早就在家裡準備好了。

溫妤隨手從鞋櫃裡提起一雙細跟高跟鞋，套到腳上試了下，更是難掩驚喜：「你怎麼知道我的鞋碼？」

「真當那三個月白住了嗎。」蔣禹赫淡道，「除了內衣不知道尺寸，其他這裡都有。」

溫妤：「……」

說話還真是一點都不怕直接。

把高跟鞋放回去，再回來的時候，溫妤抿著唇，雖然已經盡力讓自己淡定，但還是遮不住心底的那些小歡喜。

「幹嘛突然買這麼多衣服包包給我。」

蔣禹赫：「是誰在江城哭慘說自己把所有奢侈品都賣了創業。」

「那你當時也說了不會同情我啊。」溫妤撒嬌地摟著他的腰，仰頭看他：「現在又暗地買這麼多給我，你什麼意思嘛。」

蔣禹赫垂眸片刻，配合她之前的話：「可能是怕午夜夢迴的時候良心痛吧。」

溫妤：「……」

原來哥哥這麼早就有了這樣的覺悟。

太可貴了。

溫妤感動道：「那些話我是開玩笑的，你別真的記在心上，而且如果真要說良心痛，難道不是我的錯更多一點嗎，先騙你的是我。」

安靜了三秒，蔣禹赫很不客氣回道——

「沒關係。」

「我不介意你也彌補我。」

意識到好像給自己挖坑，溫妤馬上清醒，「你當我什麼都沒說。」

她想往外走，蔣禹赫卻忽然抱起她，把她抵在牆上：「你自己說過什麼是不是又忘了？要我來提醒？」

……溫妤當然沒有忘。

這筆帳拖的時間太長了。

回京市都快兩個月，她想要證明自己並沒有忍辱負重這件事還沒完成。

現在兩人都住到了一起，藉口也越來越難找了。

「你先放我下來。」溫妤去推蔣禹赫，但男人力氣大，有種今天不給答案別想下來的意思。

見推不開，溫妤只好皺眉演起了戲：「你碰到我腿了，啊，疼。」

蔣禹赫：「……」

溫妤的這聲「啊」帶了點氣聲，叫得輕輕的，尾音微揚，似叫又似吟，「疼」字更是拿捏到位，又羞又怯。

直接把蔣禹赫聽不好了。

他把溫妤放了下來，下意識想伸手去鬆領帶，卻發現今天自己並沒有繫領帶。

他領口是敞開的。

可依然有種透不過氣的感覺。

定定看著溫妤，幾秒後：「你下次再這麼說話試試。」

溫妤：「？」

無辜地眨了眨眼：「我又怎麼了？」

蔣禹赫沒理她，走了出去，邊走邊說：「雖然把另外幾個臥室打通做了這個衣帽間，但書房有床，你如果介意，我會睡那邊。」

溫妤跟在後面聽著，順便思考起了這個問題。

她介意和蔣禹赫同床共枕嗎？

他也算是君子在前，沒有逼迫自己。

之前兩人雖然住在一起，但各自住著自己的房間，某些程度上是保持了距離的。

但現在突然要睡在一張床上，溫妤還真是不確定自己能不能接受。

主要是，搬來得太急，她一點心理準備都沒有。

但談戀愛同一屋簷下還要分開睡，好像又有點過於扭捏。

他們又不是什麼十五、六歲的高中生。

正想著，蔣禹赫推開一間房間的門，「這裡是臥室。」

溫妤走進來看了一圈，果然是豪華住宅的設計，這個寬敞的臥室臨江，全玻璃落地窗，睡在這裡即刻可以享受兩百七十度的無敵江景。

太美了。

溫妤馬上腦補出了夏天的夜晚，微風輕拂臉龐，她和蔣禹赫坐在這裡，各自執一杯紅酒，相擁在一起欣賞著江景的愜意畫面。

可以，非常可以。

溫妤心生滿意，又四處看了下，看到裡面超寬的大床，特地走過去躺下試了試。

床墊很舒適，床單也意外的親膚柔軟。

讓人躺下就有一種想要馬上睡覺的衝動。

總之，這間臥室無論是裝修還是觀景她都非常喜歡。

現在糾結的就是，她要和蔣禹赫一起擁有這個房間嗎？

不，直白點來說。

是她準備好和蔣禹赫發生進一步的關係了嗎。

溫妤深思了幾秒，抬起頭：「我問你個問題，你要說實話。」

蔣禹赫看著她：「？」

「我們睡在一張床上的話，你會對我有那些想法嗎。」

「……」

安靜了幾秒，男人移開視線，坦白又平靜地回道：「不用睡在床上也會有。」

所以後來那晚，蔣禹赫還是被發配去睡了書房。

雖然他坦白回答了溫妤的問題，但這番坦白卻讓溫妤更加惶恐。

不用躺在床上都會有，躺在床上了豈不是更誇張？

溫妤還沒做好準備馬上跟他深入到最後一步，她雖然喜歡他，但有些事還是需要一個時間的過渡。

蔣禹赫沒有強迫溫妤，給了她十足的尊重。

於是同居的第一個晚上，兩人還是以過去的相處模式和諧度過。

溫妤睡在了大臥室，蔣禹赫去了他的書房。

第二天早上醒來的時候，客廳裡不知什麼時候來了兩個阿姨，已經做好了早餐。

阿姨告訴溫妤：「小姐，這是先生叫我們做給你吃的。」

鮮香味已經飄到了鼻子裡，是溫妤喜歡吃的蝦仁玉米粥。

她不得不再次感嘆蔣禹赫的執行力，一夜之間，在這個新家，溫妤沒有感受到任何陌生和慌亂的地方。

一切都被他安排得有條不紊。

溫妤感受到了那種被愛著、被關心著，明目張膽的寵愛。

蔣禹赫這時也坐到了餐桌對面，受了好處的溫妤馬上從碗裡舀了一顆蝦仁給他：「謝謝哥哥。」

蔣禹赫睨她：「謝什麼？」

溫妤也不知道怎麼說。

總之，對比溫清佑，和蔣禹赫住在一起的感覺是完全不一樣的。

睜開眼就能看到他，和他坐在一起吃早餐，心底總會洋溢著甜蜜和滿足。

「反正就是謝謝。」溫妤輕輕笑，多嘴問了一句，「你昨天晚上睡得好嗎？」

蔣禹赫喝著咖啡，杯口從嘴邊移開的時候看了她一眼，眼裡好像在說——你覺得呢？

溫妤也反應過來自己這個問題好像過於凡爾賽，畢竟她一個人獨佔了接近三公尺寬的大床，在上面連著翻好幾圈都不怕滾下去的那種。

正吃著，蔣禹赫的手機響了，他不動聲色地接起，沒出聲，只聽那邊的人說——

「蔣總，查過了，應該是意外，不是蓄意安排。」

蔣禹赫聽完嗯了聲，掛掉電話。

溫妤在片場差點被鐵門撞到，之後又冒出一個當紅的流量來扶她。

雖然一切看起來很平常，但對蔣禹赫這麼一個看慣了無數娛樂圈套路的人來說，他已經習慣了小心謹慎。

這件事便暫時略過。

兩人吃著早餐，蔣禹赫隨意問溫妤：「項目進展到哪一步了？」

溫妤一邊吃一邊回：「劇本已經改編得差不多，我和陳導最近正在選演員，每天都得看幾十個演員的資料。」

「有合適人選了嗎。」

「暫時還沒定，不過有那麼幾個在備選的，我和陳導這幾天會碰面再研究一下，另外——」溫妤咽下一口粥，擦了擦嘴，放下筷子認真對蔣禹赫說：「九月開學季的時候我想做一個線下的實景體驗，劇裡男女主的故事發生在校園，我想根據劇情還原真實的班級場景，與一線城市的商場合作做ＩＰ綁定線下快閃，同時商場的整體收益我們也能得到抽成。」

這是溫妤自己提出的對ＩＰ的一個前期的互動宣傳想法，就是不知道行不行。

說完她期待地問蔣禹赫：「你覺得怎麼樣？」

片刻，男人抬起頭給了肯定：「不錯。」

溫妤於是更加有自信起來，劈裡啪啦又講了一堆自己的計畫，什麼展覽、引流、衍生品等等，聽得蔣禹赫嘴角時不時會輕輕漾一漾。

果然如別人所說，溫妤不是什麼只會買買買的千金小姐。

他這位女朋友，不僅迅速融入了娛樂圈的規則，甚至ＩＰ還沒開始開發，已經有了一套一套靠它賺錢的計畫。

起初蔣禹赫還擔心一個大小姐突然拿著接近上億的項目會手足無措，即便給了她一個成熟的團隊，也不一定能夠指揮得力。

沒想到現在看來，倒是他多慮了。

蔣禹赫心底輕笑，問：「過兩天想出去玩嗎。」

溫妤愣了下，「去哪裡玩？」

「亞盛電影的酒會。」蔣禹赫說：「我昨天看了，邀請的名單裡沒有你。」

溫妤垂下頭，湯匙戳著碗裡的粥：「你們那麼大的公司開酒會，怎麼可能會邀請我這樣的無名新人。」

溫妤這話說得沒錯，畢竟每年的電影巡禮酒會邀請的嘉賓都是曾經和亞盛有過合作、有過投資的。另外便是一些電視臺、廣告商之類的人物，可以說能來的幾乎都是圈中的頂級資源代表。

像溫妤這樣剛剛出頭，連個代表作都沒有的投資新人，連進這個酒會的門檻都沒有。

所以公司那邊沒有發邀請函給她也是正常。

「別戳了，碗底都要被你戳破了。」蔣禹赫放下碗筷，準備去換衣服，轉身的時候說：「我私人邀請你過來參加。」

溫妤很快明白了蔣禹赫的意思，她不自覺地彎了彎唇，想貪心聽到一些更直接更甜的話，故意裝傻道：「什麼意思呀？我不懂。」

然而蔣禹赫沒回頭——「不懂就算了。」

「……」

怎麼會有這樣不解風情的男人？

要你說幾句好聽的話很難嗎。

太！無！趣！了！

溫妤暗自腹誹了幾句，悶悶不樂地繼續戳起了碗。

兩人吃完早餐，準備一起去上班。

蔣禹赫走在前面，出門後回頭朝溫妤伸出了自己的手。

意思很明顯，要牽她。

溫妤看到了，卻抬著下巴沒給反應。

蔣禹赫知道她在因為剛剛自己沒有配合她而鬧小情緒，馬上把人拖住——行吧，美好的一天從哄女朋友開始。

他拽著溫妤的手腕，很快便握住整隻手，十指連在一起，說：「亞盛開酒會老闆娘怎麼能不去。」

憋了幾秒，溫妤到底還是沒憋住，唇不自覺地揚了起來，但還是強裝淡定：「哦，誰是老闆娘？老闆娘在哪？」

一邊說還一邊做出四處張望的樣子。

蔣禹赫看著她幾秒：「戲過了。」

「……」

溫妤沒忍住笑了，撒嬌道：「你是不是每次都非要我作兩下，才願意跟我說點情話？」

「嗯。」蔣禹赫面不改色。

「……」

「我就喜歡看你作。」

「……」

「你不作我不舒服。」

「……」

「滿意了嗎。」

「……」

溫妤牽著蔣禹赫的手，心想既然你要這樣說的話——

她停在電梯門口，雙手打開：「我腿疼，要抱抱。」

蔣禹赫無奈抱起了她：「還有什麼花樣，你一次演完。」

溫妤一臉柔弱摟住他的脖子，靠在胸口，「醫生說我要休養一個月，所以這一個月你都要抱著我。」

蔣禹赫皺眉，「醫生什麼時候說過？」

溫妤眨了眨眼，抬起頭，在他耳邊親了一口，「蔣醫生你說的呀。」

「……」

蔣禹赫猝不及防地被溫妤挑逗了一下，背脊緊住，當場便暗了眸色：「你是不是不想上班？」

溫妤很無辜，「我哪裡不想上班了，我今天事情很多好不好？」

「那你就老老實實別亂動。」

溫妤馬上嘀咕起來，「男女朋友談戀愛不就是親親抱抱嗎？怎麼到你就高嶺之花還不給親了。」

蔣禹赫本來似乎想要說什麼，話到嘴邊又咽了回去。

電梯門開，他一臉平靜地抱著溫妤走進去，等門關上，突然就把溫妤放了下來。

「……？」

溫妤還沒站穩，蔣禹赫的吻就強勢襲了過來。

溫妤被逼得站在角落，兩隻手懵然貼在電梯牆上，只感到一陣一陣的熱在舌尖掠奪翻湧。

她連想發出聲音的機會都沒有。

像是故意懲罰她剛剛的挑逗，蔣禹赫這個吻極其霸道，感覺溫妤在推他反抗時更加重了口中的封堵。

一下又一下，溫妤又快要不能呼吸了。

即便這樣羞恥，溫妤還不忘去看電梯下降顯示的樓層，眼看快要到地下一樓，她急切地去推蔣禹赫，甚至慌亂地用手打著他。

好不容易，叮一聲。

電梯門開了。

蔣禹赫也在那一秒間抽離了身體。

無事發生，雲淡風輕。

他還是那個穿著整齊，氣質矜貴的高冷總裁。

而溫妤大口喘著氣，像個手下敗將，被吻得毫無反擊之力。

蔣禹赫走了出去，回頭見她不動，挑了挑眉：「還想再來？」

溫妤咬著唇，只覺得這次是真的在忍辱負重。

她邊走邊罵：「你做個人好嗎？大白天在電梯裡就這樣？」

從身邊經過時，蔣禹赫又一把抱起了她，「是你說的，談戀愛就是親親抱抱。」

「……」

溫妤已經不記得，這是她第幾次搬石頭砸自己的腳了。

早餐前的甜蜜互動後，兩人各自開車去公司上班。

溫妤最近的工作就是挑選演員。

雖然她只是個投資人，但一直記著蔣禹赫教她的——每個經手的專案都要熟悉流程，能親自參與的最好親自參與，因為只有完全投入付出了，才算對這個項目負責，最後收穫成功的時候也會有無與倫比的成就感。

接下去的幾天裡，溫妤和導演碰面，和編劇聊人物，幾乎熟透瞭解了小說中每位角色的性格特色，在心裡對演員的初選也有了一個自己的名單。

而這幾天裡，她和蔣禹赫在同一屋簷下的生活也非常和諧。

雖然偶有肢體上的接觸，但好在這個男人依然是尊重她的。

幾天後便是亞盛每年一度的電影巡禮酒會。這算是溫妤入行後第一次被邀請參加的大型活動。

她心裡當然知道，蔣禹赫絕不是為了哄她開心或者其他什麼原因才讓她參加。這樣的活動大佬雲集，匯聚了圈中各種資源，蔣禹赫讓她過來無非是想讓她見識一下，當然如果有能力的話，能在酒會上順便整合些資源也是她的本事。

因此這場酒會溫好非常認真地準備了。

幸好蔣禹赫送給溫妤的搭配間裡有豐富的服裝和配飾，她沒有在選擇衣飾上浪費過多時間，輕鬆選了一套裙子和高跟鞋。

小腿上的傷已經好了，只是外觀還有一片未散去的陳舊瘀青，所以裙子溫妤選了較長的、能蓋住傷口的款式。

晚上七點，溫妤帶著唐淮一起出席了酒會。

酒會在城中高級的五星級飯店舉行，現場果然如溫妤所想，名流雲集。

不僅有亞盛旗下的一、二線明星，眾多業內著名的導演、監製、製片人和其他明星也都來了現場，媒體更是來了二十多家。

這樣高級的業內交流盛典，蔣禹赫根本就是在給自己成長和豐滿羽翼的機會。

溫妤心裡都懂。

雖然跟這些大佬比起來她還只是個新人，但好在她這個新人也算是鋒芒畢露，手握一部熱門ＩＰ，再加上本身「美女投資人」的頭銜，所以一入會場也引起了很多同行的注意。

「那位就是最近風頭很盛的溫妤？」

「沒錯，好像是她。」

「搶了亞盛的IP還能被邀請，來頭不小啊。」

「我還挺想認識認識這位美女投資人。」

「那過去搭個線？」

酒會現場衣香鬢影，觥籌交錯，大概是一種天生的能力，溫妤亦在這種時候展現出了自己交際上的左右逢源和八面玲瓏，無意中收穫了一堆業內資源。

來跟她交換名片的有明星，有影視公司，有電視臺，甚至還有一些奇奇怪怪的其他領域的菁英。

到了七點半，酒會快開始前，門外有了閃光燈接連響起的聲音。

今晚的主角也終於在這時候登場了。

蔣禹赫作為整個亞盛集團的主席，今晚旗下電影公司的酒會必然會出席。

而他，才是整個酒會被關注的焦點人物。

他款款步入會場，依舊穿著沉穩禁欲的黑色系西裝，臉上的表情很淡，卻又有著直擊人心的氣場和魅力。

跟溫妤初見他時的場景一樣，他被無數不同面容的人圍住，閃光燈跟隨著他的腳步不斷移動。

他的出現勝過在場的任何一位頂級明星。

因為誰都知道，這個男人才是金字塔頂端的那位造星人。

也是這個圈子的規則制訂者。

溫妤站在角落的位置，擠不上前，也沒打算擠上去湊熱鬧。

她捧著酒杯，視線一直跟著蔣禹赫，本沒指望他會在這麼多人裡看到自己，但就在他與自己所在的位置擦肩而過時，他的視線不經意落了過來。

雖然隔著人群。

雖然只是那短短兩三秒的對視。

那一刻，溫妤心裡突突地跳了下，接著便下意識地抿起唇輕笑。

沒人發現他們這個隱祕的、充滿了愛意的對視。

也只有溫妤和蔣禹赫才能體會這種「茫茫人海裡一眼就能找到你」帶來的滿足。

酒會開始之前，蔣禹赫作為主席需要上臺致辭。

這也是溫妤第一次看到他從容發言的樣子。

他就那麼站在舞臺之上，彷彿自帶光環，沒有任何手稿，思路清晰，犀利流暢地說著那些生意場上的話術，眼神舉止間散發著一個業內領頭人的沉穩和從容。

讓溫妤由衷地從心底感慨，能坐到這個位置的確有著普通人無法企及的能力。

蔣禹赫致辭結束過後便到了這一年亞盛影視即將投資出品的電影巡禮。

作為國內的電影巨頭，亞盛影業一直都是行內的頂尖水準代表，來年十多部重磅影片的發佈在現場也掀起了陣陣波瀾。幾乎每部都是破億的投資，讓人不得不驚嘆一句亞盛雄厚強大的資本。

影片展覽結束後，大家便開始了自由的酒會交談時間。

眾人紛紛聚集到一起，小圈子成堆，推杯換盞，小聲交談。

而蔣禹赫就是那個被包圍的中心人物。

他平時甚少出席這樣的宴會，除了亞盛一年一度的電影巡禮和年會外，他幾乎很少出席外界的活動。

也正如此，今晚他難得現身，迅速成為眾人關注的對象。

其中更是不乏眾多漂亮的女明星，或是其他的女性同行。

溫妤就這樣站在不遠處看著蔣禹赫和她們交談。

他身邊的女人就沒有停過，像一隻隻趕不走的蒼蠅，走一個，又來一個。

溫妤心裡莫名不是滋味，要了一杯酒，也直直地走了過去。

當著眾人的面，她走到蔣禹赫面前風情一笑：「蔣總您好。」

蔣禹赫面色不變，也淡淡微笑，「你好。」

溫妤用酒杯點了點她的杯子，「蔣總可以賞臉跟我喝一杯嗎？」

蔣禹赫正要開口，不知從哪裡冒出一個人對他說：「Melissa 過來了，想跟你談一下在海外那邊上映的事。」

蔣禹赫看了溫妤一眼，走之前輕輕碰了下她的杯，又很低地說了一句：「少喝點。」

接著喝了自己杯裡的酒，轉身離開。

溫妤看到他走到了一個約莫三十多歲的外國女人身邊，兩人碰杯，接著攀談起來。

雖然知道這種感覺不應該有，也知道蔣禹赫是在工作，可看著他被那麼多女人圍著，溫妤還是會有一些莫名的酸意。

大概她就是這麼小氣的女人吧。

悶悶地看了會，溫妤轉過身，也和唐淮投入了酒會中。

她喝得少，幾乎是入口抿一下就結束。

偶爾看蔣禹赫那邊，他手裡的酒杯就一直沒停過。

溫妤皺眉問唐淮：「蔣總酒量好嗎？」

唐淮說：「還行。」

溫妤點了點頭，看到蔣禹赫身邊又換了一批女人，心裡一陣悶：「我出去透一口氣，馬上就回來。」

「要我陪您嗎？」

「不用。」

溫妤一個人走出去，在一處花廊的座椅上坐了下來。

心裡的感覺說不出，是一種找不到宣洩理由的憋悶。

她獨自喝了杯酒，又吹了會兒風，似乎才清醒冷靜了些。也是這時，迎面忽然走來一個年輕的男人。

「溫總你好，這麼巧？」

竟然是霍岩。

「你好，剛剛在裡面怎麼沒看到你。」溫妤說。

霍岩笑說：「我跟經紀人來遲了，剛剛才到，對了溫總，你的腿怎麼樣了？」

溫妤禮貌搖了搖頭：「已經好了，多謝。」

「那就好。」

溫妤與霍岩並不熟，簡單幾句對話後正準備回去，忽然收到蔣禹赫傳來的微信。

【去哪了。】

溫妤回過去：【出來透透氣。】

重新回到現場的時候酒會已經臨近結束，大家都在各自道別。

唐淮告訴溫妤：「剛剛蔣總過來找你了，說讓你先去停車場，待會跟他一起回去。」

溫妤一邊點頭一邊在場內尋找蔣禹赫的身影，卻看到他在跟剛剛那個外國女人握手。

好不容易壓下去的小情緒就這樣又湧了上來。

在停車場等了快二十多鐘，蔣禹赫才跟著下來。

車簾拉上，他第一時間想來拉溫妤的手，卻被溫妤躲開。

蔣禹赫皺眉：「怎麼了。」

溫妤聞著他的一身酒氣沒說話，只叮囑老何說：「何叔快開車吧，我睏了。」

蔣禹赫看了她一眼，沒再說什麼。

蔣禹赫今天確實喝得有點多，但生意場上這些應酬避免不了，溫妤既然不想親近，在車上他也無謂勉強，閉目養起了神。

一路無話，很安靜。

回到家，溫妤還是一身的低氣壓，蔣禹赫不是察覺不到。

關上門便把她堵在門口，「又怎麼不高興了。」

他氣息灼熱，混合濃重的酒精味。

溫妤推開他，一邊脫高跟鞋一邊說：「你去躺著，我幫你煮杯醒酒茶。」

「嗯。」蔣禹赫聲音很啞，應聲的同時手卻抱住了她，「一起躺。」

「……」

溫妤措手不及，就這樣光著腳被他托起，回過神來才去推他：「你幹什麼？」

蔣禹赫不聽她的，走到客廳沙發處把溫妤壓到身下，半晌才問：「哪裡不高興，告訴我。」

溫妤被他人壓著，動不了，又急又惱，伸手就去打他：「你哪隻眼睛看出我不高興了？讓開，別壓著我，讓——」

「別對我撒謊。」蔣禹赫單手就控制住了她，身體微微下壓，「我看了你一晚上，你在想什麼我會不知道嗎。」

他的聲音低低的，蠱惑的菸酒氣息沉沉鑽入溫妤呼吸裡，燒得她臉一陣陣的燙。

溫妤閉了閉嘴，倔勁上來，迎上他的視線問：「那你說我在想什麼？」

聞言，蔣禹赫卻不慌不忙地撐起一隻手，就那麼看著她，不說話。

視線緩緩從臉部開始往下移動，像在欣賞感受著一件屬於自己的藝術品。

溫妤不知道蔣禹赫想幹什麼，但這種無聲的打量最是讓人難耐。

她徒勞地動了兩下，不自然地問：「看什麼看。」

他卻說：「看你吃醋的樣子。」

「……」

被戳中了心思，溫妤氣勢當即弱了幾分，但還是努力撐著：「誰吃醋？你喝多了就去睡覺行嗎，別再這自作多情了。」

說著就掙扎著想離開，無奈力氣懸殊太大，她始終被蔣禹赫壓制著不能動。

「你到底要怎麼樣。」

溫妤被弄得渾身都熱了起來，急於脫身，只好故技重施，「你壓到我腿了，很疼好不好。」

蔣禹赫垂眸看她，眼裡意味不明：「又疼？」

溫妤裝得很認真：「我今天的藥還沒擦，你快讓開，我要去——」

話音剛落，一陣涼意急促襲來，溫妤愣住，這才看到自己的長裙忽然被掀到了腰上，下一秒——

那條受傷的腿被蔣禹赫抬了起來。

溫妤驚呆了，還沒反應過來，濕濡的觸感快速傳到了腿部皮膚上。

蔣禹赫單手握著她的腳踝，偏頭吻在了她小腿之前受傷的那處地方。

濕潤，溫熱。

似吻，似吮，似咬。

難得的輕柔卻又磨人，一圈一圈，在溫妤心底深處攪動著，轟炸著。

溫妤好像忽然全身癱軟了般，怔怔地看著眼前的畫面，所有聲音都溢在了嗓子裡，喊不出來。

幾秒後，男人充滿酒氣的聲音才低啞落到耳邊：「這個藥行不行？」

第十七章　美女投資人背後的頂流人物

蔣禹赫這個措手不及的吻腿殺把溫妤殺怔了，整個人被他蠱惑了般，大腦逐漸被一種朦朧又陌生的感覺控制著。

心跳加速，呼吸變快。

她感覺到他慢慢俯下了身體，開始了輕吻。

有些事好像在順理成章地發生。

吻在唇邊溫柔廝磨，最後停在耳垂上，若有似無的熱氣碾過，沉溺中的溫妤莫名被一陣顫慄激醒——她倏地從這種感覺裡抽身，推開。

蔣禹赫微頓，停下看她：「你不願意？」

溫妤只是覺得有些突然。

她不抗拒發生，但不應該是在這樣的夜晚，這樣的情緒下。

自己還吃著醋好不好？

溫妤蹙著眉，別開臉不看他，「你身上現在起碼有十種不同的香水味，手上也有別的女人的味道，你覺得這時候合適嗎？」

她這麼說，蔣禹赫卻忽地一笑。

「那還不承認自己在吃醋？」

反正都被看穿了，溫妤也懶得演了。

「那你什麼意思？看我吃醋很好笑嗎？很滿足嗎？」

溫妤語氣裡帶著一點怒嗔，可看在蔣禹赫眼裡卻又莫名可愛。

這似乎是他第一次在溫妤眼裡看到喜歡自己的證據。

他真實感受到了她對自己的在乎，哪怕是這樣矯情任性的小脾氣，也格外珍貴。

「嗯。」蔣禹赫扳正她的臉，讓她的視線對著自己，「的確很滿足。」

溫妤更氣了，手腳並用地去推他：「變態，讓開！」

蔣禹赫以絕對性的力量優勢壓住溫妤不放，頓了會兒才收起笑意，哄似的告訴她：「你晚上見了三個導演、六個製片人、七個廣告商、十三個演員，除了你出去的那十分鐘，我的視線都在你身上。」

「……」

「我哪來的時間去看別的女人。」

蔣禹赫解決問題的方式總是這麼一針見血。

他沒有老套地去解釋自己跟那些女人只是在應酬上的需要，而是直接給出這樣一個無可挑剔的行動證明。

溫妤也成功被安撫到了。

靜了幾秒，她忽然問蔣禹赫：「我在李寅導演後見的是誰？」

「影后宋祈玉。」蔣禹赫幾乎接著話就脫口而出。

「……」

見完李導後，溫妤和這位影后只說了兩句話，兩人碰面前後不足一分鐘，可以說只是打了個照面的時間。

他這都看到了？

眼睛長在自己身上了吧？

溫妤一身的小刺毛忽然就軟塌塌地順了下來，抿了抿唇，眼底浮上一抹嬌意，剛剛還對蔣禹赫亂打的兩隻手也乖巧地玩弄起了他的襯衫領口，裝不在乎說：「那麼多漂亮女人不看，看我幹什麼。」她雲淡風輕的，「我身上又沒人民幣。」

溫妤臉上那點期待和得意蔣禹赫都看在眼裡，也明白她是想聽自己說兩句諸如「因為我只喜歡你」、「因為我眼裡只有你」這樣的情話。

可蔣禹赫顯然不是一個情話流的男人。

他不擅長說溫柔的話，路子野到沒了邊。

比如這個問題——

「我對她們又沒想法。」他冷漠又直白地回答。

溫妤：「……」

哥哥能有什麼壞心思呢。

哥哥不過是時時刻刻都對自己有些成人的想法罷了。

怪不得剛剛連吻腿那麼瘋狂的事都幹得出來。

溫妤躺平了一秒，起身推開他：「再見。」

蔣禹赫拉住她的手：「不陪我睡？」

溫妤茫然：「我為什麼要陪你睡？」

「我喝了酒。」

「喝了酒我就要陪你？」

「第一次喝酒，你在別墅客廳陪我睡；第二次，在江城你的家；這是第三次。」蔣禹赫很有理地看著溫妤：「我身邊又是你。」

……又是我怎麼了，又是我就得陪你睡啊？

這是什麼強盜邏輯。

而且不提前兩次還好，提了溫妤就生氣。

第一次好心陪著他，起來後差點被趕走。

第二次好心收留他，結果被說是自己主動上他床的。

這種人喝了酒不配擁有妹妹的愛。

「我看你挺清醒的，自己獨立點吧。」溫妤邊說邊朝臥室走，「實在有事可以傳訊息給我。」

關上門，溫妤在心裡腹誹了蔣禹赫幾句，開始卸妝洗澡，準備睡覺。

半小時後從浴室出來，吹頭髮的時候她隨手拿起手機看了眼。

沒有任何新訊息。

又去打開門看了眼，客廳裡空無一人，燈也關了。

看來蔣禹赫也應該回書房了。

溫妤輕輕哼了聲，換好睡衣躺到床上，想玩會手機醞釀睡意。

打開微博才發現，今晚的亞盛之夜已經掛在了熱搜上，其中#蔣禹赫在看誰#更是衝到了第一位。

亞盛作為國內首屈一指的娛樂經紀公司，這樣的活動大佬雲集，場面不輸一場頒獎禮，上熱搜太正常不過。

可怎麼蔣禹赫也上了熱搜？

溫妤好奇地點了進去。

原來是有人放出了酒會現場蔣禹赫與眾多藝人、導演製片的合照引起的討論。

只要是合照，照片上的男人幾乎沒有任何笑意，日常無情臉。

只有一張不知誰抓拍的獨照，他捧著酒杯立在人群之中，雖然周圍站著一堆人，他的視線卻越過眾多身影，看去了另外一個方向。

看似漫不經心，眼裡卻有明顯不一樣的溫度。

哪怕只是一張照片，大家都能看出他這個眼神的不同。

因此，#蔣禹赫在看誰#迅速被討論到了熱搜上。

想起蔣禹赫晚上對自己說的話，溫妤愣了愣，馬上點開那張被熱議的照片，隨著蔣禹赫的視線看過去，果然——她在照片另一側看到了被鏡頭虛化了的自己。

……這算不算是蔣禹赫一整晚都在看自己的實錘？

被窩裡，意外嗑到了自己和男朋友的溫妤抱著手機滾了兩個圈，唇角揚到了天上。

順手點開評論區——

【這眼神懂的都懂。】

【我男朋友就是這麼看我的，嘿嘿，所以蔣老闆的女朋友是不是在現場？】

【他這種身分的怎麼可能會有固定女朋友，和公司女藝人的花邊緋聞倒是不少，我猜應該是最近上位的哪位新歡？】

【歪個樓，亞盛老闆出道的話旗下藝人都得讓路吧？顏值也太強了。】

【樓上加一，我好愛他一身黑！感覺就是人狠話不多的那種哥哥，哥哥好帥！】

【蔣總的路人粉不比他們家藝人少吧，年輕帥氣又多金，這位哥一直都是這樣，要嘛不上熱搜，上了瞬間能把自家藝人的風頭搶光。】

【所以到底是在看誰？】

【管他看誰我都愛了，哥哥衝！】

【今晚的做夢素材有啦，各位晚安～】

……

你們的做夢素材，剛剛還在以喝了酒為理由要求別人陪他睡覺。

想到這裡，溫妤看了眼時間。

離兩人從客廳分開大概有一小時了，也不知道蔣禹赫睡了沒有。

嘴上說著不想管，但說到底，溫妤還是放不下心。

喝了酒的人就怕睡著的時候忽然嘔吐，嘔吐物卡在喉嚨裡，嚴重的話會窒息。

雖然這種可能性很小，但溫妤還是不想明天一早睡醒突然失去了男朋友。

看在他今晚沒看別的女人的份上——算了，再給他最後一次機會。

去看看他。

溫妤下床，用手機照著去了書房，推開門，裡面亮著暗黃溫柔的燈。

難道還沒睡？

溫妤沒說話，躡手躡腳地走進去，走到裡面才看到書房偏側的床上，蔣禹赫已經躺在了上面。

現在閉著眼睛，呼吸規律起伏，應該是睡著了。

溫妤慢慢靠近，在床前停下，又確定了一遍——嗯，的確睡了，也沒吐。

她稍放心地站直，轉身想走，可走出幾步又頓住。

他現在是沒吐，萬一待會吐了呢？

萬一自己走了他就難受了呢？

他今天的確喝得很多，身上的酒氣比前兩次重多了。

糾結片刻，溫妤看了眼時間，還是在他床頭坐了下來。

再陪他兩小時觀察一下好了。

就像他說的，身邊只有她。

她不陪著，誰來陪？

溫妤動作很輕，身體靠在背墊上，找了個舒服的姿勢坐好後，微微側眸看著身邊的男人。

果然，好看的男人連睡覺的時候都是迷人的。

溫妤記得第一次這樣看他還是自己剛剛進蔣家的時候。

那一次蔣禹赫喝多了回來，直接躺在沙發上睡覺。而自己就跟現在一樣，不放心地陪著他，打量他睡著的樣子。

當時她就覺得自己瞎了眼，隨便在馬路上撿個男人都比沈銘嘉帥一萬倍。

而如今這個撿來的男人，真的成了自己生命中最重要的愛人。

可能從買那個袖釦開始，一切都是命中註定吧。

又或者，是自己寫那張紙條開始？

溫妤想著想著，忽然笑了。

要告訴他自己曾經還跟他有過一張紙條的緣分嗎？

就是不知道他還記不記得。

也可能早就忘了也說不定。

室內寂靜，一盞小燈讓夜色變得溫柔繾綣，溫妤沉浸在自己的思緒裡，沒一會睏意便悄悄襲來。

她打開手機滑微博，想再堅持一個小時，如果蔣禹赫還是這麼安靜地睡著應該就沒什麼問題。

可眼皮不聽話地打架，努力撐也撐不住，最後什麼時候不受控制地閉上的，溫妤自己也忘了。

只記得睡之前最後一秒的意識，她還在跟自己說——就瞇一會，絕不能讓這個男人知道自己偷偷來過，長他的志氣。

溫妤這一閉眼，兩分鐘不到就睡過去了。

整個人進入了沉沉的睡眠之中，慢慢的，她身體逐漸變得放鬆，開始無意識地朝旁邊傾斜。

一點一點，朝蔣禹赫的方向倒過去。

而身旁，早已坐起來的男人手臂漫不經心地搭在床頭，等這一刻已經很久。

溫妤就像是自投羅網的獵物，幾秒後，順利倒到了蔣禹赫的懷裡。

他唇角不易察覺地彎了彎，臂彎收緊，垂眸看著懷裡的人。

她應該是剛洗了頭髮，身上有淡淡的洗髮精香味，長髮凌亂披在身後，穿著自己的襯衫，一雙腿在曖昧夜色下泛著白皙的光。

閉著眼睛，睫毛長長的，安靜得像個乖順又誘人的小動物。

怕打擾這一刻似的，蔣禹赫連呼吸都在暗中放緩。

他輕輕吻了下溫妤的頭髮，又握住她的手，手指與她交纏在一起，用心感受著她的柔軟和溫度。

書房從未這樣安靜過。

安靜到，蔣禹赫只聽得到自己的心跳聲。

屬於懷裡這個女人的心跳聲。

半年前溫妤第一次這樣陪著自己時，他給她的是冷漠和警告。

蔣禹赫至今記得那天她驚慌不安的眼神。

時間不能倒流，他不能改變已經發生的，卻可以在她再一次對自己溫柔時，給她同樣的溫柔。

乖，好好睡。

這次我守著你。

溫妤再次醒來是因為一個夢，夢裡一腳踩空，她也跟著驚了下甦醒。

睜眼就看到窗外已經大亮的天光，而自己更是不知道什麼時候睡到了蔣禹赫懷裡，最可怕的是——兩人以一種異常和諧的方式抱在一起。

這畫面刺激得溫妤差點叫出聲。

還好蔣禹赫沒醒，也幸好他昨晚喝了那麼多酒，睡得很深，沒發現自己的闖入。

溫妤好像入室偷盜的賊，心跳到飛起，快速掀開被子下床，連拖鞋都不敢穿，就這樣提著鞋子，光腳離開了書房。

走到門口時不放心又回頭看了眼——蔣禹赫還是剛剛的姿勢，沒醒。

她稍稍鬆了口氣，趁一切還沒被他發現，趕緊開門溜了回去。

回到房間溫妤才發現已經早上七點五十，平時這個時間他們也差不多快起來去上班。

太驚險了，要不是自己被那個夢嚇醒，她今天必然又要面臨一個被戲謔的修羅場。

溫妤都能想到蔣禹赫醒來看到自己睡在身邊的樣子。

她捂著臉深呼吸了好幾次，慶幸自己在蔣禹赫醒來前溜了出來。

可心跳恢復平靜後，抱著他的那種親密觸感緩緩在回憶裡復甦，溫妤不得不承認——被他擁在懷裡的感覺很溫暖，很安全。

或許是一個人睡久了，突然有個男人睡在身邊，那種無形中的磁場都在吸引他們彼此靠近。

畢竟剛剛，蔣禹赫抱自己也抱得挺順手的。

這種畫面莫名讓人在清晨悸動，像擁有了一個只有自己才知道的戀愛祕密，溫妤抿唇笑著，去浴室洗漱時唇角都揚著好看的弧度。

可這種身心愉悅的快樂很快被驚嚇取代。

刷牙時，溫妤習慣性地想找手機看今天的新聞才發現——手機還在書房的床上沒拿回來。

剛剛她溜得太匆忙，滿腦子都是趕緊逃離作案現場，都忘了自己昨晚是帶著手機去的。

自己夜裡滑完微博後，手機好像就隨手丟在了枕頭旁邊。

溫妤要瘋了。

啊啊啊啊啊啊！

人是溜出來了，可手機要是被發現，豈不是更實的鎚！

溫妤咬著牙刷就開門衝了出去，心裡暗自祈禱蔣禹赫還在睡，可剛走到門口就看到一身正裝的男人從書房裡走出來。

溫妤：「……」

牙刷差點從嘴裡掉出來。

蔣禹赫面色平靜地走上前，看著她有些滑稽的表情皺了皺眉：「你幹什麼？」

溫妤張了張嘴，「沒。」

「那站在這幹什麼？」

「……想叫你起床。」

兩兩相望了幾秒，蔣禹赫平靜地與她擦肩而過，「我有點事先走，你自己吃早餐。」

溫妤還沒回神，就聽到關門的聲音。

……？

無事發生？

他沒發現？

來不及去想，溫妤馬上跑到書房的床邊，找了一圈才發現自己的手機在枕頭下。

怪不得蔣禹赫沒看到。

溫妤坐在床邊的地毯上摸了摸胸口，這一早上她心跳忽上忽下，跌宕起伏得猶如雲霄飛車。

還好這次連老天都在幫她，沒讓蔣禹赫知道自己半夜爬床的事。

另一邊，老天本天蔣禹赫坐進了車裡。

連老何都看出了他今天和往常不同的狀態。

說不出來哪裡不同，甚至他都沒有笑，但就是可以強烈感覺到他身上散發出的輕鬆和閒適。

「老闆你今天心情看起來不錯呀！」老何說。

想起剛剛溫妤咬著牙刷故作淡定的樣子，蔣禹赫輕輕揚了揚唇。

他裝睡了那麼久，好不容易等她醒，卻連逃跑都不跑乾淨，還留個手機下來要自己配合裝視而不見。

「老闆是不是看了昨晚的微博所以開心？」老何大著膽子道，「昨晚茵茵告訴我說你上熱搜了，我不會玩微博，但看了一眼，你肯定是在看小魚嘛，是不是？」

蔣禹赫睨了他一眼，淡淡道：「你什麼時候也開始八卦了。」

老何嘿嘿笑了兩聲，「我就八卦你們倆——」

意識到這個詞好像不太妥，老何想了半天，總算想起女兒茵茵教她的一個流行詞，一臉老父親慈祥的笑：「我就嗑你們倆。」

蔣禹赫：「……」

熱搜的事，其實在有前兆時就有人通知了蔣禹赫。

他這種點石成金的大資本家要上熱搜，底下必然會有人提前告知，如果本人不想，誰都蹭不了他的流量。

因此網友能看到這個熱搜高掛在第一位，也是經過蔣禹赫默認的。

反正早晚他和溫妤的關係會被大家知道，這次的熱搜就當先給網友提前烙一個記憶點。等他們正式公開關係的時候，這次的熱搜將會變得更有意義。

&

吃過早餐，溫妤也開始了一天的工作。

昨天在亞盛之夜見到了太多的圈中大佬，溫妤深知自己還有很長的路要走，而當下最要走好的一步棋，便是手上這個熱門ＩＰ的開發。

今天是《瞬間》劇組最後一輪待選演員們正式試鏡的日子。

為表重視，陳有生和鐘平都到了現場，溫妤這個最大的投資人當然也不能缺席。

來試鏡的大約有二十多個演員，都已經是經過層層篩選下來的。

尤昕也參加了這次試鏡。

在溫妤的推薦下，她參與了劇裡一個女二的角色競選。

按照溫妤過去對朋友的義氣，有這樣的機會是肯定要不遺餘力捧尤昕做女一號的，可經歷過上次在亞盛選角的事，她知道每個演員，每個角色都有自己的特點，不是人人都適合。

因此經過慎重對比，溫妤推薦了尤昕女二的角色，而且最終的決定權也交給了導演。

拉閨蜜一把是必須的，但也要把她拉在適合的位置上。

不再像過去那樣任人唯親，也是蔣禹赫教給她的成長。

試鏡進行到下午的時候，霍岩也來了。

他算是目前導演編劇和溫妤都認可的男主角人選之一，除了他之外還有兩個男演員在備選之列。男主角基本就會在這三個人之中產生。

因此霍岩的試鏡大家都很重視，定妝後先拍了照，接著拿了片段試戲。

導演給的時間特別長，試了好幾個片段後才結束。

溫妤從導演的眼神裡看出，他是比較滿意的。

果然，霍岩出去後，陳有生轉過來問溫妤的意見：「你覺得如何？」

溫妤點了點頭，「演技可以，但我始終覺得他的氣質偏中性，少了點硬氣，不知道造型出來能不能修飾一些。」

陳有生和鐘平也贊同，並相繼點評了其他兩個男演員。幾個人在房裡討論了很久，下午六點才結束了這次的試鏡。

尤昕一直在外面等著溫妤，散場後兩人正要一起離開，霍岩的車在路邊停下。

他從車上下來，誠意地問：「溫總，不知道我剛剛的表演你覺得怎麼樣？」

溫妤禮貌微笑：「挺好的。」

「謝謝。」他說：「要不今晚請你吃飯吧？我朋友剛開的餐廳，我過去捧個場。」

溫妤微怔，明顯感到有些意外。

畢竟他們還沒熟到可以一起吃飯的地步。

霍岩見她表情微妙馬上又道，「我沒別的意思，就是順路，剛好也到吃飯時間了。」

溫妤搖頭，指著身邊的尤昕說：「不用了，我約了朋友。」

霍岩便沒再勉強，「那好，再見。」

回到車裡，關門關窗，經紀人問：「怎麼樣？」

「什麼怎麼樣，還用問？要是請到了我會一個人上車？」霍岩語氣帶著不爽。

經紀人趕緊給他遞水，「別著急，慢慢來，我打聽到現在你的希望還是比較大的，如果能把這位小溫總哄好了勝算更大。」

霍岩安靜了很久，才不耐煩地回了句：「知道了。」

霍岩離開後，尤昕打趣地問溫妤，「他該不會是對你有意思吧？」

溫妤：「他比我還小兩歲，怎麼可能？」

「有什麼不可能的？娛樂圈裡姐弟戀還少嗎？」尤昕分析得頭頭是道，「他要不是對你有意思，就是想讓你對他有意思。」

溫妤理解了幾秒，「你是說，他想被我潛規則？」

尤昕點頭，「可不就是嗎，投資人想潛誰還不是一句話的事。」

溫妤只當尤昕是在開玩笑，「我對他那種弟弟才沒興趣。」

尤昕嘖道：「怎麼，嘗過總裁哥哥的滋味了？」

溫妤猛地想起蔣禹赫吻自己小腿的樣子，臉上湧過一陣熱。

她故作鎮定，面不改色道：「沒有。」

尤昕輕笑她：「我就看你裝，是蔣總不行嗎，你倆都同居了還沒睡過？不可能。」

「是真的。」溫妤一臉嚴肅地看著閨蜜：「我很正經的。」

尤昕：「……」

也是，之前溫妤跟沈銘嘉談了快一年都沒發生關係，到蔣總這，打個折是不是也得半年去了。

怎麼說也是自己老闆，尤昕幫忙說了句良心話：「其實呢，有的時候，適當的不正經可以快速促進雙方感情的發展，說不定還會收到意想不到的效果。」

溫妤：「……」

送完尤昕，溫妤又去了趟觀南公寓。

搬出來後溫妤就沒回去過，平時只用電話、微信和溫清佑聯繫，但最近這幾天不是打電話不接就是微信不回。

兩兄妹在同一層樓辦公，溫妤抽空過去看了下，才聽溫清佑的祕書說他最近在著手公司清算的事。

溫妤不放心，才親自跑這一趟，打算回來問問發生了什麼事。

晚上七點，溫清佑沒出去，在家正準備吃晚飯。

「哥你怎麼一個人？」溫妤進門後看了一圈，發現蔣令薇並不在。

溫清佑手抄在褲子口袋裡，手裡捧著一杯水，淡笑道：「我應該是兩個人嗎。」

溫妤聽出了不對勁，「蔣姐姐呢，你們不是在一起？」

溫清佑喝了口水，若無其事坐下，很久才說：「我們結束了。」

「什麼？」怔怔地站在原地好半天，溫妤才愕然地開口，「為什麼？你們上次不是還很好嗎，怎麼突然——」

突然嗎。

溫清佑在心底輕笑。

其實一點都不突然。

蔣令薇從來都不是一個甘於安定的女人，她的生活需要的是不被任何關係束縛的自由。

愛情會束縛到她，所以她捨棄了。

這一點，早在他們最初認識的時候，自己就應該明白。

不是每個玩家都願意上岸。

而溫清佑卻一直以為，自己會是那個能改變她的人而已。

溫清佑不想提太多關於自己和蔣令薇的事，抬頭問溫妤：「你怎麼突然回來。」

溫妤說：「你祕書說你在清算公司，我就過來看看，沒想到你跟蔣姐姐……」

「沒什麼，合則來不合則散。」溫清佑看起來很平靜，「我下週回美國，你在國內要照顧好自己。」

溫妤這次是真的聽懵了，「走？為什麼要走？別啊哥。」

「媽老毛病又復發了，我要回去看看，而且我這次回來的時間太長。」他頓了頓，語氣裡難免有些挫敗，「做的有些事也完全超出了我的原則，現在是時候回去了。」

「……」

分離是個沉重的話題，兩兄妹因此靜默了很久，溫清佑才打破氣氛問溫妤：「都跟他住到一起了，怎麼還不見你們公開關係。」

溫妤知道他是在問蔣禹赫，解釋道：「是我要求的，我想做出點成績再公開。」

「是嗎。」溫清佑說，「他也不見得就想公開。」

「你別對他有成見，真的是我要求的。」

「總之如果他對你不好，馬上來美國找我，知道嗎。」溫清佑揉了揉溫妤的頭，半晌，才無奈又感慨地冒出一句：「就怕他跟他那個姐姐一樣。」

「……」

儘管後來溫妤問了溫清佑很多次他和蔣令薇之間到底發生了什麼，但溫清佑都是三緘其口。一個字都沒提。

回去的路上，溫妤一直在想這件事，心思靜不下來，總覺得突然間完美的生活被撕開一個缺口。

到家後，家裡已經亮著燈。蔣禹赫坐在客廳沙發上看著電腦，見溫妤進來，隨口道：「回來了？」

溫妤悶悶不樂地應了聲。

蔣禹赫敏感察覺到了溫妤情緒的低落，抬起頭，「怎麼了。」

溫妤把包包丟到一旁，坐到沙發旁，抱住蔣禹赫的手臂：「我哥要走了。」

「走？」蔣禹赫皺眉：「走去哪。」

「回美國。」

「哦，值得慶祝。」

「……」溫妤驀地直起身子打了蔣禹赫幾下，「你正經點。」

蔣禹赫閉了嘴，視線重新落在電腦上。

溫妤又悶悶地軟下去，「而且他跟你姐分手了。」

蔣禹赫一點都不驚訝，「意料之中。」

「為什麼？」

「沒有為什麼，直覺。」

蔣禹赫的眼光一向都很準，無論是看人還是投資，準確率都很高。

他都說不行，溫妤更沮喪了。

「可我看得出我哥還很愛你姐。」

蔣禹赫沒反應。

溫妤推了他一下：「你給我點反應好不好？」

蔣禹赫：「你要什麼反應。」

溫妤想了會兒，「你能不能打通電話問一下你姐，最起碼讓我知道他們之間到底是什麼問題，我哥還有沒有機會。」

「我為什麼要幫他？」蔣禹赫語氣淡淡的，「你又不是不知道我跟你這位親哥互不相容。」

溫妤撒嬌地去扯他的袖子：「我求求你嘛。」

蔣禹赫放下筆記型電腦，非常冷漠：「不打。」

蔣禹赫就這樣回了書房。

溫妤嘀咕了兩聲，一個人在客廳想著。這段時間她沉迷於談戀愛完全忽略了溫清佑，不知道他遇到了這樣難受的事。

溫妤心裡很愧疚，無論如何也想幫哥哥再盡力試一試。

如果真的去了美國，兩人就再難有可能了。

她看著書房的方向思考，到底要怎麼撬開蔣禹赫這張高傲的嘴。

驀地，尤昕下午說的話跳進腦海裡——

「有的時候，適當的不正經可以快速促進雙方感情的發展，說不定還會收到意想不到的效果。」

……意想不到的效果？

溫妤琢磨了會，隱隱覺得，自己好像找到了辦法。

十五分鐘後。

溫妤推開書房的門，見蔣禹赫還在工作，咳了聲，端著一杯咖啡走進去，「我為你煮的。」

蔣禹赫嗤笑了聲，頭都沒抬，「這樣就想賄賂我幫你？」

「當然不是。」溫妤從另一邊繞到蔣禹赫身後，假意幫他捏著肩，「那你這句話的意思是不是，我能有辦法賄賂到你，你就答應幫我打這通電話。」

蔣禹赫並沒在意，態度還是很冷漠：「你覺得自己有什麼能賄賂到我的？」

幾秒後，溫妤忽然鬆開肩背，繞到身側，一個跨步坐到了他腿上。

身上瞬間多了柔軟的重量，香氣也順著湧入鼻尖。

蔣禹赫微頓，靜靜看著近在遲尺的這張美豔的臉。

可平靜片刻，依然沒領情。

「坐上來也沒用。」他說。

溫妤眨了眨眼，「那你低頭看看有沒有用。」

蔣禹赫不知道溫妤在搞什麼，下意識垂眸看過去。

一雙修長的腿被朦朧的透明黑籠罩著，光滑細膩，似透非透，在燈光下彷彿一觸可破。

「……」

安靜了好幾秒，蔣禹赫端起咖啡喝了一口，喉結在吞咽的時候不斷滾動。

「可以。」他放下杯子，聲音也啞了三分，「溫妤你長本事了。」

溫妤知道，蔣禹赫的這句「長本事」絕不是在誇她。

不過既然已經決定幹這件「不正經」的事，溫妤也就沒指望要在這人面前得到什麼正經的評價。

再說了，這絲襪不是他送給自己的嗎，他現在又在這裝什麼假正經。

溫妤故意收緊，纏住蔣禹赫的腿，「你不喜歡看嗎？」

透明黑絲裹挾著男人的西褲，兩種不同材質的衣料碰撞在一起，猶如嫵媚柔軟攀纏著冷酷強硬，無形生暗火，大膽又熱情。

蔣禹赫眸色變深，片刻才抬起頭：「我是不是平時太慣著你了？」

溫妤才不怕他，眨了眨眼，嫌賄賂得不夠似的，直接踩著蔣禹赫的腿坐到了他桌前。

她的腿幾乎與他的視線平行。

「哥哥，打通電話嘛。」她開始了再一次撒嬌。

燈光下，絲襪與肌膚緊密貼合，緊致又光滑。溫妤輕輕交疊出一個漂亮的姿勢，小腿越往上，黑絲的顏色越曖昧，透明度也越稀薄。

蔣禹赫胸前微微起伏了兩秒，站起來，雙手圈住溫妤的腰。

俯身下壓，聲音又暗又啞：「你確定要這樣賄賂我嗎。」

溫妤眨眨眼：「確定確定，你打嗎？」

對視幾秒，蔣禹赫說：「你哥要結婚，我姐不想結婚，就這麼簡單。」

還在擺性感造型的溫妤倏地頓住，「你怎麼知道？」

「你進門前我打過電話了。」

「……」

溫妤瞬間變臉，收回大長腿，「那你不跟我說？你玩我是不是。」

她想跳下桌子，卻被蔣禹赫握住手腕壓到桌面：「是你先要玩的。」

溫妤的背被桌上的文件抵著，有點難受，她動了兩下，看著男人的眼神，敏感地察覺到了什麼。

氣氛開始微微變化。

「對不起。」溫妤很識相地馬上道歉，「我只是想幫幫我哥。」

「我不關心這些。」

「……那你想要怎麼樣。」溫妤故作委屈地吸了吸鼻子，「你這麼兇幹什麼，開個玩笑不行嗎。」

安靜片刻，蔣禹赫沒說話，但緩緩鬆開了她的手腕。

手腕被捏出了一圈淡淡的紅印。

「別再試探我。」蔣禹赫重新坐下說。

溫妤嘀咕了兩聲，揉著手，卻還是大膽頂了回去：「誰要你讓我了。」

但她這份膽子也只夠打個嘴炮而已，說完就馬上開門跑了。

縈繞在鼻尖的香氣很快只剩淡淡餘味。

蔣禹赫喝掉剩下的咖啡，想再投入工作，眼前卻總是浮現剛剛那雙纏住自己的腿。

買的時候只是隨意，沒想過溫妤會穿，也沒打算強迫她穿，但她今天穿了，蔣禹赫才發現——她的確可以穿出那種高級的誘惑，優雅，卻又不失妖冶。

連自己都不能避免地被控制。

回到房裡，溫妤想著蔣禹赫剛剛說的話。

如果溫清佑和蔣令薇是因為婚姻觀的不同而分手的話，實在沒有辦法強求。

溫清佑可能和溫妤一樣，從小在離異家庭下成長，因此比旁人都更希望擁有一個屬於自己的家庭。

可蔣令薇又為什麼不願意結婚呢？

可他們的感情到底是他們的事，旁人不好插手。

溫妤嘆了口氣，最終也只能將這件事暫時按下。

她緩緩脫下腿上的絲襪，邊脫又邊想起了蔣禹赫剛剛的眼神。

只差那麼一點就擦槍走火。

好像他們每次快要發生的時候都有一個人不在狀態裡，上次是蔣禹赫一身酒氣加香水味，這次又是溫妤，一心惦記著溫清佑，根本沒往那方面想。

算了，該來總是會來的，這兩次只能說明大家的時機和感覺不對。

溫妤這樣安慰自己，順便把絲襪順手掛在床頭的壁燈上。

透明的黑絲垂落下來，讓光線都被染上了幾分慵懶性感。

一晚上就這樣相安無事地過去，大概是親哥的感情受創，溫妤的心情也跟著不那麼美麗，到第二天起床人都是悶悶不樂的。

外面的天氣也彷彿有著相同的感應，從早上開始便陰沉沉地下著雨，讓溫妤莫名有種很今天會很不順的預感。

吃早餐的時候，溫妤因為昨晚的事故意試探蔣禹赫，「哥哥，待會送我上班好不好。」

「你的車呢。」

「下雨，我害怕。」

沉默了片刻，蔣禹赫說：「我見過你在江城飆車的樣子。」

溫妤：「……」

這就有點尷尬了。

溫妤清了清嗓，面不改色道：「其實是我今天有種不祥的預感，總覺得開車會被別人撞到，所以才想要你保護我。」

蔣禹赫嗯了聲，放下筷子看著她：「那你預感一下我接下來要做什麼，預感對了就送。」

溫妤閉了閉嘴，厚著臉皮回：「你想親親你的小寶貝。」

蔣禹赫：「……」

二十分鐘後，溫妤快樂地坐到了蔣禹赫的車裡。

蔣禹赫屬實是被那聲小寶貝叫輸的。

起初只覺得尷尬、不適、俗套，可後來溫妤像蒼蠅一樣在耳邊不停洗腦：「哥哥，你的小寶貝準備好啦，什麼時候出發呀。」

「哥哥，晚上也要來接你的小寶貝下班好嗎？」

聽著聽著，慢慢又順耳了。

安全到達公司後，溫妤開始了一天的工作。

陳有生帶來昨天試鏡那些演員的平面試妝照片，他們今天要開會決定最終的男主角人選。

進會議室前，溫妤拉住唐淮問：「你知不知道，哪隻眼皮跳代表會倒楣？」

唐淮想了下：「好像是右眼。」

溫妤：「……」

她的右眼皮從早上跳到現在，也不知道是要發生多麼倒楣的事。

雖然心裡有些迷信，但進到會議室後，溫妤又恢復了工作時的狀態。

「你好陳導，你好鐘老師。」

在演員的抉擇上，導演是最有話語權的，溫妤也給了陳有生足夠的尊重。

數十個人在會議室裡討論了快兩個小時，陳有生和鐘平相應作出選擇後，一致詢問溫妤的意見。

畢竟，她才是那個最大的投資人，出錢的甲方。

溫妤仔細思考著，目光在三個男演員的照片上流連，好一會後正要開口，唐淮忽然敲門進來，直直走到溫妤身邊。

溫妤愣了下，那種不好的直覺蹭地就竄了上來，「怎麼了？」

唐淮微微彎腰，壓低聲音告訴她：「您上熱搜了。」

溫妤萬萬沒想到，自己竟然會和霍岩一起出現在熱搜上。

有行銷帳號放出了幾張她和霍岩在亞盛之夜那晚單獨在場外見面的照片，兩人站得近，光影又模糊，用了「密會」兩個字，莫名就被帶節奏有了種偷情的感覺。

溫妤長這麼大還是第一次被人寫劇本，寫別的就算了，偏偏是說她跟別的男人有曖昧。

十分鐘不到，霍岩那邊也打來了電話解釋，表示絕不是他們的行為，也會馬上澄清並向溫妤道歉。

唐淮對溫妤說：「既然霍岩他們澄清，我們是不是就不用發聲了。」

畢竟在娛樂圈，有時候說多錯多，你越解釋，就越是在掩飾。

溫妤坐在座椅上轉了個圈，看著外面的天氣凝神片刻，「不，我們要發聲。」

她轉過來看著唐淮，「不僅要發聲，還要發得很有排場。」

唐淮：「……」

&

另一邊，蔣禹赫當然也看到了熱搜。

他正開著會，在旁做紀錄的甯祕書接了一個外面打進來的電話，而後不動聲色地走過來告訴了他這件事。

甯祕書：「現在干涉，應該上不了前面的位置，半小時內可以撤出熱搜。」

台下還坐著眾多高層，蔣禹赫看著手機上的標題和照片，只考慮了一分鐘不到的時間便移開視線。

「不用。」他坐正，對剛剛正在匯報的人抬了抬下巴：「你繼續。」

一整個會議室的人都不知情地繼續討論著專案，蔣禹赫聽著，視線偶爾掃一眼手機上的幾張照片。

面色卻沒有任何的異樣。

直到會議結束，甯祕書才遞來他放在旁處充電的手機：「溫小姐打過兩通電話給您。」

蔣禹赫一邊回撥過去一邊通知甯祕書：「去查一下那個熱搜誰操作的。」

「是。」

幾秒後接通——

「喂。」

蔣禹赫聲音跟往常一樣淡淡的，聽不出任何情緒。

溫妤知道連自己都看到了的事情，他不可能不知道。

蔣禹赫這個人佔有欲極強，如今自己和另一個流量小鮮肉的緋聞高掛熱搜，溫妤就怕他又會誤會、吃醋、生氣。

安靜了幾秒，她小心問：「你看到了？」

「嗯。」

「那你怎麼不問我點什麼？」

「問你什麼？」

蔣禹赫這麼平靜，反倒讓溫妤不知道怎麼說下去了。

本來她準備了一堆想要解釋的話，可沒想到電話接通，蔣禹赫連半個質問的字都沒說。

「你不吃醋嗎？」

頓了頓，那頭回：「我還沒這麼不分青紅皂白。」

「……」

有些時候，過分的理智冷靜反而又少了些情趣。

溫妤還以為蔣禹赫會發了瘋紅著眼甚至強吻自己來問為什麼，看來是她偶像劇看多了。

溫妤：「那沒事了，拜拜。」

「等會。」

娛樂圈這點小伎倆，在蔣禹赫眼裡根本就玩不出什麼花樣來。

他一眼就可以看出哪些是真的，哪些是煙霧彈。

但這對溫妤來說卻不同。

她是新人，這也算是她職業生涯裡的第一次危機公關。

她應該要有應變的能力，就算沒有，也要讓她咬牙去經歷一次。

經驗和教訓都是這樣來的，保護給不了她成長。

雖然剛剛被告知這件事的時候蔣禹赫就想好了不插手，但現在聽到她的聲音，他還是沒忍住問了句：「想好怎麼處理了沒有，要不要我幫忙。」

誰知溫妤一口回絕，「不用不用，我自己會處理。」

電話掛斷，蔣禹赫倒是對她的自信有些意外。

但同時也開始期待自己的女朋友將會怎麼應對這樣一次危機事件。

霍岩是正在上升期的流量男明星，他有緋聞曝光出來，幾乎勢不可擋地衝到了熱搜前排。

溫妤的身分也很快被網友扒出。

【靠，這女的不就是《我愛上你的那個瞬間》的投資人溫妤嗎，想潛規則我岩哥？】

【服了，霍岩專注事業其他不約，碰瓷自重。】

【霍岩好像正在試鏡他們這個劇，不會就這樣看上了吧？】

【我岩哥才二十一，麻煩溫小姐不要饞弟弟身子。】

【就沒人覺得這位小姐姐也超漂亮的嗎？】

【終於有人說了，捧著酒杯的氣質絕了好嗎？怎麼就碰瓷了，人家資本家需要碰瓷你一個流量演員？】

……

時間一分一秒的過去，到下午兩點，熱搜還在持續發酵。

蔣禹赫時不時會看一眼手錶，危機處理的最佳時間是在二十四小時內，當然在娛樂圈，最黃金的是前六小時。

距離熱搜出來已經過去了四個小時，溫妤那邊沒有任何回應。

蔣禹赫雖然說了不插手，但這幾個小時裡，也已經做好了幫她收場的全部準備。

只是他更想等一等。

溫妤是聰明的，他一直都知道。

只是不知道她的聰明，這次能不能派上用場。

終於，趕在黃金六小時的最後一小時裡，溫妤發出了回應。

她沒申請個人微博，也沒動用公司的官方微博，而是透過娛樂圈最具公信力的帳號「星光娛樂」發出了一則獨家專訪的報導。

這個發聲管道就已經有點意思了。

蔣禹赫點開具體報導的內容，在瀏覽的過程中，起初唇角微微揚起，是肯定。可看到後半段採訪的內容，他眉頭蹙起，直到最後，關掉了手機。

無意識地扯了扯領帶，又嗤笑一聲。

重新拿起手機，打過去給溫妤：「事情處理完了？」

溫妤應聲：「處理完了！你看到了嗎？給我打幾分呀？」

蔣禹赫：「現在回家，我告訴你打幾分。」

溫妤並未察覺蔣禹赫語氣中的異樣，因為此刻，整個微博都在討論她作為投資人的第一個專訪報導。

因為涉及到和霍岩的緋聞，蹭了流量，她的回應迅速成為熱點。

溫妤不僅撇清了和霍岩的緋聞，還順帶借這次熱搜為自己的電影炒了一波，切實抓住了任何一個可以利用的機會。

在獨家專訪中，溫妤首先聲明和霍岩只是合作試鏡的關係，並強調：【我有男朋友，所以這些新聞傳出來不太合適，我很在乎男朋友的感受。】

這是其一，在安撫蔣禹赫這個男朋友。

記者馬上感興趣地問她男朋友是不是圈中人，溫妤很好地利用了群眾的八卦心理，和記者模稜兩可地對話，順勢反炒一把，最後讓大家讀下來的總結便是——

這位男朋友是圈內人，有新聞就會上熱搜的那種，人很優秀，微博粉絲數量在一千萬到三千萬之間。

這是其二，故意製造話題和熱度，反正她句句屬實，亞盛娛樂的官媒粉絲也的確有一千五百萬。

其三就更厲害了。

溫妤最後給出一種並不吝嗇與大家分享的態度，開玩笑似的說：【如果《我愛上你的那個瞬間》首映當天票房能破億，我直播公開戀情。】

溫妤這通自爆直接讓#我愛上你的那個瞬間什麼時候上映#也成功上了熱搜。

借著這次機會炒了一把，免費蹭了波流量不說，溫妤這個名字連同公司「Pisces 娛樂」迅速火熱，紅到圈外。

與霍岩的緋聞也早就掉出了熱搜，取而代之的新話題是——誰是這位美女投資人背後的頂流人物男人。

網友們太喜歡吃瓜了，溫妤的男朋友從演戲的到唱歌的，瞬間被列出了不下十個可疑對象。

可以說，溫妤的這波反炒相當成功。

她心情很好，加上也快到下班時間，接了蔣禹赫的電話後就收拾回家。

到家後，開開心心地打開門：「我回來啦！」

蔣禹赫坐在沙發上，電視開著，他卻沒看。溫妤走過去，像一隻驕傲地打了勝仗的小公雞，坐在他身邊，抱住他的脖子：「你不誇我嗎？我今天至少為公司省下一千萬的宣傳費。」

從公事角度來說，溫妤這波公關處理的確不錯。

蔣禹赫看著她，半晌：「誰教你的？」

溫妤笑吟吟的：「你呀。」

當陷在危機裡時，如果無法直接化解，可以利用危機，反向轉移製造新話題。

這的確是蔣禹赫教過她的。

蔣禹赫：「我可沒教你拿自己男朋友來炒作。」

溫妤唉呀了聲撒著嬌：「借你用一下嘛，小氣鬼。」

蔣禹赫打開自己的手機，找到專訪頁面，指著上面的一行話問：「這裡，解釋給我聽聽，是什麼意思。」

溫妤視線落過去，很快閃過一絲心虛。

當時那個記者問她，和男朋友是怎麼認識的。

溫妤又要想著符合事實，又要想著模稜兩可地製造話題度，急中生智地回答了句——

「我當時在策劃一部戲，想邀請他做男主角，後來因為中途劇情出現了問題，這部戲就停止了。」

記者又問：「是出現了什麼問題？」

溫妤：「他想為自己加點戲……」

蔣禹赫看到這一段的時候真是好氣又好笑。

他問溫妤：「說話，你策劃什麼戲了。」

「我這不是在編故事嗎。」

蔣禹赫定定地看著她，不出聲。

溫妤知道這件事過不去了，閉了閉嘴，老實承認道：「不就是……虐沈銘嘉復仇的戲。」

「……那我想為自己加什麼戲？」

溫妤抬頭看了他一眼，不知想到了什麼，自己都沒忍住笑出聲來，復又嚴肅地收斂神情，「你想跟我改演《黃色生死戀》啊。」

說完就站起來一溜煙跑到一旁。

蔣禹赫：「……」

他冷笑一聲，「你覺得自己很幽默是不是。」

溫妤知道他肯定被自己挑炸毛了，非常識相地朝自己臥室跑，但不知道是自己腿不如他長還是怎麼，關門之前還是被他攔下了。

男人一把推開門走進來，甚至很快就把她捉到了手裡攥住，「昨天我就說了，別總試探我。」

溫妤一秒老實：「我沒有，真沒有。」

「哥哥我錯了。」

「別道歉。」蔣禹赫砰地一聲用腳踢了門，「對我沒用。」

溫妤頓了頓，忽然仰頭吻了他一下，「那這樣道歉有用嗎。」

窗外下了一天的雨還沒停，越下越大，雨滴在玻璃窗上逐漸連成線，不規則地滑落。

蔣禹赫將她壓到門後，聲音變得暗沉，「沒用。」

「溫妤，」他說，「我耐心到頭了。」

這一句話暗示了什麼，溫妤很明白。

男人的荷爾蒙味道在鼻尖縈繞，溫妤驀地也安靜下來，看向窗外，不知想起了什麼，忽然說：「哥哥你看，又下雨了。」

他們分開那天，也是這麼大的雨。

蔣禹赫不想再跟她玩什麼貓捉老鼠的遊戲，他低下頭，想去吻溫妤，卻被她躲開。

溫妤眨著眼，「你知道情人節那天我除了想跟你坦白，還想幹什麼嗎。」

蔣禹赫盡力忍了忍：「不知道，現在也不想知道。」

溫妤輕輕笑了。

其實她很清楚，無論自己之前如何欺騙，之後在一起如何矯情做作，或是像今天這樣，全網路都在懷疑並奚落她和霍岩的緋聞。

這個男人都一如既往地偏愛信任，站在她背後，用自己的方式保護她，教她成長。

她很愛他，毋庸置疑。

「你在這等我一下。」溫妤說著，走去收納櫃那，從最下一層翻出一個黑色牛皮紙包裝的盒子，接著走回蔣禹赫面前，「情人節那天，我想送你這個禮物。」

蔣禹赫對這個禮盒不陌生，之前去溫妤的住處就看到過，只是沒有問。

沒想到是送給自己的。

視線從禮盒上收回，蔣禹赫淡淡問：「這和現在我要做的事有關嗎。」

溫妤輕輕拆著包裝紙，快要拆完時，抿唇對蔣禹赫說：「你先不要看，待會我讓你睜眼再看好不好。」

蔣禹赫極少願意在別人面前閉上眼睛，這是一種完全放下防備的表現。

可不知為什麼，今晚的溫妤讓人難以拒絕。

探究地看了她一會，他最終還是妥協地閉了。

房間很安靜，蔣禹赫聽到了盒子打開的聲音，很快又感覺到溫妤的手攀上了他的腰，輕柔緩慢地繞了一圈，慢慢的，腰間被一股力量收緊。

「好了。」溫妤說。

蔣禹赫其實已經能猜出溫妤送的是什麼，可當睜開眼真的確定後，克制的那股衝動瞬間被點燃了似的，不可收拾。

他抬眸望向溫妤，慢慢的，身體帶著侵略性地往前抵了過去。

「這又是你的賄賂嗎。」

夏夜的雨彷彿想要融入這場遲到了許久的濃情，愈發狂烈起來。

室內靜謐，溫妤被抵到靠在牆上。

對視片刻，她輕輕笑了笑，「不是。」

「那是什麼。」

溫妤用食指勾著蔣禹赫腰間的黑色皮帶，曖昧又嬌柔地朝自己懷裡一拉，帶著幾分氣聲地在他耳邊說：「是見證。」

「見證我和你，怎麼補演那場戲。」

第十八章　原來是你

夏夜的空氣燥熱又沉悶。

溫妤的這句話卻彷彿往這樣的熱裡又加了一把火，燒得整個房間都被不堪重負了般，溫度急速上升。

蔣禹赫腰線被皮帶束著，一直克制和禁止的欲望幾乎噴湧而出，他俯身，靠溫妤更近了些，多看一眼便忍不住低頭吻了下去。

溫妤輕哼一聲，手抵在他胸前，閉著眼睛回應。

男性的菸草味瞬間湧進口腔，溫妤一點點允許著他的侵入，糾纏。

手也不自覺地繞上了他的脖子。

蔣禹赫稍稍用力抱起了她。

只是幾步路的距離，火熱從牆邊轉移到床上。

溫妤被放平躺著，雙手自然垂落兩旁，很快便被蔣禹赫的手纏上。

他喜歡十指緊扣，慢慢地，越扣越緊，推至頭頂上方。

這個吻綿長又霸道。

明明手握在一起，溫妤卻好像被他扼住了脖子，被吻到發不出聲音，喘不過氣。

全身都被他的氣息包裹著，知道要發生什麼，心跳劇烈，緊張，卻也坦然。

可就在這時，一通電話突然生硬地打斷了這場正在進行中的旖旎。

是溫妤的手機。

她怔了下，推開蔣禹赫，「等會，我爸的電話。」

蔣禹赫皺了皺眉，雖然有些不耐，但還是忍住了。

溫妤接起來：「爸？」

溫易安：「爸爸剛剛才聽朋友說你今天在熱搜上待了一天，你跟那個男明星是真的還是假的？還有什麼男朋友，什麼票房，到底是怎麼回事？你出事怎麼都不告訴爸爸？」

溫妤安撫他：「沒事爸，我真沒事，就是一點誤會，而且我——」

蔣禹赫忽然俯身下來。

緊跟著，一個濕潤的吻落在她耳垂上。

溫妤呆了，話也卡在了喉嚨裡，甚至剛剛自己有沒有從喉嚨裡溢出什麼不該有的聲音，她都不記得了。

她試圖去推走他，可根本推不動，最尷尬的是那頭的溫易安還以為她有什麼難言之隱，欲言又止，不放心地又問：「妤妤，你要是遇到了困難不要怕爸爸擔心，你爸爸我是什麼人，什麼風浪沒見過，爸爸連破產都扛過來了，還有什麼不能接受的？」

溫易安說著說著聽出了不對勁，「你怎麼了？」

鬼知道溫妤在被蔣禹赫怎麼折磨。

這人故意在溫妤敏感的地方耳鬢廝磨，吻得漫不經心，卻又故意蠱惑，讓她想喊不敢喊，想動又動不了。

一邊跟爸爸打電話，一邊被男朋友吻著。

溫妤感覺呼吸都快不均勻了，各種感覺衝上頭，她咬緊了唇，用盡最後的平靜說：「爸，我，我還有點事，明天再跟你說。」

說完就羞恥地掛了電話，還沒來得及開口，唇又被肆意洶湧地封住。

她難抑地嗚咽了聲，迅速被蔣禹赫帶回通話前兩人的狀態。

聲聲輕吟，漸入佳境之時，一通電話又掃興響起。

這次是蔣禹赫的手機。

他根本不想接，任由它一聲聲響著。

可對方卻好像非要打通為止，已經打到第三次。

溫妤只好再次推他：「你接吧，萬一有誰找你有急事。」

蔣禹赫在她頸後埋了會，無奈伸手摸出手機。

是柳正明。

蔣禹赫大概知道他打這通電話的原因了。

「禹赫呀，我是柳叔叔，是這樣，上次我在江城介紹的給你那位小溫，溫妤姑娘你還記得吧？」

蔣禹赫垂眸看了溫妤一眼，指尖在她小腹上摩挲打著圈，「記得。」

他不慌不忙，語調平靜，好像剛剛那個要把自己吻到窒息的人不是他。

還是那麼禁欲，那麼冷靜自持。

蔣禹赫可能沒想過，溫妤之所以任由自己接電話，只為報復。

找準機會，溫妤仰起身體，咬住男人的喉結，故意吮吸了兩口才躺回去。

眼裡輕佻又挑釁地對著他笑。

彼時，柳正明正在對蔣禹赫說：「老溫剛剛打了電話給我，說是妤妤今天有什麼新聞上了熱搜，她一個年輕姑娘剛進娛樂圈工作沒什麼經驗，你看看你那邊能不能關照一下她？」

蔣禹赫盯著溫妤看了兩秒，意味深長對那邊說：「我會好好關照她的。」

說完直接關了機。

電話那頭，柳正明安慰溫易安，「禹赫答應關照好好了，你放心。」

溫易安想了會還是不放心，拿手機開始訂票，「我還是盡快過去一趟的好，我這個女兒報喜不報憂。」

房間裡，得逞的溫妤笑著問蔣禹赫，「誰的電話？你要關照誰呀？啊——」

話未說完，她被蔣禹赫握住腳踝猛地拉到身下。

「你很喜歡挑釁我是嗎。」

溫妤眨了眨眼，曖昧反問：「那你被我挑釁到了嗎。」

對視片刻，蔣禹赫開始解錶帶、襯衫，氣勢逼人：「我現在告訴你答案。」

溫妤：「……」

早知答案不會輕鬆，溫妤卻沒想到會這麼沉重。

在無數個細碎濃烈的吻後，她毫無保留地被褪去了所有。

涼意襲來，很快就被另外更加滾燙的溫度覆蓋。

陌生的體溫相融在一起，很快便混為同樣的炙熱，像燃著的烈火，迅速在神經末梢裡蔓延肆虐。

溫妤羞於這樣的貼近，可大腦皮層傳來的快意又讓她無法抗拒這一切。

像玫瑰被烈酒親吻著，每一處花瓣都被點綴了最濃情的顏色。最濃情的時候，一陣痛忽地從小腿傳來。

溫妤從迷離中睜開眼，彷彿看到了狩獵的猛獸，這一刻正在盡情享受、馴服著自己的獵物。

他的每一次侵略都讓她顫慄。

彷彿要把自己一點點品嘗之後，吞入腹中。

被禁錮住的腿瞬間沒了力氣，溫妤克制著嗓子裡想要發出的聲音，抓緊了蔣禹赫的肩，「把燈關了好不好。」

蔣禹赫卻流連在她耳邊，一隻手抬起她的腰啞聲說：「可我想看著你。」

溫妤被熱氣燙得微微發顫，還沒來得及繼續往下接話，忽地悶哼一聲皺緊了眉，話也被深深堵了回去。

夜色一瞬衝破了障礙，染上綺麗的顏色。

玫瑰被摘去了刺，層層疊疊的花瓣裹著炙熱花蜜綻放。

溫妤難以抵抗，卻無法直視這一切。

她急促地用手擋著臉，再次說，「把燈關了行嗎。」

蔣禹赫停下，看著溫妤漲紅羞澀的臉，頓了頓，俯身吻掉她額角的薄汗，接著扯下她掛在床頭的黑色絲襪，輕繞一圈，覆住她的眼睛。

透明的黑下面是被吻到微微發紅的唇。

蝕骨般的視覺衝擊力。

蔣禹赫扣住溫妤的手，彷彿在宣佈著遊戲的開始，在她耳邊輕聲誘哄：「閉上眼睛。」

溫妤：「……」

不知是雨聲太大，還是室內熱氣太濃重，玻璃窗上逐漸染上一層朦朧的霧色。

溫妤的視線也開始變得模糊。

身體好像沉沒在深海裡，眼前什麼都看不見，只有海水在暗湧，強烈地衝擊著她的身體，一次又一次，她沉浮其中，忽而又好像被帶去了雲端，繾綣輕柔到了頂點時，又失重般再墜落。

斷斷續續，沒有盡頭，不留餘地被帶去了無盡的遠處。

承受不住的時候，好像溺在了海底，呼吸不能，喊叫不能，意識一點點渙散，只能用手茫然地去抓緊，去尋求支撐的點。

貼在冰涼的玻璃上，耳邊的雨聲逐漸遙遠，被更動人的聲音淹沒。

溫妤感覺自己好像在做夢，這半年來和蔣禹赫相識的畫面隨著意識的興奮衝動而不停閃現，她抓緊了他的肩，努力讓自己在晃動的世界裡看清楚他的臉。

「你還記得……我們第一次……見面的場景嗎？」

那晚的閃光燈，現在就好像在自己眼前不斷浮動。

「……你記不記得，有人給你——」

蔣禹赫不滿地用吻封住了她的唇，「別說話。」

渾渾噩噩，無窮無盡。

黎明時分，世界最終燃燒為灰燼，在一片狼藉中回歸寂靜。

床單凌亂褶皺，地面全是散落的衣物。

溫妤疲憊地靠在蔣禹赫懷裡，眼睛睏重地睜不開，迷糊不清的，隱隱感覺到身體被清理乾淨，唇上被再次吻了片刻後，才有沉沉的聲音說：「睡吧。」

溫妤根本沒了反應。

她累到彷彿跑了一場馬拉松，幾乎是閉眼的瞬間，就沉沉睡了過去。

只睡了幾個小時，已經形成習慣的生理時鐘叫醒了她。

緩緩睜開眼睛，入眼便是貼在臉前的男人胸膛。

溫妤想翻個身，身體卻疲乏得好像骨頭散了，不小心碰到小腿的時候，竟然傳來一陣疼痛。

她倒抽了一口氣，揚起身體去看，隨即怔在那腿上十幾處大大小小的紅印。

思緒混沌間，溫妤隱約想起昨晚愛與痛混合的矛盾感覺。知道他可能對自己的腿有些敏感，但也沒想到會敏感到這樣的地步。

意識逐漸回籠，更多的畫面在腦海裡冒出。

他逼迫自己叫他，卻不是名字。

一次次沉淪在那聲哥哥裡，他好像有為之失控的執念。遲到越久，越濃烈，幾何級數的爆發。

溫妤閉著眼睛，壓制住再次洶湧而上的燥意。薄被下，她輕輕去抱蔣禹赫的腰，依賴地鑽到他懷裡。

男人的手很快回應著抱住了她，「不再睡會？」

溫妤搖著頭，「睡不著了。」

從昨晚到現在，她一直想問蔣禹赫一個問題，可每次到了嘴邊又糾結要不要知道答案。

想了很久，她還是問了——

「我之前，你還有別人嗎。」

在認識蔣禹赫之前，溫妤就聽說了他很多的花邊新聞，那時沒感覺，所以不在意。

後來在一起了，也安慰自己只是新聞亂報導而已。

直到昨晚真切地在一起了，溫妤才發現如果他曾經和別的女人也……

光是想就有些受不了。

原來女人的佔有欲一點不比男人少。

「告訴我實話，別騙我。」

蔣禹赫沉默了會，回她：「你指哪種。」

「昨晚我們發生的這種。」

「沒有。」

「……」

溫妤有些意外，但又瞬間釋然。

他說沒有，就一定沒有。

溫妤心滿意足地抿了抿唇，正要攀上他的頸，忽然反應過來不對勁的地方。

昨晚發生的這種沒有。

也就是……喜歡但沒發生過的有？

溫妤當即睜大了眼，「你什麼意思，你以前喜歡過別的女人？」

蔣禹赫看著溫妤。

他不想騙她，更不屑欺騙，尤其是對喜歡的人。

事實上，在認識溫妤之前，他的確對音樂會上的那個女人動過心。

哪怕只是一個背影，一個味道，卻莫名挑動了他的神經。

後來念念難忘，在心底渴望了很久。

像是一種執念，一直不斷想要去找到她，直到後來認識了溫妤，那種感覺才被慢慢沖淡，消失。

溫妤徹底取代了她，卻不能否認她曾經佔據過自己的內心。

蔣禹赫承認：「在你之前，我的確對一個女人動過心。」

溫妤瞬間坐起來，長髮凌亂披在背後，難以置信：「你有前女友？！」

蔣禹赫被動地看著她毫無遮擋的身體，眸色暗了暗，把她按回床上，用薄被蓋住。

「我只是單方面動心，甚至都不知道她叫什麼，而且也已經過去很久。」

溫妤委屈了：「你都不知道人家叫什麼你就喜歡她。」

又吃醋：「她是不是比我漂亮？」

蔣禹赫有些無奈，不想溫妤繼續沉浸在這個話題裡，耐心解釋著：「我完全可以不告訴你，但我告訴你了就說明我內心坦蕩，你應該知道我是怎樣的一個人。」

溫妤當然知道。

從不拖泥帶水，藕斷絲連的人。

工作上雷厲風行，遊刃有餘的人。

哦，現在還知道了。

在床上也絲毫不遜色床下的人。

溫妤縮了縮身體，想了幾分鐘，寬慰自己誰還沒有一個過去。

她又不是一個不講道理的女人。

雖然很吃醋，但溫妤還是接受了這件事，並感慨地說：「你有前女友，我有前男友，大家就算扯平了。」

蔣禹赫：「……」

算了，如果這麼理解能讓她覺得心理平衡，他也無謂去解釋。

什麼前女友。

他至今連她長什麼樣都不知道。

又安靜地抱了會，蔣禹赫問：「我抱你去洗澡？」

溫妤搖搖頭：「不用了，我自己可以。」

早上九點，陽光已經初現天邊。

溫妤去洗澡，蔣禹赫也不想在床上繼續躺著，去了客房衛浴沖洗。

十分鐘後洗完，他頭髮還濕著，隨便裹了件浴袍出來，發現溫妤還沒洗完，便去客廳倒了杯水。

往常這個時候阿姨應該過來做好早餐了，蔣禹赫正疑惑今天人怎麼還沒來，門鈴響了。

以為是阿姨忘了密碼亦或者是別的什麼原因，蔣禹赫沒多想，直接過去開了門。

門開，外面站著一個中年男人。

四目對視，對方也似乎怔了下，朝裡看了一眼，又看了看手機上兒子傳來的位址，確定沒走錯後試探道：「請問溫妤住這裡嗎？」

蔣禹赫覺得面前的男人有點眼熟，他迅速在記憶裡搜索，不過幾秒，馬上確定了身分。

而對方，似乎也後知後覺地認出了他。

「蔣總？」

「伯父？」

就在兩個男人互相怔在那的時候，溫妤裹著浴巾，赤腳從房裡走出來，腿上的咬痕被水沖刷後更加嬌豔。

她一邊走一邊帶著幾分嗔意地埋怨著：「你下次能不能別咬我，就算咬也別咬腿好不好，夏天了我要怎麼穿裙子。」

說完，人也走到了客廳，視線落過來尋找蔣禹赫的瞬間，一眼看到站在外面的男人。

空氣彷彿在這一刻停止了流動。

溫妤倏地呆在那，意識停滯了好幾秒後彷彿才回過神，尖叫了一聲跑回臥室。

剩兩個男人面面相覷。

溫易安：「……」

蔣禹赫：「……」

從最初的震驚和茫然中回過神後，溫妤幾乎是衝回了臥室。

她和蔣禹赫昨夜的一地凌亂還沒來得及收拾，整個房間彷彿還彌漫著散不去的曖昧味道，還有太多他們纏綿過的證據。

溫妤好像突然夢回大學時期，遇上忽然來檢查宿舍的老師，慌慌張張地收拾著一切違規的東西。可儘管把那些能看見的表面掩飾掉，氛圍卻是一時間去不掉的。

溫妤欲蓋彌彰地打開了所有的窗，又想起了什麼，慌不擇路地給自己換上一條褲子，遮住那些印記。

等一切都平靜下來後，她才發現，外面一點動靜都沒有。

溫易安並沒有暴怒地走進來檢查。

她想像中的修羅場好像沒有發生。

但這種平靜卻給了溫妤更不安的感覺。

一般暴風雨前，總是詭異的平靜。

溫妤在臥室裡調整了好一會，深呼吸做自我疏導——沒事的，我已經是成人了，爸爸應該能理解的。

他不也年輕過嗎？他敢保證自己沒親過媽媽？

抱著這樣樂觀的想法，溫妤重新走出臥室，看到溫易安已經進了門，坐在客廳的沙發上。

蔣禹赫坐在他對面。

兩個男人面對面，幾乎不用去問，光是看溫易安的表情就知道絕不是什麼好場面。

果然，溫妤走過去，剛要在蔣禹赫身邊坐下，就被溫易安叫住。

「收拾東西，跟我走。」

溫妤彎腰愣住，接著站直：「去哪？」

「回你哥那住。」

溫妤皺著眉：「為什麼？我又不是小孩，我有選擇自己生活的權利。」

溫易安顯然在克制情緒：「你有選擇，但如果不是正確的選擇，作為爸爸，我有責任有義務把你帶回正軌！」

「什麼叫不正確的，你怎麼就知道是不正確的？」

「你——」溫易安不是沒聽到溫妤說的那句話，但讓他再說一遍，卻怎麼都說不出口。

成何體統！

溫易安氣沖沖地，直接站起來，「你走不走？」

溫妤脾氣也倔，「我不。」

父女倆對峙不下的時候，蔣禹赫站了起來，給了溫妤一個暗示的眼神。

蔣禹赫很清楚事出突然，現在溫易安處在一種情緒非常不穩定的狀態，如果自己還非要硬碰硬地把溫妤留在身邊，只會讓他感到下不了臺，更加難堪。

等他這個面子緩過去了，再去好好解釋，把溫妤帶回來，是唯一的辦法。

「伯父，您難得來京市，正好讓溫妤陪您玩幾天。」說著，蔣禹赫拍了拍溫妤，「你進來。」

轉身又安撫溫易安：「伯父您稍等。」

他態度始終恭敬，溫易安雖然沒有對他說難聽話，但臉色難看是絕對的了。

蔣禹赫把溫妤拉到房裡，關上門，他幫她收拾衣服，溫妤卻一臉不高興地坐在那看著：

「我爸讓我走你就真讓我走了？」

「我以前怎麼沒發現你這麼好說話？」

「是因為昨晚得到了就要把我一腳踢開嗎，你——」

話還沒說完，蔣禹赫把收拾好的包包放在溫妤面前。

俯身，看著她，半晌才淡淡說——

「這是你爸，不是你哥。」

蔣禹赫就算再冷漠，再桀驁，也不至於會倡狂到跟溫妤爸爸對著幹的地步。

更何況，今天他們見面的這個場面，的確不太美好。

「你先去你哥那住幾天，等你爸沒這麼氣了，我會想辦法。」他說。

溫妤被蔣禹赫安撫下來，頓了頓才有些委屈地點頭，「我以為你想跑了呢。」

蔣禹赫：「跑去哪。」

溫妤眨了眨眼：「找你前女友啊。」

「……」

這件事過不去了。

蔣禹赫無奈瞥了她一眼，把包包遞給她，「走了。」

溫妤卻不動，接著又朝他張開雙手，一副撒嬌索取的姿勢。

蔣禹赫看了眼門外，提醒她：「沒關門。」

「就抱抱嘛。」

蔣禹赫只好把包包暫時放下，把溫妤抱到懷裡，這樣的親密昨夜才淺嘗了一點滋味，現在卻要被迫分離，他實在捨不得。

於是抱了會，便捧著她的臉吻下去，一點一點，彷彿在尋找和重溫昨天晚上屬於彼此的溫度。

門外催促的聲音突然打破了這份美好——「還沒好？！」

溫易安覺得自己快炸毛了，幾乎就要忍不住問一句——「又在裡面啃腿啊？」

房內的溫情戛然而止。

蔣禹赫微頓，慢慢鬆開溫妤，「去吧。」

溫妤不情不願地拿上小行李包，走去客廳。

溫易安背著手，正在原地踱步，看得出非常暴躁。

見溫妤出來，他趕緊拉過女兒的手，好像再晚一步就要被面前這個男人吃掉似的，「跟我走。」

蔣禹赫適時地說了聲：「抱歉伯父。」

溫易安看他：「你有什麼好抱歉的？」

蔣禹赫知道溫易安在惱怒什麼，昨晚那通電話打來的時候，柳正明特意說要他多關照溫妤。轉個身溫易安就看到自己女兒被他關照到了床上。

這要換了任何一個父親，可能都不會有好臉色。

蔣禹赫說：「您先休息，我過兩天過去拜訪。」

溫易安哼了聲，沒再說話，帶著溫妤快速離開。

門關上，蔣禹赫也坐下呼了口氣。

他按著眉骨，心想自己橫行無阻了二十多年的人生裡，竟然也會有這麼一天栽跟斗。

還是栽在未來岳父頭上。

有些棘手。

&

溫妤就這樣被溫易安帶回了觀南公寓，溫清佑住的地方。

溫清佑正在家裡健身，見溫妤回來好像一點都不驚訝，平聲靜氣地：「回來了？」

是——回來了？

而不是——你怎麼回來了？

溫妤一聽就察覺出了不對勁，「哥你好像一點都不意外我回來？」

一上午都被溫易安的突然出現搞昏了頭，直到回到家溫妤才後知後覺——溫易安怎麼會跑到自己住的地方？

她問溫清佑：「是你叫爸去找我的？」

溫清佑還沒回答，溫易安主動說道：「你出了那麼大的事，我昨天趕最晚的一班飛機，夜裡就到了京市，到你哥這才發現你沒住在這，你哥說你搬出去了，我怕夜裡打擾你休息就沒聯繫你，結果早上去我看到了什麼？」

溫妤：「……」

溫清佑輕輕斜靠在跑步機上，似笑非笑的，「看到了什麼？」

溫易安氣不只從一處來，更別說把自己聽到的和看到的告訴自己的兒子。

溫妤往沙發上一坐，橫了溫清佑一眼，「哥你是故意的吧？」

「……我說不出口！」

溫清佑不慌不忙走過來，也挺坦白的，「是。」

溫妤閉了閉嘴，不甘地回嗆道：「那我也應該叫爸來看看你跟蔣姐姐的名場面的。」

溫易安：「……？」

他視線又落到了溫清佑身上，「什麼名場面？蔣姐姐又是誰？」

溫清佑沒吭聲，倒了杯水坐到溫妤對面，緩緩說：「我讓爸去找你，不是去欣賞你們有什麼名場面，我還沒那麼幼稚。」

溫妤：「那你想幹什麼，最起碼爸來之前先告訴我一聲嘛，這麼突然。」

「不突然，萬一蔣禹赫找藉口不在怎麼辦？」

「……？」溫妤更聽不懂了，「你到底什麼意思？」

「我就是想讓爸明確知道你們的關係，免得將來他跟他那個姐姐一樣不認帳，你吃虧。」

溫易安越聽越糊塗。

一個蔣禹赫，一個蔣姐姐，現在又是這番話……

等會。

溫易安想了想，「那個蔣總還有個姐姐？」

沒人吭聲。

「清佑，那個姐姐還對你做了不認帳的事？」

溫妤：「……」

果然是幹過大事的人，反應能力太快了。

兩兄妹都沒開口，溫易安便懂了。

一口氣沒緩上來似的，他在房裡走來走去，接著又喝了好幾口水，最後才怒斥一句：「你們倆是中了邪還是被人下了藥？！偏偏就和人家一對姐弟勾搭上了？」

溫妤沒忍住：「我跟他在一起的時候不知道哥哥和人家姐姐在一起。」

溫清佑也抬起頭：「我在美國認識令薇的，當時還沒回來找你。」

「……」

溫易安一口憋氣賭在喉嚨處，上下不得。他又開始來回踱步，認真思考自己是不是午夜夢遊去刨了姓蔣這家的祖墳，為什麼兒子女兒身處兩國都能搭上一家人。

他看起來似乎很上火，溫妤看不下去了，為自己說了句：「認真來說，我跟蔣禹赫是我主動碰瓷他的……」

不提還好，一提溫易安又想起了什麼，說：「爸爸破產而已，你有必要去給他潛規則嗎？啊？我讓柳叔叔介紹你們認識，是想要你在工作上多多向他學習，我是讓你去給他——」

我是讓你送去給他啃腿的嗎！

溫易安堅定了溫妤口中的「碰瓷」是主動去讓蔣禹赫潛規則的意思，一想起來女兒為事業獻身就忍不住捂胸口。

溫妤無語掩了掩面，「根本不是這樣的，爸你聽我說好嗎？」

溫易安現在滿腦子都被溫妤早上那句話支配著，根本冷靜不下來：「我不管你那麼多，阿越不好嗎？阿越多好的一個孩子，斯文有禮，書香世家，人家還陪著你來京市，可你——」

上午看到的那一幕太讓溫易安心裡崩塌了。

彷彿嗑了很久的CP突然BE的感覺，畢竟在他的心裡，周越才是他看中許久的乘龍快婿。

溫清佑這時慢慢說了句話，「那倒也不必，周越有女朋友了。」

溫易安一愣：「什麼時候的事？」

「就來京市後認識的，一個醫生。」

溫易安：「……」

因為得知周越已經戀愛的訊息，溫易安沉默了。

不再上火，也不再追問兒子女兒和蔣家人的細節故事，大概是是突然失去了乘龍快婿這件事帶來了打擊，默默回了房裡。

溫妤和溫清佑坐著，你看我我看你，半晌，才打破了安靜的氣氛。

「現在怎麼辦？」溫妤問。

溫清佑搖搖頭，「我不知道，反正我後天就走了，走之前把你交給爸爸，讓他知道你們的關係，我也放心。」

溫妤：「……」

的確如蔣禹赫所說，溫易安現在心情非常不好，說什麼都聽不進去，他先入為主地否定了蔣禹赫，並覺得他在欺騙，溫妤現在越去解釋，反而越會讓他對蔣禹赫反感。

於是那一天，兄妹倆誰也沒再提與蔣家人的事，小心翼翼的，等待溫易安恢復心情。

溫妤也沒去公司，在家辦公。

昨天的熱搜熱度還沒完全過去，趁著這個機會，溫妤讓負責人開通了《我愛上你的那個瞬間》的官方微博，並官宣了男主角的人選。

霍岩是不會再用了，即便熱搜不是他推上去的，但他本身心思也不純，溫妤不喜歡太有心機的人，或者說，不喜歡這種把野心都放在臉上的人。

另一個候選人也被放棄，是因為蔣禹赫查到了熱搜的始作俑者就是他的團隊，抹黑競爭對手，沒有人品。

三個裡面出局兩個，最安分的那一個便當仁不讓成為了最終人選。

官宣男主角的訊息在熱搜這個節骨眼上爆出，更是將昨天的流量再度升溫延發，溫妤在家盯著電腦即時動態，一會便是一通電話打來，但她始終有條不紊，不慌不忙地安排、叮囑。

溫清佑都默默看在了眼裡。

他不是不明是非的人，妹妹能有今天這樣的狀態，那個假哥哥的功勞，著實大過自己。

原以為讓溫易安緩一緩，到晚上應該就能有所平復，到時候大家坐下來好好說一說，總能把事情說清楚。

可誰知道，到了晚上，溫易安的情緒是緩下來了。

可他卻宣告了另一個驚人的決定——

「好好，我們跟你哥一起去美國，看看你媽。」

溫好直接聽懵了，「我們？為什麼？」

溫易安：「我昨晚聽你哥說她的身體不太好，前些年生了場病，最近又復發了。分開這麼久，總歸夫妻一場，她把清佑帶這麼大不容易，我去看看，合情合理。」

就算是這樣，可對溫好來說太突然了。

「我現在還有工作。」

「就去個十天八天的，不耽誤你工作，況且我看你剛剛在家裡不也完成得挺好。」

「……」

溫好向溫清佑投去求助的目光。

可這次溫清佑沒幫著她，沉吟了片刻，才說：「其實我訂機票要走的時候，媽旁敲側擊地有問過我，你會不會一起來。」

溫妤微微愣住，意外之餘，卻又不知道該怎麼回這句話。

她沉默著低下頭，「是嗎。」

溫妤不是沒有想過去美國看看母親，只是每次這個念頭一起，就會有種難以言說的陌生和隔閡擋在心裡。

畢竟分開這麼久了，和溫清佑不同的是，溫妤心裡對母親還多了一層兒時的怨念。

那時她還小，追著母親的車後面哭著讓她別走，她還是走了。那份遺憾和痛苦讓溫妤整個少年時期，乃至長大，都無法彌補和忘記。

現在雖然逐漸釋懷，也明白感情無法勉強，應該尊重父母的決定，但真要去見母親，溫妤還是會有些怯步，不知怎麼面對。

她似乎期待過重逢，可內心深處卻又害怕重逢。

直到溫清佑說了一句——

「媽媽的床頭，放的一直是你小時候和她的合照，每晚都會擦一下，看一眼才睡。」

「我們最初到美國過得很艱難，你知道的，後來慢慢不難了，她又不敢再抱有奢望，你覺得媽媽丟棄了你，她又何嘗不是每天都在自責同樣的事情。」

溫清佑說著站起來，「起初是迫不得已，到後面就是望鄉情怯。妤妤，這件事我不會勉強你，無論你有什麼決定，都是你的選擇。」

溫易安聽完兒子的話沉默片刻，「你哥不強迫你，我得強迫你，必須去。」

溫妤知道溫易安破產後很多事都想開了，所以想去探望前妻，再見亦是朋友，很正常。

但這個節骨眼趕著去，明顯就是在找藉口把自己帶走，和蔣禹赫分開罷了。

溫妤想了很久，最終也並不是懼怕溫易安的逼迫，而是因為溫清佑那一句「媽每晚都看一眼你的照片才睡」而無奈地軟了心。

那是她的媽媽啊。

小時候也曾抱著她，唱歌哄她的媽媽。

或許現在暫時把溫易安帶離京市也不失為一個好辦法，去美國一週就當是渡假，在這段時間裡好好告訴他自己和蔣禹赫的故事，換個環境，換個地點，也許他能慢慢接受這件事。

溫妤最終答應了這個突然而又倉促的決定。

唯一的遺憾大概便是，她無法參加蔣禹赫奶奶下周七十周歲的生日宴了。

離出發去美國只剩一天的時間，還好簽證沒過期，溫清佑迅速補買了票，溫妤利用這一天買好了給付文清的禮物，並約著蔣禹赫一起送去了蔣家，親自和付文清解釋並提前送個生日祝福。

去別墅的路上，溫妤不捨地安慰蔣禹赫：「你別太想我，我就去一週而已，最多十天。」

蔣禹赫得知溫妤突然要去美國看望媽媽也很意外，但仔細想想，也情有可原。

溫易安現在對自己的態度大概便是是避之不及，離得越遠越好。

溫家的兩個男人都不好應付。

溫清佑最多偶爾阻攔一下。

溫易安直接把人帶跑了。

蔣禹赫有些頭疼。

才和溫妤溫存一夜，被迫分開也就罷了，還要跨國那麼久。

但他只是在心底這麼想著，沒說出來，怕溫妤夾在中間有壓力。

「就當渡一週假，玩開心點。」

溫妤故意「哦？」地拖長了音，「你好像一點都不在乎呀？那我就待久點好了，反正我哥在那邊有公司，我順便考察個一年半載的，看看有沒有什麼新的合作機會，另外……認識一些外國小哥哥。」

蔣禹赫只是聽著，嘴角輕輕扯了一下，沒說話。

又是這個理智到過分的樣子。

溫妤不甘心，於是剩下的半段路程，她使出各種花招地演著，作著，威脅恐嚇、撒嬌耍嗔全都湧上，就是想要在蔣禹赫臉上看到一點波動。

可直到車開進了別墅的地下室，這個男人還是一臉淡然。

「我會跟外國小哥哥在酒吧喝酒跳舞哦。」溫妤又強調了一遍，「你真的不介意嗎？」

蔣禹赫停好車，轉過來看她，「你想要我怎麼樣，直接說。」

溫妤直勾勾盯著他，頓了幾秒：「我想看你吃醋，討厭，你就不能吃一次給我看看？」

蔣禹赫：「在這裡看？」

溫妤：「那還在哪裡看？要我搭個檯子給你表演啊？」

蔣禹赫不慌不忙嗯了聲，「好。」

說完升上車窗，拉上車簾，鬆開領結，淡淡看著她：「是你要的。」

溫妤：「？」

……

十分鐘後，溫妤終於明白，蔣禹赫的醋，絕對是她生命中不能承受之重。

密閉車廂，天雷勾地火般的轟烈。如果不是溫妤一再的求饒，今天必定難逃一「劫」

好不容易從車裡脫身出來，溫妤披頭散髮，紅唇嬌豔，慌忙拿鏡子整理著自己，卻看到站在一旁的男人衣冠楚楚，清冷矜貴，完全沒了車裡強制索要的模樣。

溫妤：「……」

我又是何苦呢？

總算收拾體面，兩人從電梯回了家。

去的時候蔣令薇剛好也在，溫妤便趁機告訴了她溫清佑要走的事。但蔣令薇反應並不大，笑了笑便回了房間。

溫妤也不知道她在想什麼，只得作罷。找到付文清把賀禮送過去，又乖巧說了一番祝福的話後，十二姨神神祕祕地把她拉到一旁。

「魚魚，下周老太太生日宴我穿什麼好？唉喲，老太太非說那天讓我們都不做事，穿漂亮了一起高興高興，我不知道穿啥好，你給我參考參考？」

十二姨雖然人到中年，但身材保養得還是很勻稱，溫妤記得以前自己住的房間裡有一條買大了兩號的裙子，特地去找來給她試了下，剛剛好。

「就這麼穿，多漂亮吶，一下子好像年輕了十歲！」

裙子是長款，稍稍有點露肩，十二姨不好意思極了，「我這麼穿，是不是有點老不正經了。」

溫妤撲哧笑了，「人家付奶奶還穿開叉的旗袍呢，有什麼不正經的，漂亮就行，對了——」

溫妤特地提醒十二姨，「我送你的香水別忘了噴。」

十二姨悄悄眨了眨眼：「我早就準備好了，就等這一天呢！」

&

因為隔天就要分開，所以這一晚，溫妤和蔣禹赫在觀南公寓的停車場待了很久。

明明只是去一週多的時間，但對這樣一對剛剛才進入到感情爆發期的情人來說，不亞於突然要卸掉自己身體上的一個部分。

太難了。

因此溫妤一直在車裡纏著蔣禹赫，這種分別時刻，雖然只是短短的遠距離幾天，但她還是撒嬌矯情地說了很多——

「要想我。」

「我不在不准看別的女人。」

「你要是敢做第二個沈銘嘉，我就也去找第二個蔣禹赫做哥哥。」

聽到這裡蔣禹赫不禁一笑，「第二個蔣禹赫？」

他頓了頓，「你覺得有能威脅到我的第二個人？」

溫妤：「……」

他已經是金字塔頂層的人了，自己這麼說的確彷彿在搞笑。

誰還能威脅到他蔣禹赫啊，他不把別人玩死都好了。

溫妤佯裝不爽地哼了聲別開臉，卻聽身邊男人淡淡補了句：「也就你有這個本事。」

她反應了幾秒，眨了眨眼：「你這算是在跟我表白嗎？」

蔣禹赫：「表白？」

「你從沒說過喜歡我。」

「……」

蔣禹赫的確是那種頭腦過分清醒理智的人，他是徹底的行動主義者，不屑用嘴巴去表達自己的感情，比起說情話，他更在意的是如何讓自己愛的人過她想要的生活。

她要做花瓶，他可以養她一輩子。

她要創業搞事業，他會站在身後陪她，幫她成長。

只要她想，他就會給。

無論任何東西。

再說，他對溫妤又何止一句喜歡。

其實就連蔣禹赫自己都不知道，為什麼他會這樣狂熱地鍾情她，除了日漸相處滋生出的好感，總覺得這份感情之中，如溫妤對那對袖釦的理解般，有著一種說不清的宿命感。

好像，她註定就是自己的人。

「算了算了，知道你這個人不愛說情話。」溫妤見蔣禹赫半天沒出聲，也沒勉強他，自己寬慰自己，「其實跟那些膚淺的表白比起來，你剛剛那句更酷，只是女人有時候就想聽點俗氣的話罷了。」

蔣禹赫想了想，「比如？」

「比如？」說到這個溫妤就來勁了。她坐正，擺出一副霸道總裁的樣子，瞇起眼睛：

「你這個磨人的小妖精，我該拿你怎麼辦。」

「女人，你在玩火。」

「女人，你引起了我的注意。」

「該死，我怎麼會愛上那個女人！」

「女人，上來，自己動。」

蔣禹赫：？

聽到最後一句，他皺了皺眉看向溫妤，一眼意味不明的探究。

這些騷話溫妤都是跟著尤昕學的，一時嘴快說翻了車，她尷尬地撩了下頭髮，「不是你要我舉例嘛，這些都是最基本的霸總撩人語錄，別管什麼場景，就是這個味道，你學會了沒有？」

安靜了幾秒。

蔣禹赫嗯了聲，「學會了。」

溫妤眨了眨眼，期待地看著他，「那你說一句我聽聽？」

蔣禹赫按了中控按鈕，溫妤的車門忽地被解鎖，他淡淡看著她，「女人，下車，自己走。」

？？？

溫妤：「……」

溫某人罵罵咧咧地下了車。

&

第二天早上九點，京市國際機場，溫妤和溫清佑、溫易安踏上了去美國的旅途。

溫妤原本以為蔣禹赫不會過來，畢竟昨晚兩人才見過面，而且自己身邊還有哥哥和父親。

可蔣禹赫還是來了。

他到的時候溫易安去了洗手間，只有兩兄妹在。

周圍路人多，溫妤心裡驚喜又開心，戴上口罩和帽子就撲到了蔣禹赫身上，「不是要你不要來了嗎？」

蔣禹赫輕輕接住她，雖然臉色依然是冷淡的，可眼底卻盛著滿滿的寵溺。

他說：「想來就來了。」

公共場合，溫妤撒嬌地摟著蔣禹赫不放，「你來了我會捨不得走的。」

蔣禹赫：「……」

那邊是難捨難分熱情似火，溫清佑卻落單地站在一旁，看著這副畫面說不出的滋味。

「蔣總來送妤妤？」

蔣禹赫一身清黑色，面色清雋，語氣也出乎意料地和諧：「不光是送妤妤，也來跟你道個別。」

溫清佑笑了，「那真是給我面子了，謝謝。」

「不用。」

頓了好久，蔣禹赫才平靜說了句：「她有點事所以沒來，要我代轉告一聲，祝好。」

溫清佑眼底閃過不到一秒的停滯，很快便掩於周圍的喧囂之中，「幫我謝謝她，也祝她好。」

眼睜睜看著一對情侶的BE，溫妤的心情有些複雜。

正說著，溫易安從洗手間出來了。

一見到蔣禹赫他便如臨大敵，還以為是來搶溫妤的，馬上警惕地走過來，「你怎麼來了？」

蔣禹赫微微頷首，「我過來送一送好好，伯父不用這麼緊張。」

溫易安：「……」

我哪裡緊張了！

「那就祝三位一路平安。」蔣禹赫沒有多逗留，說完便轉身離開。

溫妤還想再聊會，溫易安拉住她，「離他遠點。」

溫妤無語，「您幹嘛帶我去美國啊，帶我去尼姑庵不好嗎？」

說著拉起溫清佑走去了前面。

溫易安說不過女兒，跟著走上去的同時回頭，打量蔣禹赫的背影——雖然年輕，卻冷冽從容，充滿了讓人不敢侵犯的氣場。

他第一次在酒樓見到這個年輕男人的時候，從柳正明口中知道他年輕有為，家族強大，外形也確實一表人才。

那時溫易安是欣賞他的，覺得這個年輕人能幹。

但現在視角忽然變成了自己的準女婿，溫易安的角度又不一樣了。

和周越的斯文有禮完全不同的是——蔣禹赫氣場太強，渾身都散發著那種上位者的掌控欲。

這樣一個男人，合作做生意可以，談戀愛？

怕寶貝女兒只有被收藏的份。

溫易安邊想邊嘆了口氣，連連搖頭。

&

十多個小時的飛行後，飛機平安落地甘迺迪國際機場。

溫妤和溫易安過來的事溫清佑沒有告訴母親，路上溫妤一直惴惴不安，不知道待會見了媽媽會不會尷尬，會不會不知所措，會不會相看無言。

畢竟一晃十多年過去了，物是人非，時間可以淡化和改變一切，溫妤心裡對母親的最後的記憶便是她紅著眼睛牽親哥的手坐車離開的決絕模樣。

溫妤就怕，有些感情，相見不如懷念。

半小時後，車停在溫清佑美國的家門口。

為了方便母親安靜養身體，溫清佑的房子沒有買在繁華的曼哈頓市中心，而是買了郊區一處安靜的獨棟別墅。

下車後，溫清佑走在前面輕輕敲了門，「媽，我回來了。」

裡面很快傳來一個溫柔的聲音，「來了。」

溫妤的心緊張到砰砰跳，反覆演練著門開後要說的話，要笑的笑容。

直到門開後她才知道，這些準備都是無用的。

一秒的時間，腦中只剩空白。

宋知辛手上帶著厚厚的手套，應該是正在做烘焙。她看到溫清佑後笑了笑，剛要開口說話便看到了站在兒子身後的兩個人。

宋知辛表情忽地頓住。

從淡淡的微笑慢慢變成難以置信地錯愕。

她嘴唇顫了顫，好像怕是自己的幻覺似的，看了又看，甚至把溫清佑推到了旁邊。

她緊緊地盯著溫妤。

很久很久，淚光一直包在眼底，卻說不出一句完整的話。

甚至連溫妤的名字，都喊不出來。

到這一刻溫妤才明白，原來有些人、有些事，是時間過去再久都不會陌生的。

她站在這裡，看到宋知辛的第一眼，壓抑在心裡十多年的情感潰堤而出。

「媽。」她輕而易舉地喊出了這個稱呼，「是我。」

溫妤的突然到來讓宋知辛驚喜萬分，原本每天平淡的生活多了新的顏色和期待。她十多年沒見女兒，最艱難的時候每天想著女兒度日如年，等熬過那幾年了，卻再也沒了回去的勇氣。

「我在六中門口看到你和同學走在一起，長大了，漂亮了，可我不敢上前。」宋知辛說著自己唯一一次回國的經歷，「媽媽那天一直遠遠地跟著你，看你和同學們吃飯、聊天、拍照，最後一個人回家。」

「那天媽媽在門外坐了很久，看著你房裡的燈一直沒滅，直到你爸半夜回來了才熄掉。媽媽當時就在想，我的妤妤是不是害怕一個人在家。」

「如果當初帶走你，會不會你不會這麼孤單。」

「你一定不會再想見到我這個母親。」

越深的愛，在現實面前，反而越會變得膽怯懦弱，躊躇不前。

溫易安也告訴溫妤：「你別怪你媽，我知道她留下你是因為知道出國很苦，她想你跟著我，最起碼在物質上不用擔憂。」

這一點，溫清佑早在回國的時候就告訴過溫妤，最初過來的那幾年，他們母子過得很艱難。只有真正處在黑暗中的人才明白逼不得已的選擇有多無奈。

因此在這件事上，溫妤也一早釋然，不再遺憾，不再抱怨。

因為她回到美國這個陌生的家後才發現，原來不管分開多遠、多久，這世上，總有一個人溫柔地把她放在心底。

第一個夜晚，溫妤睡在宋知辛的床上，母女說著久違的悄悄話。

宋知辛給溫妤看自己的手機，全是溫妤的照片，從小到大，從可以牽手擁抱，到只能遙遙相望。

她與溫妤一樣，期待著重逢，卻又害怕重逢。

還好，母女倆終於跨越了這道十多年的鴻溝，接受不完美的過去，接受當下的彼此。

夜晚，躺在床上，宋知辛問溫妤：「我聽你哥說，你有男朋友了？人好嗎？」

一想到蔣禹赫，溫妤心底的那份甜蜜便抑制不住。

她笑：「好，他很好很好。」

「讓媽媽看看長什麼樣？」

溫妤抿了抿唇，紐約這個時間，在國內是早上，蔣禹赫應該起床了。

「我打個視訊電話給他，媽你在旁邊看著別說話。」

「好。」

溫妤就這樣撥通了蔣禹赫的視訊。

響了好一會，那邊接起。

鏡頭裡的男人一看就是剛起床，正在換衣服，一邊扣著襯衫一邊問溫妤：「還沒睡？」

溫妤悄悄把手機朝宋知辛移過來了些，故作隨意道：「快睡了，我想看看你。」

其實應該是——我媽想看看你。

蔣禹赫卻回：「看哪裡。」

溫妤：？

還沒反應過來蔣禹赫什麼意思，男人平靜地繫著領帶，朝鏡頭裡意味不明地睨過來，「哪裡你不都看過了嗎。」

溫妤：「……」

！！！！！

溫妤的臉瞬間脹得通紅，手忙腳亂地掛了視訊：「看你個頭！再見！」

一旁的宋知辛卻笑了，溫柔說：「怎麼掛了呀。」

溫妤尷尬到頭皮發麻，極力解釋道：「媽，不是你想的那樣，他開個玩笑而已。」

宋知辛揉著溫妤的頭髮，「這有什麼不好意思的，年輕人談戀愛不就是這樣。」

溫妤愣住，看著她，「媽你不覺得尷尬嗎？」

宋知辛眼角彎著柔軟的弧度，「女人被愛是件開心的事，有什麼尷尬的，媽媽支持你，這個男孩子不錯，比你哥還帥，是做什麼工作的？」

溫妤在溫易安那社死的尷尬在宋知辛這徹底得到了回血，她也終於明白，有一個開明的母親是多麼幸福的事。

後來的下半夜，溫妤把自己和蔣禹赫的故事都告訴了宋知辛，宋知辛聽完良久感慨道：「媽媽想謝謝他，這麼包容你、愛護你。」

溫妤：「那下次我帶他來見你。」

宋知辛笑，「不如媽媽回國去參加你們的婚禮？」

溫妤微怔，隨即把頭埋到了被子裡，對母親露出女兒才有的嬌羞，「說什麼呢，人家又沒說要娶我。」

「那他要是想娶，你嫁嗎？」

「我？」溫妤從被子裡探出頭，不知在想什麼，自己也紅著臉笑了，「看他表現再說。」

「要人家怎麼表現？」

「起碼得先有個浪漫的求婚吧？媽你不知道，他那個人可冷漠了，到現在連喜歡我都沒說過。」

「真的呀？」

「真的，還有，他……」

月夜溫柔，母女倆說著悄悄話，臥室時不時傳來輕柔笑聲，盈盈燈火溫馨又動容。

之後兩天，溫妤一直都在調時差，白天陪宋知辛出去散步，購物，晚上在家跟她學做烘焙，還有一些簡單的美食。日子過得輕鬆又舒適。

到了付文清七十大壽這天，晚上十一點，溫妤特地守著時間沒睡，給蔣禹赫打去電話。

「哥哥，你們家現在是不是很熱鬧？」

蔣禹赫彼時剛從書房出來朝樓下走，付文清七十大壽，雖然沒有大肆鋪張，但請了飯店的廚師來家裡辦自助宴，也是極盡隆重的。

來的賓客很多，都是蔣家私交多年的親屬朋友。

熱鬧是熱鬧，只是再熱鬧，缺了想要看到的人，對蔣禹赫來說也不過是尋常的普通一天。

蔣禹赫回溫妤：「你怎麼還不睡？」

溫妤說：「把電話給奶奶，我親自給她祝個壽再睡。」

「……」

蔣禹赫從樓上走下來，今天算是家宴，賓客都是熟臉，他一一招呼應酬，穿過人群走到壽星付文清面前，把手機遞給她：「魚魚想跟您說話。」

付文清一聽笑著接過來，還不忘對旁邊的人說：「這也算是我半個孫女，出差了沒能來，乖著呢——喂，魚魚啊？」

溫好在電話裡不知說了什麼，哄得付文清很開心，一陣一陣地笑。蔣禹赫站在老太太身邊等著，視線一直落在自己的手機上。

忽然，一股熟悉的味道從他鼻尖掠過。

卻又很快消失。

好像是風無意間吹到了這裡，又帶走。

蔣禹赫怔了怔，好像被觸到了某種神經似的，下意識便抬眸看了出去。

然而面前是眾多站在一起的身影，沒什麼特別。

可那個味道，蔣禹赫瞬間被挑醒了。

是那個玫瑰木香……

曾經在他心底縈繞許久，迷戀許久的味道。

朦朧如紗，看不見，摸不到，卻念念不忘地為之上癮。

怎麼會在家裡出現？

「禹赫？」

「禹赫？」

付文清喊了好幾聲，蔣禹赫才回過神，「怎麼。」

付文清把手機遞給他，「小魚找你。」

蔣禹赫定了定心，把手機拿到手裡，「喂。」

溫妤在那頭故意嬌嗔，「你在幹嘛，奶奶叫你半天才答應。」

「沒什麼。」聽見溫妤的聲音，蔣禹赫的思緒完全被調動了過來。

時至今日，或許那個味道依然可以引起他的注意，但不同的是——再難有波瀾了。

如今那個能隨時讓自己心潮起伏的人，在手機那頭。

蔣禹赫邊看了眼時間，叮囑溫妤：「快夜裡十一點了，還不睡？」

「你親我一下才睡。」

「……」蔣禹赫壓低聲音：「我周圍很多人。」

溫妤不依：「那你就走到人不多的地方嘛。」

無奈，蔣禹赫穿過客廳人流，走到門外，在花園找了處安靜的地方，對溫妤輕輕親了下。

「現在能去睡了沒。」

溫妤在手機那頭笑得忍不住，「哥哥真甜。」

蔣禹赫難得也被逗得扯了扯唇，「多甜。」

溫妤想了幾秒，「你要是現在在我面前，我一定抱著你狠狠咬兩口的那種甜！」

蔣禹赫：「……」

正說著，門被人打開，十二姨從裡面走出來，「少爺，老太太要你進去代表她說兩句。」

「好。」

溫妤也聽到了十二姨的話，在電話裡對蔣禹赫說：「你快去忙吧，我掛啦。」

蔣禹赫嗯了聲，掛了手機，接著越過十二姨：「走吧。」

「好囉！」

蔣禹赫走在前面，十二姨恭敬跟在他身後，擦肩而過的瞬間，蔣禹赫隱隱感覺到了不對的地方。

他腳步放慢，頓了頓，突然轉過身看著十二姨。

？

十二姨被他看得不好意思，以為是自己穿的裙子稍微不正經了些，解釋道：「少爺你別這麼看我，這是小魚幫我打扮的。」

蔣禹赫沒說話，卻慢慢走近。

直到，清清楚楚地聞到她身上的味道。

蔣禹赫無法相信，卻又不得不承認，香味的確是從她身上發出的。

他怔然地看著面前與自己生活了十多年的管家，有那麼幾秒鐘甚至荒唐地在想——難道是她？

不，不可能。

絕不可能。

蔣禹赫很快清醒，皺眉問她：「你噴了香水？」

十二姨又不好意思了，「是啊。」

「自己買的？」

「當，當然不是。」十二姨老臉一紅：「是小魚送給我的呀，你忘了嗎，她之前走的時候送了我一瓶香水，我還問過你要不要，你說不要。」

「……」

許久許久，蔣禹赫的意識才從一片虛幻的白光中回落，他緩緩的，不敢相信地問——

「你說，香水是誰送給你的？」

十二姨又重複了一次，聲音異常清楚：「魚魚呀！」

「……」

蔣禹赫的世界彷彿定格在這一刻。

畫面靜息，人群停止了交談，所有的聲音都變得遙遠。

他怔怔地站在那，思緒好像進入了某個黑洞，他沉在裡面，才如夢初醒般反應過來一件事。

他正愛著的這個女人，就是江城人。

蔣禹赫什麼都沒再說，轉身便回了二樓書房。

他急於證明自己的猜測，儘管這一切巧合得讓人不敢相信，但當熟悉的香味再次降臨，蔣禹赫寧願相信，這是上天的指示。

他進了書房，打開電腦，找到之前劉團長傳給他的那段江城音樂會上的影片。

快速按下播放。

畫質很好，那晚江城溫暖有風，夜色在燈光和音樂下迷離動人。

很快，蔣禹赫看到了入場的自己，看到了眾多的閃光燈，看到了黎蔓，看到了陳導，看到了很多熟悉的面孔。

不知過去了多久，

其實也沒有很久。

幾分鐘而已。

可蔣禹赫卻覺得，這是自己走過的最漫長的一條路。

影片裡，穿著黑色絲絨短裙的女人手舉酒杯，長捲髮斜在一側，風情萬種地微笑著朝他走近。

那晚的風很安靜，夜很溫柔。

只有她美得驚心動魄，讓周遭的一切都暗了光。

……原來，是你。

第十九章　你是我的無法克制

蔣禹赫不知道怎麼形容自己當下這一刻的心情。

想笑，上天好像在愚弄他，找了那麼久的人，原來一直就在身邊。

也終於明白，那份莫名的宿命感存在的原因。

他以為撞到溫妤的那一晚是故事的開始。

卻不知時間倒回兩天，那場音樂會上，她朝自己遞來的紙條才是他們命運相連的最初時刻。

斷斷續續的，那些過去被忽略掉的細節也慢慢從回憶裡流出。

比如，他們第一次去聽劉團長的愛韻樂團演出時，溫妤不小心脫口而出的那句——「我也聽過他們的演出。」

可惜當時自己還以為是她和沈銘嘉在一起的戀愛日常。

再比如，那天晚上他們情到濃時，溫妤問他，還記不記得彼此第一次見面的場景。

當時她說——「你記不記得，有人給你……」

但後面的話被自己堵住了，沒想到竟錯過了又一次靠近真相的機會。

人生如戲，蔣禹赫以為自己可以掌控一切，沒想到冥冥之中，他也在被上天掌控。

兜兜轉轉了這麼久，他的所念所想，一直都是溫妤這一個人罷了。

紙條、車禍，註定般的遇見，從一開始上天就寫好了結局。

蔣禹赫反覆看著影片中溫妤款款走來，把紙條塞在自己口袋裡的畫面。

不怪他當時只是憑著一股香味和一個背影就動了心。

他這樣一個很難在感情上有起伏的人能敏感地捕捉到訊號，是因為，那晚的溫妤本就美得驚心動魄。

她穿的是黑色，是最會吸引到他的顏色。

而那時候溫家還沒破產，她一身自信的明豔光芒，怎麼遮都遮不住。

誰能想到兩天後他們再遇上的時候，她的世界會是那樣天翻地覆。

蔣禹赫在椅子上坐了會，想起了什麼似的，從書房第二格的抽屜裡找出一本黑色牛皮的筆記本。

扉頁的夾層，蔣禹赫從裡面拿出一張紙條。

他身體後仰，看了半晌，唇角緩緩揚起弧度。

從前看上面的字時總會猜測，是怎樣一個女人寫出這種有趣的話。

而如今再看，知道是出自誰的筆下，感覺一切都完美契合了。

溫妤的確是會這麼說話的人。

十二姨這時匆匆找了上來：「少爺你怎麼又跑這來了，老太太還在下面等你講兩句呢。」

蔣禹赫抬眸：「知道了。」

他收起所有東西，正要起身，忽然叫住十二姨：「把魚魚送你的香水給我。」

十二姨：？

一把年紀了還是第一次用那麼名貴的香水，十二姨有點捨不得，但又嘀嘀咕咕不敢說，「……之前問你說不要，現在莫名其妙又說要。」

蔣禹赫：「我買十瓶其他不同味道的給你。」

「……」

這交易敢情划算，十二姨立即改口：「沒問題少爺，我現在就下去拿給你。」

兩人一起回到樓下，壽宴還在熱鬧中，明明幾分鐘前還覺得索然無趣，但再站在這裡，蔣禹赫的心境已然不同。

他代替付文清說了幾句話，得體又周到，有私交多年的長輩問：「禹赫的終身大事怎麼樣了，這麼多年也不見你帶個女孩給叔叔們看看。」

付文清也在一旁無奈地笑，「何止你們啊，我這個奶奶都不知道能不能有生之年看到他結婚成家呢。」

一片喧鬧笑聲間，蔣禹赫忽然淡淡開口：「我有女朋友了。」

付文清：「啊？」

老太太一下子沒反應過來，還以為是孫子給自己的驚喜，忙四下看著，「在哪呢？來了沒？」

蔣禹赫：「她剛剛才跟您通過話。」

付文清：「……？？」

&

付文清生日這天，是溫妤離開的第四天。

按照她最初的計畫，快則一週，慢則十天，也就是說，最快再三天她就能回來了。

可就是三天，蔣禹赫都好像等不了。

他急切地想看到她，彷彿彼此在一起的這大半年裡，他從未仔細認真地看過她是什麼樣子。

不然為什麼到今天才發現這一切，才發現她就是自己想要找的人，才發現彼此之間宿命的命運。

不只是三天，哪怕只是三個小時，也讓蔣禹赫無法停下這股想要馬上見到她的衝動。

他訂了最快的去紐約的機票。

蔣禹赫並沒有告訴溫妤自己要去找她的事，只知道她人在紐約，卻不知道她具體在哪裡。

好在自己的父母也定居在紐約，溫清佑又曾經給過蔣禹赫一張名片，靠著那張名片上的工作地址，蔣禹赫讓父母稍稍花了一點華人圈的人脈，便查到了溫清佑在紐約的住址。

這趟意義非凡的見面，勢在必行。

為了避免溫妤在這個時間段裡找自己暴露行程，蔣禹赫提前打了電話給她。

「我今天要出一趟差。」

溫妤：「去哪呀？」

「威尼斯，參加電影節。」

「哦，知道啦。」溫妤沒當回事，關注的重點在——「你這幾天想我了嗎？」

蔣禹赫彼時正走進機場的貴賓室，淡笑說：「嗯。」

「嗯是什麼意思嘛。」

「想。」

「有多想？」

蔣禹赫在沙發上坐下，知道溫妤這樣依依不饒，就是想聽點「俗氣」的話。

於是頓了頓，面不改色地說了一句十分露骨的情話。

溫妤多麼慶幸，這一刻他們是在打電話，而不是在視訊。

而旁邊的宋知辛也在認真地逛街，沒有注意她瞬間紅了的臉。

她放慢腳步走在後面，壓低聲音對蔣禹赫說：「你說話越來越野了。」

蔣禹赫：「你不是喜歡聽這些嗎。」

「……」

「不喜歡？」

這一句低沉暗啞的反問，帶了點輕佻的尾音，像極了那晚他動情時落在自己耳邊的聲音。

溫妤被撩到臉紅心跳，不敢再說下去，匆匆要掛電話：「不說了，我媽叫我。」

剛好這時地勤人員走來通知蔣禹赫登機，兩人的通話和諧結束。

商場裡，宋知辛轉身看著溫妤，笑道：「是男朋友嗎？」

溫妤不知道自己臉是不是還紅著，點了點頭，強撐淡定地走過去牽住媽媽的手：「你選到喜歡的睡衣了嗎。」

紐約現在是夏天，宋知辛穿的睡裙款式很老了，溫清佑是兒子，在這些方面到底不如女兒貼心。因此今天吃了飯，溫妤便拉著宋知辛出來逛街，想要買身漂亮的睡衣給她。

但眼前的這家卻讓宋知辛直搖頭：「款式太新潮了，不適合我。」

溫妤逛的這家的確是一個很時尚的品牌，每年都會舉辦大型走秀，素來有內衣界第一性感的名號。

「有什麼不適合的，人家七、八十的老太太還穿開叉旗袍呢。」溫妤拿付文清舉例，說著挑了件絲質的兩件式睡裙遞給宋知辛：「就這套吧，紫色，溫柔，也不暴露，適合你。」

幾番推脫之下，宋知辛最終無奈被溫妤推去了試衣間。

等待的時候，溫妤隨便在店裡逛了逛，走著走著，忽然停下。

視線落在面前的貨架上。

一排的塑膠腿模上，展示著各種各樣的絲襪。

黑色的、白色的、網格的、情趣的。

看得溫妤眼花繚亂。

也不知是被什麼迷了心竅，溫妤忽然就彎下腰來仔細看，發現其中一款接近透明的很有意思。

整條絲襪上都有細小的印花字母，而且字母可以選擇，從A到Z，全部齊全。

溫妤用手輕輕觸摸了下那款絲襪的質感，柔軟細膩，滑溜溜的，有種純情幼齒的欲感。

她像做賊似的，偷偷回頭看了眼宋知辛的方向。

媽媽還沒出來。

溫妤馬上跟不遠處的SA說了聲——「謝謝，給我一條Y字母的。」

這邊剛買完單，宋知辛就出來了，「尺寸合適。」

「那就要這套吧。」溫妤面不改色地又對著剛剛的SA說：「包起來，謝謝。」

誰也沒發現溫妤跳成鼓的心跳。

就連她自己也在想——溫妤，你變了。

以前買禮物給男朋友，選的是高大上的袖釦、皮帶。

現在買禮物給男朋友，滿腦子都是不正經的顏色。

小心翼翼地把絲襪藏好，溫妤若無其事地挽上宋知辛的手臂，問：「媽，明天的 party 你去嗎？」

宋知辛：「我去幹什麼，你哥的朋友慶祝他回歸，我一個中年人跟著去你們也玩不開。」

溫清佑走了小半年，這次回來，熱情的朋友們特地為他舉行了一場回歸 party。

宋知辛看著溫妤：「你跟著去玩吧。」

其實去不去 party 玩，溫妤是無所謂的，只是這些天她看得出溫易安好像有話想跟宋知辛說，但是一直找不到獨處的機會，就暗暗地想成全他一次。

「那好吧。」溫妤抿了抿唇，「我跟我哥去。」

&

因為機票買得倉促，只有轉機的航班，因此蔣禹赫比平時多了七個小時才到達紐約。

落地時，紐約是晚上六點。

蔣禹赫沒打算仗著自己突然到來就找藉口住到溫妤家裡，他先回了趟父母在曼哈頓上城的家，家裡沒人，打了電話才知道，夫妻倆還在外避暑旅遊沒回來。

放好行李，蔣禹赫從車庫開了父親的車，朝溫清佑的地址找過去。

華燈初上，紐約的夜晚充滿魅力，穿過櫛比鱗次的摩天大樓，蔣禹赫在腦中想像中待會見到溫好的樣子。

難以相信，他這麼一個素來對感情淡漠的人，如今竟然也會為了一個女人，不遠萬里，無法控制。

其實這樣的結果，從最初他不斷為她修改底線原則的時候，就應該能預料。

車流從密集變得零散，道路也駛入了空曠安靜的郊區，當視野中出現大片的樹木和草地時，蔣禹赫知道，他離溫妤也越來越近了。

他們之間的那條路走得太久了，所以眼下，他一秒鐘都不想再浪費。

只想看到她，馬上看到她。

終於，跟著地圖，七點半左右，蔣禹赫的車停在了別墅門口。

裡面亮著燈火，他停完車看了眼，不想貿然打擾，於是在進門之前先打了通電話給溫妤。

可響了很久卻沒人接。

無奈之下，蔣禹赫只能下車去敲門。

三聲之後，來開門的是一個樣貌與溫妤有幾分相像的中年女人，她看著蔣禹赫，起初並沒有馬上認出來，用流利的英語問他找誰。

蔣禹赫一眼認出這應該就是溫妤的母親，頷首道：「你好伯母，我找溫妤。」

這樣一提，宋知辛頓了頓，馬上便認出站在面前的年輕男人，好像就是那天女兒視訊裡的男朋友。

她有些驚訝，不敢相信這個男人竟然追到了紐約，「你是蔣先生？」

還未等蔣禹赫回應，溫易安從裡面走出來，看到蔣禹赫後震驚地張大了嘴，「你怎麼也過來了？」

這便是確認了。

宋知辛馬上把人往裡面迎，「快進來坐，好好不在家，跟她哥出去了。」

蔣禹赫原本已經往房裡走了幾步，但聽到這句話後便頓住：「出去了？」

「是啊，他哥的同事朋友們幫他開了個回歸的聚會，好好就跟著過去玩了，你坐會，我給她打電話。」

「不用了。」蔣禹赫頓了頓，「方便告訴我他們在哪聚會嗎。」

宋知辛當然明白，女兒的男朋友大老遠追過來，當然是需要驚喜的。

她很懂年輕人的心思，便把溫清佑的 party 地點告訴了蔣禹赫，其實也不遠，只有幾公里的路程，開車過去十多分鐘就到了。

蔣禹赫禮貌道別，重新上車。

不知是天氣煩熱，還是別的原因，操控方向盤發動汽車的那一瞬，他下意識地解了襯衫的第一顆鈕釦。

大概七、八分鐘後，車開到了目的地。

這是一處看起來比較簡單的小酒吧，木質結構，地方不大，濃濃的美國本土鄉村氣息，不像夜店那麼紙醉金迷。

蔣禹赫推開門，酒吧裡放著輕快的爵士樂，客人自由散漫地坐在位置上喝酒聊天，氛圍很輕鬆。

他快速掃了一圈，沒有看到溫妤，甚至也沒看到溫清佑。

於是又往裡面走了走，走出幾公尺後才看到酒吧深處有一個可以容納十人座的寬敞區域，周圍還有一些娛樂設施。

而溫妤現在，就站在娛樂區那玩著飛鏢。

她好像不太會，旁邊站著的白人帥哥很賣力地在跟她說著什麼。

看著這副畫面，蔣禹赫忽地想起溫妤走之前那晚對自己說的——

「我會跟別的外國小哥哥在酒吧裡玩哦，你真的不介意嗎？」

蔣禹赫在心底嗤了聲——

她是早就計畫好了嗎，還真說到就做到。

就這麼站在暗處看了溫妤幾分鐘後，蔣禹赫終於走了上去。

&

溫清佑的回歸 party 其實就是朋友們之間的簡單聚會，由他最好的朋友 Aaron 一手安排，總共來了七、八個人。

卻都是男人。

溫妤的出現讓他們驚喜又意外，整場聚會也由歡迎溫清佑回來變成了對溫妤的好奇打探。

這之中，便是 Aaron 這個溫清佑最好的朋友最為積極，他異常興奮——

「真沒想到你竟然有這麼一個漂亮的妹妹。」

「她真像我的女神。」

「她笑起來太迷人了。」

「她好像遇到了麻煩，但這是我的強項不是嗎？」

Aaron 見溫妤不會玩飛鏢，自告奮勇要去教她，溫清佑卻在這時提醒他：「嘿。」

「？」

「她有男朋友了。」

「……」

Aaron 頓了一秒，聳了聳肩，「我只是想教她玩玩飛鏢。」

溫清佑沒再說話，放下酒杯朝旁處走，「我去上一下洗手間。」

他走後，Aaron 沮喪地喝了杯酒，接著朝溫妤走過去，一邊打招呼，一邊教她如何捏住飛鏢，如何準確地射中靶心。

「好，看我的，」雖然知道這位可愛的女人已經有了男朋友，Aaron 還是想在她面前展示一下自己的魅力。

他接過飛鏢，對準前方的鏢靶一把扔了出去。

他這一丟，雖然沒有正中紅心，但距離紅心也只差幾毫米的距離。

溫妤很捧場地說了兩句誇獎的話，沒想到卻讓 Aaron 更加熱情起來，又拿起一支飛鏢遞給溫妤，

「你要再試一次嗎？」

溫妤沒多想便接了過來，誰知剛拿起飛鏢，Aaron 就站到她身後，手也伸了過來，似乎想親力親為地教她如何投擲。

感覺到他的手快要靠過來時，溫妤馬上往後退了一步，正要說句不用了，手裡的飛鏢忽然被人抽走。

緊跟著，一個熟悉的身影走到面前，快速把她拉到了身後。

看清是誰後，溫妤不可思議地睜大了眼，「你——」

蔣禹赫冷冷地看著 Aaron，眼神充滿了被侵犯到的警告，對視兩秒後，他才抬手，幾乎只是用餘光便將那支飛鏢丟了出去。

啪的一聲，彷彿一陣鋒利的風擦臉掠過。

眾人齊齊望去——鏢靶的正中心已然多了一支新鏢，而之前 Aaron 丟的那支，直接被強勢地打落到了地上。

現場頓時鴉雀無聲。

溫妤後背涼颼颼的，也沒說話。

對蔣禹赫隨隨便便丟個飛鏢就能這麼準這件事上，她一點都不驚訝。

兩人剛認識的時候，溫妤就陪蔣禹赫去過射箭館，當時就見識過他玩箭時的樣子，非常厲害。

他和祁敘都是射箭愛好者，兩人玩了那麼多年，在玩家裡的水準裡已經算得上爐火純青，更何況只是這麼一支小小的娛樂飛鏢。

但這並不影響溫妤為蔣禹赫這一秒的操作瘋狂心動。

雖然她覺得，他玩的可能不是飛鏢。

而是飛刀。

還是扎給她看的那種。

Aaron 顯然也被這個突然冒出來的男人嚇了一跳，尤其是這個人還把自己的那支鏢釘了下來。

傷害性不高，侮辱性極大。

Aaron 聳了聳肩，明顯有些尷尬，但依然故作淡定：「Hi，你是誰？」

溫好馬上抓住這個機會挽住蔣禹赫的手臂，還很浮誇地把頭枕在他肩上：「他是我男朋友。」

管他有用沒用，先表明一下自己的態度非常有必要。

因為溫好已經察覺到了蔣禹赫身上不對勁的氣場。

那是一種訊號異常強烈的警告，彷彿爭取領地主權的猛獸，稍遇侵犯，便會馬上用自己的方式警告侵入者。

Aaron 聽溫好這麼一說，本就不那麼有底氣的氣勢頓時更加弱了過去，「噢，歡迎。」

他說完就垂著腦袋走回座位，剛好遇到從洗手間回來的溫清佑。

溫清佑看到蔣禹赫也愣住：「蔣總？」

蔣禹赫以同樣冷漠的眼神回敬了溫清佑，接著反手牽住溫好的手腕，一句話都沒回，把人拉出了酒吧外。

溫清佑一臉莫名，問 Aaron：「發生什麼事了？」

Aaron 指了指飛鏢那裡，做了一個抹脖子的動作，「他的眼神好像要殺我。」

溫清佑：「……」

&

溫妤被拉到了車上。

車門關上的那一刻，光是聽分貝，她就知道自己惹事了。

雖然她和這位白人小哥沒有任何關係，剛剛也的確只是想玩玩飛鏢，恰巧他走過來說話，自己總不能把人趕走。

誰能想到 Aaron 突然就那麼熱情。

誰更能想到蔣禹赫突然就從天而降。

溫妤知道，蔣禹赫此刻的黑臉絕對是因為看到了 Aaron 跟自己親密站在一起的樣子。

簡而言之——他應該是吃醋了。

車從酒吧開出，蔣禹赫一直沒說話，溫妤時不時掃他一眼，雖然心裡有點沾沾自喜，但感覺他好像沒有要跟自己開口的意思後，決定主動出擊：「你不是去威尼斯了嗎，怎麼來紐約了。」

安靜了幾秒，蔣禹赫面無表情地說：「路過。」

路過？

一個在義大利一個在美國，我怎麼這麼不信呢。

嘿嘿。

溫妤心裡明白，卻故作不懂，抿了抿唇，「噢。」

她故意去挽蔣禹赫的手臂，頭靠過去蹭他，「那打算路過多久呀。」

蔣禹赫：「現在就想走。」

「……」

不愧是你。

這話堵得溫妤差點就演不下去了。

算了，看在他不遠萬里的份上，再哄哄。

溫妤馬上仰頭嗔道，「不要嘛，現在月黑風高的，美國治安又不好，你走丟了怎麼辦，被壞人抓走了怎麼辦，你要是不在，我就沒有哥哥了。」

溫妤一下就懂他這個動作的意義了。

蔣禹赫把車裡的空調調高了三度。

還裝是嗎？

溫妤就不信了，今天偏要讓你熱情似火起來。

她知道蔣禹赫沒那麼好哄，換了副腔調，「是真的，你都不知道我剛剛看到你多開心。」

終於，蔣禹赫淡淡應了句：「多開心？」

溫妤眨了眨眼，正要洋洋灑灑吹幾句，話到嘴邊忽地想起自己之前跟他打電話時說過的——

「你要是現在出現在我面前，我一定抱著你狠狠咬兩口！」

說得再動聽，不如用行動證明。

這是蔣禹赫一貫的作風。

所以如何證明自己很開心，必須用行動來說話。

溫好學到了，馬上開始上下打量他，尋找合適的地方。

所以咬哪裡好呢？

咬臉有點奇怪。

咬喉結……她不敢了，上次挑釁後直接躺平一夜。

溫好看了好一會，目光忽然鎖定了一個地方。

夏天了，蔣禹赫也只穿了一件單薄的襯衫，領口敞著，昏暗的車廂裡，深淺剛好的鎖骨若隱若現，在黑色襯衫的襯托下，莫名有種誘人的高級感。

……有點意思。

溫好馬上在腦子裡幻想了下咬蔣禹赫鎖骨的畫面，眼神時不時瞟過去研究一下角度、姿勢。

這花了她好幾分鐘的時間。

沒想到就這麼會兒功夫，到家了。

蔣禹赫停好車，轉過來看著她，「還沒編好？」

「編好了。」溫好如是回答。

她的確在腦子裡編好了一套操作。

蔣禹赫沒想到溫好還敢承認自己這幾分鐘的沉默是在編故事，目光裡頓時多了幾分「你可以」的輕笑。

沒等他開口，溫妤決定先發制人，給他一個措手不及。

她咳了聲，接著以迅雷不及掩耳之勢半起身，跨出一條腿，直接面對面坐到了蔣禹赫身上。

蔣禹赫：「……？」

溫妤手搭上他雙肩，在蔣禹赫還未做出反應之前，快速朝目標之處襲去。

吧唧，輕輕兩口。

一邊咬了一下。

咬完才抬起頭，眨了眨眼：「現在知道我見到你多開心了嗎？」

蔣禹赫：「……」

比起喉結，鎖骨更是他的死穴。

溫妤這小貓咬的兩下，彷彿從鎖骨窩裡灌入了滾燙的溫泉，瞬間把整個人都燒燃了起來。

喉結微妙地上下鼓動了兩下，他眸色暗沉地看著溫妤。

不遠處別墅的燈火穿過車窗打在她臉上，她皮膚很白，光下更是有種晶瑩剔透的穿透感，眼尾微微揚著，似勾非勾。

但顯然這一刻，他已經被俘虜上鉤。

須臾半秒，蔣禹赫迅速從被動變為主動，扣住溫妤的後腦吻了下去。

他的氣勢太強，溫妤被重重抵到了方向盤上，後背抵得不舒服，卻又莫名覺得興奮。

蔣禹赫不想承認自己的情緒管理再次出現問題。

以前有過幾次這樣的情況，但那時溫妤不屬於她，所以那種得不到的佔有欲才會異常作祟。

但現在溫妤已經是他的人，同樣的情況，他卻並沒有表現得多麼雲淡風輕。

一想到那個外國男人靠在溫妤身後，用一種貪婪的眼神看著她，還試圖用手觸碰她時，他才知道，原來擁有過後，佔有欲只會變本加厲。

想要她成為自己的私有物，完完全全只屬於自己。

而現在，他也正在將所有的情緒發洩在這個吻裡。

哪怕已經察覺到溫妤的呼吸開始不穩，開始紊亂，他卻沒有停下的意思，相反想更深更重地去索取。

彷彿只有這樣，他才能感受到溫妤是真實屬於自己的。

最後打斷他的，是一道鈴聲。

溫妤的手機響，刺耳的鈴聲瞬間打破車裡急促發散的曖昧。

一切戛然而止，卻又剛剛好。

溫妤胸口起伏著平復呼吸，剛要從包包裡拿起手機，視線忽然落到窗外。

宋知辛正站在家門口，手裡拿著手機。

溫妤愣住，再垂眸一看，果然是她打來的。

她頓時有些不知所措，朝蔣禹赫暗示了一眼窗外後，蔣禹赫拍了拍她的腰：「外面看不見裡面。」

溫妤這才鬆一口氣。

在溫易安面前翻了一次車就夠了，這要是再在宋知辛面前翻一次，她連夜回國都來不及。

溫妤心虛地清了清嗓，接起電話，努力讓自己聲線明亮地回，「怎麼了媽？」

宋知辛不知有沒有聽出什麼，但語氣很平常，溫溫柔柔的，「我看到蔣先生的車停在門口，你們是不是回來了，媽媽不好上前打擾，所以問一問。」

溫妤嗯了聲，非常認真：「我們在車裡探討如何玩飛鏢。」

蔣禹赫：「……」

這回答就差告訴對面的人他們在裡面探討成人話題了。

宋知辛笑道：「幹嘛在車裡呀，你請蔣先生來家裡坐坐吧。」

溫妤：「啊？」

密閉車廂，宋知辛的話蔣禹赫也聽得一清二楚，他朝溫妤輕輕點了點頭。

溫妤便回道，「好吧。」

兩人從車裡下來，手牽著手，宋知辛眉眼掛著笑意，等人走近了說道：「快進來坐。」

蔣禹赫卻說：「不了，伯母，我過來跟您道聲晚安就走。」

說完他轉過來看著溫妤：「你早點休息，明天我再過來。」

已經是晚上九點過，蔣禹赫的家教便是這樣，哪怕知道對方可能不會這麼早睡覺，但這個時候上門拜訪，已是深夜範圍。

時間不合適，也不夠正式和尊重。

溫妤明顯沒顧慮那麼多，拽著他的袖子往家裡拖，「別啊，我還想跟你再說說話，我們都快一週沒見了。」

剛拖進門幾步，溫易安的聲音沉沉傳來，「三更半夜拉拉扯扯的像什麼話。」

他背著手，站在沙發那，嚴肅地打量著女兒和準女婿。

溫妤動作一頓：「你又要幹嘛爸！」

蔣禹赫卻順勢放開溫妤的手，「聽話。」

溫妤：「……」

「那我就先走了，二位再見。」

蔣禹赫說著就轉身，宋知辛卻喊住他：「讓妤妤陪你吧，你們難得一週沒見，多聊會，明天一起回來。」

溫妤怔了怔，以為自己聽錯了，緩緩看向宋知辛。

蔣禹赫也有些意外。

「看什麼，年輕人不都是小別勝新婚嘛，媽媽這點覺悟還是有的，趕緊去吧。」

溫易安不樂意了，「你說什麼呢，這不是找機會讓他——」

讓他啃我女兒的腿嗎！

這話溫易安沒說下去，當然，宋知辛也沒給他說下去的機會。

「這是女兒的戀愛自由，你我都沒資格限制她。」

宋知辛剛剛還溫柔的語氣突然多了幾分強硬，溫易安被這麼一懟，悻悻地又坐下去看電視。

宋知辛回頭，推了推溫妤和蔣禹赫：「趕緊兩人世界去吧，別管我們。」

溫妤本來都抬腳要走了，臨到門口不知想到了什麼，又故作隨意地回頭：「那我拿一下手機充電綠。」

她匆匆跑上樓，不到一分鐘又跑了下來，身上多了個手提包，「那我們走啦。」

「去吧。」

蔣禹赫禮節在前，但溫妤的母親主動成全，他亦不會矯情地拒絕這份心意。

「那伯母晚安。」

兩人離開後，宋知辛把門關上，溫易安這才回過頭數落道：「你就由著她嗎！」

宋知辛：「你反對的理由在哪裡？就因為這個男孩子有錢、長得好、事業上強勢？」

溫易安沒說話。

宋知辛又道：「你也聽妤妤說了那些事了，這要是換了我和你其中任何一個人，被活生生欺騙了三個月，都不一定能輕易原諒。他要不是對妤妤真心，怎麼可能接受欺騙？清佑也說了，他一直在教好妤，幫她獨立創業，這麼好的孩子去哪裡找，別的不說，人家幫你照顧了幾個月女兒，你都沒點感激嗎？」

溫易安知道這些都是事實，這幾天也已經改變了對蔣禹赫的看法，唯一過不去的那道坎便是那天看到的女兒「傷痕累累」的腿。

溫易安張了張嘴，想說什麼，卻又覺得說不出口，在沙發上憋了好半天，才自言自語地冒出一句：「臭小子，也沒跟我說晚安。」

返回的路上，兩人都沒說話。

好像都在卯著一股勁，一股蓄勢待發的力量。

天熱，可車裡開著空調都好像降不下去那股持續蔓延的燥意。

彼此也似乎都心照不宣，這樣的情緒從何而來。

車很快駛入紐約街頭，斑斕光影快速閃過男人側臉，溫妤打量著他，片刻，問：「你怎麼一直不說話？」

「你還在生氣嗎。」

到最後，溫妤乾脆直白地問他：「你吃醋了是不是？」

溫妤是故意問的，反正她也知道以蔣禹赫的性格，肯定會不屑地否認。

可等了半天，他並沒有馬上否認。

車勻速行駛在繁華街頭，過了很久溫妤才聽到蔣禹赫淡淡回了句：「是。」

溫妤：「……」

「你不是很想看我這樣嗎。」

「？」

……

溫妤後來才明白，有些男人的醋是帶著火藥的，不僅酸，還很烈，烈到你無法想像。

輕易惹不得，碰不得。

跟蔣禹赫回到住處後，溫妤原以為是飯店，沒想到卻是居家住所，問了才知道是他父母住的地方，溫妤當即嚇了一跳，想再多問兩句，卻已經沒了開口的機會。

當時的情況就彷彿溫清佑與蔣令薇那次的情景重現，不能說是一模一樣，只能說有過之而無不及。

從進門開始，蔣禹赫一路的克制全部拋卻，不用開燈，不用準備，一切水到渠成。

深夜的豪華公寓四周都很安靜，唯獨可聽見的，是急促的呼吸和窸窣的腳步聲。

或輕或重，或平或亂地勾勒著他們正在做的事。

他們一週沒見，的確很想對方。

這種想念是各種意義上的，從感情到身體，不需要掩飾和偽裝。

不知過去多久，溫妤猛地想起溫清佑的前車之鑒，停下阻止道：「回你房間。」

蔣禹赫氣聲低啞：「就在這裡。」

溫妤馬上把他當時冷漠說給溫清佑的那句話又重複了一遍——

「進房間有那麼難嗎。」

蔣禹赫：「……」

他頓在那，片刻後長長地緩了口氣。

原來——是挺難的。

況且，這樣炎熱的夏季，雖然一直在冷氣房裡，溫妤還是覺得渾身黏糊糊的。

她想洗個澡，順便……

抿了抿唇，溫妤推開蔣禹赫：「走嘛，回房間，我給你看好看的。」

蔣禹赫不知道溫妤又想做什麼，但剛剛的感覺已經被打斷，現在平靜下來，好像也不是那麼無法控制。

他便帶她回了自己的臥室。

「你爸媽不在家嗎？」溫妤走進去看了一圈問。

「他們在外地旅遊。」

「那就好。」溫妤放心了似的，「我先去洗個澡，好熱。」

頓了頓，「給我一件你的襯衫先穿著好嗎？」

蔣禹赫隨手從衣櫃裡找出一件，遞給她。

又想起她在外面說的話，問：「給我看的東西呢。」

溫妤當然不可能現在就拿出來，眨了眨眼故意裝傻：「我呀，給你看我，我不好看嗎？」

「……」

本事越來越大了，敢跟自己玩虛假欺詐這一套了。

蔣禹赫伸手想把溫妤抓回來，無奈她跑得快，一下就溜進了浴室。

裡面很快傳來嘩嘩的水聲。

站在外面片刻，蔣禹赫忽地搖頭扯了扯唇。

他也不知道自己在笑什麼，明明剛剛還在為酒吧裡那點小事煩躁，現在卻又被她的小聰明弄得氣都氣不起來了似的。

沉了口氣，他也一顆顆解著襯衫鈕釦往外走。

二十分鐘後，溫妤洗完澡，換上了蔣禹赫的襯衫。

還是黑色系的，看不出是什麼黑，但配上那雙透明的絲襪，視覺上的衝擊感很強。

上半身是強硬的，下半身是柔軟的。

如果說咬鎖骨是臨時起意，那這雙絲襪，可以說是溫妤的蓄謀已久。

本來想回國後給他一個驚喜的，沒想到他竟然追過來了。

那……就當是你來我往，回敬他的不遠萬里吧。

兩分鐘後，溫妤穿著寬鬆的黑襯衫走出浴室。

長髮半乾地垂在後背，筆直的長腿套上了那雙透明白絲。

絲襪非常地薄，幾乎是隱形的白色，上面有Y字母的印花。

黑絲誘惑，白絲則有一種少女的純感。

這是溫妤第一次這樣主動，她不確定蔣禹赫會不會喜歡，所以推門出來時，連頭都沒好意思抬。

走到剛剛蔣禹赫遞衣服給她的地方，她側身，雙手扶著牆，做作地勾起一條小腿，嬌滴滴地問：

「哥哥，好看嗎？」

安靜半天，臥室裡毫無回應。

溫妤心裡怦怦一跳，不會吧。

他難道不喜歡這種少女感的絲襪。

還以為會馬上情不自禁把自己親親抱抱舉高高呢。

沒等到想像中的畫面，溫妤覺得有點尷尬，「你不喜歡，那我脫掉了。」

還是沒回應。

溫妤覺得不對勁，抬頭一看——

好傢伙，臥室裡空蕩蕩的，連個鬼影都沒有。

她在這白演了半天。

溫妤頓時收起所有做作，往前走了幾步喊道：「哥哥？」

「蔣禹赫？」

「去哪啦！」

臥室一圈沒找到人後，溫妤等了兩分鐘，推門走了出去。

果然，外面亮著燈。

而且是明顯的一處地方亮著。

靠近餐廳的位置。

蔣禹赫一定就在那。

溫妤沒穿鞋，就那樣踩著絲襪悄悄走了過去。

她走近，發現亮燈的地方是一處橫長的酒櫃。

蔣禹赫現在就站在酒櫃面前，他似乎也洗了澡，身上穿著浴袍。

燈光下，男人的背影雖然一如往常般清冷，卻在這樣的夜晚生出幾分難得的溫柔。

溫妤站在羅馬柱後看著他，不知為什麼，心裡特別安心。

她看到蔣禹赫彎腰從酒櫃裡拿了瓶紅酒，再打開倒了些在杯子裡，抿了兩口。

男人側顏的線條很流暢，酒咽下的時候，喉頭會跟著滾動，若隱若現的性感。

溫妤沒出聲，悄悄走過去從背後抱住他。

蔣禹赫微頓，卻一點都沒詫異，轉過來，「洗完了？」

溫妤點頭，仰起下巴看著他，「你怎麼來喝酒了？」

蔣禹赫看著她身上這件自己的黑襯衫，凝神片刻，眼底便有些熱。

他移開視線，淡淡道：「突然想喝一點。」

溫妤摟著他的腰撒嬌，「我也要喝。」

「……」

襯衫寬鬆，加上酒櫃只是頂上幾盞小燈亮著，因此溫妤腿上的絲襪蔣禹赫還沒發現。

她要喝酒，蔣禹赫只好單獨又拿出一個酒杯，往裡面倒了一點，「只許一杯。」

溫妤卻眨眨眼，得寸進尺：「那你餵我。」

蔣禹赫盯了她好幾秒，才妥協地拿過酒杯，正要送到她嘴邊，溫妤卻一把推開，一字一頓地重複：「我、要、你、餵。」

是你。

你。

蔣禹赫反應過來她話裡的意思，意味不明地笑了聲，忽然把人抱起來坐到酒櫃桌上，跟自己面對面的姿勢。

「要我餵？」他聲音低了幾分。

溫妤點頭，「是呀。」

半晌，蔣禹赫點了點頭，「好。」

而後快速拿起自己的酒杯，抿了一口後，直直朝溫妤吻了下來。

溫妤一個顫抖嗚咽了聲，沒想到這酒竟然是冰鎮過的。

冰涼的紅酒瞬間鑽到口中，舌尖最先感覺到一股酸澀，很快，酸澀轉化為厚重濃烈的醇香，在口腔裡緩緩蔓延。

可還沒等溫妤再細細去品它的味道，冰涼裡突然衝出一份灼熱，在紅酒裡橫來直去地汲取著她。

溫妤坐著，蔣禹赫站著，本就有身高差的距離更加明顯。這一口酒餵得辛烈，溫妤一直保持著仰頭的姿勢，好幾次差點被蔣禹赫的氣息壓制到後仰，最後只能用手攀上他的脖子去保持平衡。

一個紅酒味的吻讓兩人瞬間回到了之前在客廳的狀態。

而這一口酒，在兩人口中來回湧動，卻遲遲沒有咽下。

不是溫妤不想咽，而是蔣禹赫根本不給她機會，每次感覺到了嗓子眼她要往下嚥的時候，又會被蔣禹赫掠奪回去。

就這樣周而復始，愣是將冰涼的紅酒升溫成了熱的。

情到濃時，蔣禹赫想把溫妤抱起來，手從桌面抽回時不小心碰到了什麼，軟軟的紗感，很滑膩。

他微頓，好像察覺到了什麼似的，倏地停下來垂眸看過去。

燈光下，勻稱美感的雙腿被一雙透明嬌嫩的白絲包裹著，隱隱泛著一點光澤。

蔣禹赫眼神明顯變了變，再抬頭去看溫妤的臉。

她呼吸還沒有完全平穩，半濕的長髮凌亂地披在背後，剛剛被自己吻過的唇有些紅，可更紅的，是激烈過後，嘴角流出的一點殘餘的酒。

不多不少，剛好一點淌在唇角。

濕潤的，攝人心魄的紅色，像豔麗的毒藥。

「喜歡嗎。」溫妤輕輕問他。

就算有再強大的定力，蔣禹赫也抵抗不了眼前一次又一次的視覺衝擊。

他什麼都沒再說，舔去那一點多餘的酒後，用再次洶湧的親吻給了溫妤答案。

紐約今夜未眠，整座城市都好像感受到了他們的熱情和衝動，喧囂生生不息，持久不散。

下半夜，只亮了一盞小壁燈的臥室格外安靜。

蔣禹赫靠在陽臺上，手裡夾著一支點燃的菸，吸一口，吐出淡淡的煙霧。

臥室與陽臺僅一窗之隔，他就這樣靠在那，定定地看著躺在床上的溫妤。

溫妤睡著了。

她安靜地趴在床上，身上的薄被推到了腰部，整個後背都光滑地暴露在外。

柔黃燈光下，她皮膚上的潮紅還未褪去，嬌豔如清晨沐浴在露水中的玫瑰。

不知是不是做了夢，溫妤忽然皺了皺眉，微微翻身，手在旁邊胡亂尋找著什麼。

蔣禹赫馬上掐了菸走進去。

他躺回床上握住她的手，溫妤雖然沒睜開眼睛，但感應到他的人後便安靜下來。頭往他懷裡蹭，聲音低低的，「去哪了。」

蔣禹赫：「抽菸。」

溫妤迷迷糊糊地應了聲，「我要抱著睡。」

蔣禹赫伸手穿過她頸下，輕輕抱住她，在她頭頂吻了下。

接著關掉燈，在黑暗中想了很久——

她是他的無法克制，是所有貪婪的終點。

如果溫妤註定是自己的宿命，那他，或許應該讓她以更美好的方式來到自己身邊。

&

紐約的海岸陽光異常明亮，前一晚進來的時候忘了拉窗簾，以至於第二天清早，蔣禹赫就被窗外透進來的刺眼陽光弄醒。

才七點。

懷裡的人還在熟睡，蔣禹赫輕輕下床拉好窗簾，拿了衣服正打算去隔壁的房間先沖個澡，剛出房間，門鈴響了。

蔣禹赫頓住，第一反應是先關上了自己臥室的門。

他慢慢朝外走，很快便看到自己的父母從門外走進來。

「寶貝？」林數歡喜地看著蔣禹赫，「你這麼早就起來了？」

蔣禹赫：「……」

林數身旁站著蔣業成，夫妻倆見到蔣禹赫出現在家裡好像一點都不意外。

「你們不是在旅遊嗎。」蔣禹赫說完又看了眼林數的腿，「你不是扭傷到骨頭留在那邊休養？」

原本付文清七十大壽夫妻倆都要回去，誰知回國前夕在旅遊的路上，林數把腿弄傷了，付文清便要她別來來回回的跑，先把傷養好。

蔣業成說：「你奶奶打電話給你媽，說你到紐約來了，還說是為了追個女孩，你媽聽了當晚腿就好了，非火急火燎逼著我趕回來看看是個什麼樣的女孩。」

林數斜了老公一眼：「你不急？你不急我在那接電話你收拾什麼行李？」

說著她告訴蔣禹赫：「你都不知道你爸，我這裡還跟你奶奶通著話呢，他那頭行李都收拾好了。」

蔣禹赫沒說話，走到一旁接水喝。

林數一瘸一拐地繞去他身邊問：「怎麼樣，追到沒有，差點什麼你跟媽說。」

蔣業成：「沒錯，就是要星星我也會想辦法幫你為她摘下來。」

林數：「不能讓她跑了。」

蔣業成：「必須抓住這個機會。」

蔣禹赫喝口水都不能清靜，他深吸一口氣，轉過來：「你們要幹什麼？」

林數：「你有臉說？你多大了，到現在還沒有女朋友？」

蔣業成：「我像你這麼大的時候，你姐姐都已經會背三字經了。」

蔣禹赫：「……」

算了，他懶得說。

林數見兒子轉身要走，馬上攔住，「你先別走，爸媽都回來了，你是不是跟我們說說你們現在到哪一步了？」

蔣禹赫正要開口，臥室裡傳來一聲迷糊的喊叫聲：「哥哥……」

林數＆蔣業成：「？」

蔣禹赫當即放下水杯，又看了父母一眼，不太高興的語氣：「小點聲行不行。」

「吵到她了。」

林數＆蔣業成：「……」

夫妻倆對視了一眼，後知後覺地明白了什麼，眼底湧上喜色。

蔣禹赫回到房裡，關上門，順便反鎖。

溫好的確醒了，但不是被吵醒的，就是忽然睜開了眼睛，沒看到蔣禹赫，又因為太累不想起來，才喊了幾聲。

見蔣禹赫回來，馬上撒嬌伸手索抱：「你又去哪了。」

蔣禹赫抱住她：「我出去洗澡。」

溫好小貓似的鑽到他懷裡，閉著眼睛，好像又要睡過去。

「還要睡？」

溫妤嗯了聲。

蔣禹赫便沒說話，在床邊陪了幾分鐘，等溫妤又睡過去之後，才重新走出房間。

林數和蔣業成跟看什麼國寶似的，稀罕地站在門口，「醒了嗎？」

蔣禹赫：「又睡了。」

林數馬上跟蔣業成比了個噓的手勢，嚴肅道：「安靜點，別說話。」

蔣文成：「……」

好像是你話最多。

溫妤這一睡，直接睡到了中午。

她昨晚的確太累了，什麼時候睡著的都不知道。現在睜開眼，房裡又沒了人。

溫妤起床拉開窗簾，陽光猛烈地照進來，她用手遮了下眼睛，垂眸瞬間，看到自己不堪重負的腿。

鮮豔點的紅是昨晚的新鮮成果。

稍微陳舊點的瘀青，是之前那次的作品。

她想起昨晚蔣禹赫在白絲上面一點點落下吻的畫面，臉頰驀地升起一股熱意。

穿好襯衫，溫妤正準備出去找人，剛打開門就看到蔣禹赫站在門口，也正要進來的樣子。

她微愣，下意識往後退了下，「你去哪了。」

蔣禹赫看見她的腿，頓了頓，「等我一會，先別出來。」

溫好：「……？」

大概五分鐘左右，蔣禹赫又重新開門進來，這次手裡多了一件長裙。

「換上。」

溫好看著這件孔雀綠的長裙，迅速認出是某品牌的當季新款，上面吊牌還在。

她好奇道：「是你早上出去幫我買的嗎？」

蔣禹赫：「我媽的。」

溫好：「……」

她又看了眼尺寸，果然，比自己平時穿的要大半個碼。

「我隨便穿你媽的衣服，不太好吧？」

蔣禹赫看了她一眼，都不知道怎麼告訴她剛剛林數在衣帽間裡恨不得把所有沒拆過掉吊牌的衣服全部送過來讓溫好選的架勢。

「沒什麼不好的，穿好出來。」

說完蔣禹赫就關上了門。

剛好腿上過於尷尬，溫好也就沒客氣。

換上裙子，接著洗漱好，整理得乾乾淨淨，才走出了臥室，邊走邊問：「我弄好啦，午餐我們是出去吃還是去我家吃？」

話音剛落，溫好就看到客廳餐桌旁，赫然坐著三個人。

蔣禹赫平靜地指著身邊的位置：「過來。」

溫妤：「……」

「這是我爸媽。」

溫妤：「……」

溫妤終於明白，蔣禹赫讓她換長裙出來的原因。

如果說未來公婆突然出現是不可阻擋的，最起碼，蔣禹赫幫她擋掉了類似溫易安那樣的尷尬。

至少，現在他們會面的氛圍可比溫易安那次好太多了。

溫妤很禮貌地向兩人問好，「叔叔阿姨好，我是溫妤。」

「好，乖。」

林數一個勁地打量她，時不時朝蔣禹赫拋來幾個藏都藏不住的欣喜眼神。

一頓飯就在這樣和諧的氣氛下開始了。席間林數隨意問了些溫妤的工作、家庭，溫妤表現得不卑不亢，落落大方，還很坦然地說了家中破產的事。

這讓夫妻倆都特別滿意，「現在真是很少看到魚魚這樣獨立自主的姑娘了，有勇氣，不怕失敗，好樣的。」

林數越看她越喜歡，吃到一半的時候隨口問了句：「魚魚，你跟禹赫是怎麼認識的呀？我聽奶奶說，你在我們家住了幾個月？」

這個話題讓溫妤原本掛在嘴角的笑意微微一頓。

怎麼認識的……

如果老實說的話，溫妤是靠騙，住進了蔣家。

對著自己的父母，她倒是暢所欲言，什麼都敢說。

可這是蔣禹赫的父母。

如果他們知道自己的兒子被溫妤騙了那麼久，還會像現在這樣熱情嗎？

溫妤沒想好怎麼回答，尷尬地笑了兩下，旁邊的蔣禹赫卻平靜回道：「不是說了嗎，老何開車撞到了她，她缺失了一段時間的記憶，我帶她回家養傷。」

溫妤愣住，側眸去看蔣禹赫，卻發現他表情淡淡的，好像在說一件極其普通的日常事情。

蔣禹赫注意到了溫妤的視線，從盤子裡夾了菜給她，「吃飯，看我幹什麼。」

那頭，林數還在恍悟，「原來是這樣啊。」

頓了頓，轉身認真地對蔣業成說：「回頭得幫老何加薪。」

溫妤：「……」

蔣禹赫：「……」

吃完飯後，溫妤禮貌地和兩位長輩告別，林數非說第一次見面沒來得及準備什麼禮物，就隨便意思意思，讓溫妤別見怪。

溫妤尋思，是不是送她什麼衣服，或者吃的東西。

誰知未來婆婆出手就是一個精緻的首飾盒，「上個月才買的，不貴，你戴著玩。」

溫妤打開一看，是一條精緻的全鑽手鍊。

她沒記錯的話，這條某珠寶品牌的限量走秀款，價格是八位數。

這叫不貴？

這叫隨便戴著玩？

溫妤當即拒絕了林數的好意，誰知蔣禹赫直接從盒子裡把手鍊取下來戴到她手腕上。

「我媽送你你就戴著。」

林數和蔣業成也一直在旁邊勸說，溫妤覺得自己再拒絕似乎有點矯情，只好先答應了下來。

可回去的路上，她越戴越覺得燙手。

「你媽第一次見面就送我這麼貴的禮物合適嗎。」

蔣禹赫：「她已經很克制了。」

溫妤：「……」

溫妤盯著手鍊看了會，視線收回，抿唇挽住蔣禹赫的手臂問：「那你呢。」

蔣禹赫沒聽懂，「我什麼？」

「你怎麼不克制一點，想我就等我後天回去嘛，非要大老遠飛過來找我。」

溫妤說這話的時候嘴角已經翹起來了，就想著聽蔣禹赫回她一句「我等不了，我等不及」這樣的話。

安靜了幾秒，她果然聽到蔣禹赫說了這樣的話。

「我等不了。」

可溫妤還沒來得及心花怒放，男人的下半句直接把她嚇得心肝一顫。

「我前女友出現了。」

溫妤：「……？」

第二十章　在你手上，在我心裡

溫妤聽到蔣禹赫這句話人都傻了。

她愣了兩秒——

「你說誰？」

在溫妤看不到的地方，蔣禹赫唇角輕輕扯了扯，臉上神情看著卻還是很平靜，「前女友。」

溫妤立即坐正，指著蔣禹赫的方向盤：「你等會，停車。」

剛好遇到紅燈，蔣禹赫緩緩踩下剎車，車停下。

溫妤盯著他問：「什麼意思，你前女友出現了？」

不等蔣禹赫開口，她馬上又恍然道：「噢我明白了，你等不了，是因為前女友出現了，所以才等不了，大老遠跑來跟我說分手？」

蔣禹赫：「……」

「那你昨晚什麼意思，分手炮啊？」

「……」

「行，我這就下車。」

溫妤說著就要去開車門，蔣禹赫無奈把人拉了回來。

鎖上門，才淡淡看她——

「你聽我把話說完行不行。」

不行。

是真的不行。

溫妤一聽前女友三個字就炸毛了，根本理智不起來。

本來知道蔣禹赫曾經喜歡過一個女人就已經很吃醋了，但想著只是他的單相思，還不知道那個女人叫什麼名字，所以才說服自己不去在意這件事。

可現在那個女人竟然出現了。

溫妤感覺到了強烈的危機感。

畢竟是蔣禹赫喜歡過，還愛而不得的女人。

換句話說，這位前女友，可比自己那位前男友有威脅性多了。

溫妤對沈銘嘉早就沒感覺了，非說有，那也是深深的厭惡和嫌棄。

可蔣禹赫不一樣，誰知道他現在對那位前女友是不是還有點什麼餘情未了的牽掛。

一想到這些，溫妤渾身那些小刺毛倏地就全都刺起來了。

她瞪著蔣禹赫，又吃醋又委屈：「說什麼，有什麼好說的？你來找我幹嘛，你找她去呀！」

蔣禹赫：「……」

沒錯，我的確來找了。

但蔣禹赫並沒有打算在這樣一個普通的中午，坐在車裡，輕飄飄地用一句話告訴溫妤——你就是我那位「前女友」。

然後兩人相擁一笑，感嘆幾句命運的安排，寥寥結束。

如果只是這樣，自己與她這段兜兜轉轉的奇妙緣分似乎也跟著變得平淡無奇了般，失去本有的光華。

昨晚他就想過，要續寫這個宿命般的緣分，就一定要讓溫妤以最美好的方式重新來到自己身邊。

所以，不是現在。

蔣禹赫平靜解釋道：「我等不了，是因為她出現後我才發現——」

「？」

你倒是說啊！發現了什麼？

片刻，許是考慮周全了措辭，蔣禹赫轉過來說，「我發現，原來我只為你心動過。」

這是實話。

也算是暗示。

但溫妤當然不會明白其中的意義。

大概是不常聽到蔣禹赫說情話，突然來了這一句，溫妤的心好像被重重撞了下，劇烈跳起來。

這個男人什麼意思嘛。

大老遠追過來就為了跟自己說這個呀。

這話的意思是不是說，以前對那個前女友的心動是錯覺，這次又見到她了，才發現原來真正的心動只對自己有過？

溫妤太瞭解這種感覺了。

她又去看蔣禹赫，一身的小刺毛已經平坦下來，「那你的意思，是只喜歡過我一個人嗎？」

「是。」蔣禹赫答得很乾脆。

溫妤的嘴角終於又翹了起來，這次多了些被突然告白後的害羞，她側過臉，一隻手假裝去撩鬢髮：「哦。」

「哦？」蔣禹赫去拉她的手，「不吃醋了？」

溫妤馬上轉過來，「我什麼時候吃醋了？我就是隨便問問，我格局很大的好嗎，你再多幾個前女友我也沒關係。」

蔣禹赫：「……」

前女友的事就這樣暫時翻了篇，車繼續開著，安靜了很久，溫妤忽然說：「其實，我挺懂你這種感覺的。」

蔣禹赫：「？」

他皺眉：「你懂我？」

溫妤點點頭，認真說：「因為以前我跟沈銘嘉在一起的時候，也以為自己喜歡他，可後來遇見你了，我才知道什麼叫真正的心動，什麼叫真正的喜歡一個人。」

「……」

「所以你其實不用在意初戀這件事。因為在我心裡……」溫妤看向蔣禹赫，小聲道：「你才是我的初戀。」

蔣禹赫雖然還在開著車，手卻在不覺中握緊了方向盤。

饒是平日裡任何大事都能處驚不變的他，聽到溫妤這句話，心裡也微妙地亂了兩下。

是欣喜，是絕對的滿足。

「你有沒有聽到我說嘛。」溫妤追問起來。

「嗯。」

「那我怎麼都看不到你開心的樣子？你現在不是應該停下車原地跳三圈慶祝自己成為我的初戀嗎？」

半晌，蔣禹赫拿溫妤的話回過去：「我格局大。」

「……」

溫妤又氣又想笑，伸手打了他兩下，「你討厭！」

無可否認的是，蔣禹赫這一番不經意的對話，促成了溫妤時機恰好的內心坦白，徹底解開了彼此心裡對沈銘嘉的心結。

打打鬧鬧間，氣氛終於又回到之前，蔣禹赫克制的笑意也終在唇角流露出來。

鬧到興起的時候，溫妤問：「你那位前女友怎麼來見你的呀？」

蔣禹赫微頓，學起溫妤應付記者那套，在不歪曲事實的前提下模糊重點：「她讓人帶了一件我認得的東西來找我。」

「哦，」溫妤不知道嘀咕了什麼，最後說：「真是個心機婊。」

蔣禹赫：「……」

&

溫清佑的別墅。

溫妤回去的時候一家人也已經吃過了午飯，宋知辛在院子裡打理花草，溫易安站在她身側，雖然宋知辛明顯不想讓他插手的樣子，但他還是很殷勤地跟著。

見蔣禹赫的車在門口停下，溫易安馬上又站直，雙手背在身後，臉色也嚴肅起來。

等看到溫妤從車裡下來，還穿了條長裙，溫易安好像腦補到了什麼似的，一下子人就不好了。

溫妤：「媽，我們回來啦。」

蔣禹赫跟在後面，禮數周到：「伯父，伯母。」

宋知辛微笑著回應。

溫易安一臉不樂意地看著蔣禹赫，半晌——

「哼。」

接著背手離開。

宋知辛：「……」

溫妤：「？？？」

安靜好幾秒，溫妤拍了拍蔣禹赫的胸口，像是安慰他：「沒事，我爸更年期。」

宋知辛也跟著附和：「我看也像。」

蔣禹赫其實並不在意：「不要緊。」

溫清佑上班不在家，家裡只有宋知辛和溫易安。

宋知辛把蔣禹赫迎到沙發上坐，問：「早上你打電話過來告訴清佑說你父母想和妤妤吃頓飯，怎麼樣，好好沒失禮吧？」

溫好聽完一愣，問蔣禹赫：「你還打電話回來過啊？」

宋知辛睨她：「這是蔣先生的家教，哪像你，是不是睡到中午才起來？」

溫好：「……」

不遠處假裝經過的溫易安一聽竟然睡到中午，更加不好了。

蔣禹赫回著宋知辛的話，句句得體謙遜，總結的意思便是——「我父母很喜歡溫好。」

溫好用手臂肘拱了下他：「那你喜不喜歡？」

蔣禹赫微頓，側眸看著她，眼裡有幾分不要在長輩面前打情罵俏的暗示。

他的確是這樣一個人，感情非常內斂理智，並不是那種什麼油嘴滑舌的話都喜歡往嘴上放的人。

更何況，是在還不熟的長輩面前。

溫好 get 到了他的意思，在心裡嘖了聲假正經，說：「我上樓換件衣服，你跟我媽聊會。」

往樓上走的時候，溫好的手機響，她邊走邊接起來，聲音從樓梯間傳到客廳——

「他們想保底發行？買斷嗎，多少億？」

「這個數字不可能。」

「我可以考慮按比例分帳，什麼？五個億他在開玩笑嗎？」

「現在六家發行在跟我們談，不用這麼著急，等我回去再說。」

到了二樓，聲音雖然慢慢小了，溫好身上那股自信和遊刃有餘的氣勢其實卻一點都沒少。

宋知辛笑著收回視線，跟蔣禹赫說：「你聽聽，別看平時有點小脾氣，但工作的時候有板有眼的，這幾天經常這樣接電話安排工作。」

蔣禹赫亦點頭，「她在蛻變，也會越變越好。」

宋知辛：「多虧了你教她。」

「您言重了。」蔣禹赫停頓幾秒，「我喜歡她，當然希望她成為理想中的自己。」

宋知辛的眼神愈發欣賞，片刻，卻輕輕拍了拍蔣禹赫的腿，「可有的時候，你的喜歡不要藏在心裡。」

蔣禹赫：「……」

「好好告訴我，你從來沒說過喜歡她。我雖然才見你幾面，但已經看得出，你是個非常沉穩能幹的孩子，也許更喜歡用行動去證明自己，但你要知道，行動固然重要，但說出口的喜歡也不代表就是虛偽的。」

「愛有很多種表達方式，但……」宋知辛溫柔地笑了，「樓上那個傻丫頭，就想聽你說出來啊。」

蔣禹赫不知想了些什麼，良久才輕輕嗯了聲。

宋知辛正要繼續說下去，忽然忍不住了似的，轉身朝溫易安看去：「你一直在我們面前晃來晃去幹什麼？」

溫易安背著手，還在想著長裙子的事，故意暗示蔣禹赫：「我腿不舒服。」

宋知辛：「……」

誰知道他在陰陽怪氣什麼，宋知辛沒理，剛好這時溫好也換了衣服下來說：「媽，公司那邊電話催得急，過兩天要開電影的發表會，還有一堆事等著我處理，我明天必須得走了，不能再待了。」

說著她拿出手機，「爸我把你的票一起訂了噢。」

溫易安一愣，下意識看了眼宋知辛，又咳了聲，不自然道，「我，那個，我……我現在先不走。」

溫妤：「？」

「我腿疼。」溫易安馬上借著剛剛自己隨口說的一句話找理由，「疼得厲害。」

「……」

最終，溫易安以突發性腿疼這個理由強行留了下來。

宋知辛沒趕人，溫妤便就懂了。

父母雖然離婚十多年，但一個沒再娶，一個沒再嫁，到底是對婚姻的失望，還是根本沒辦法再接受第二個人，溫妤也不知道。

人生很多緣分都是難以解釋的，她的父母也不例外。

如果能在經歷風雨，心境平和的中年彼此求得一個圓滿，也不失為一個好結果。

這一晚，禮尚往來，蔣禹赫留在溫妤家裡吃飯。

溫清佑也下班回了家，一家人齊齊整整坐在桌上吃飯。席間聊到溫妤回國後住處的問題，溫妤很自然地指著蔣禹赫說：「我當然和他住一起。」

溫易安一聽當即表態：「我反對。」

住一起那還得了？

女兒的腿還能是腿嗎？

溫易安堅決反對，並因此線上發起投票：「你們還沒結婚，還只是談戀愛，暫時沒有同居的必要，現在我們家庭表態，如果反對的多，就不准住在一起。」

蔣禹赫：「……」

溫妤也很無語：「爸你……」

溫易安首先舉手：「我反對。」

他接著看向宋知辛，「你說。」

宋知辛都懶得理似的，低頭吃著菜，「我才不管女兒的私生活。」

這便是贊成了。

溫易安也知道宋知辛不會反對，他的希望是放在溫清佑這邊。

視線落到兒子身上，溫易安各種給眼神，「清佑你說。」

只要溫清佑也反對，那麼二比一，自己就有足夠的理由阻止蔣禹赫對女兒的腿下手了。

溫易安一臉期待地看著兒子。

明明是一件很滑稽的事，溫妤也沒打算當真，但到了父母打平的時候，她還是被吊起胃口了似的朝親哥看過去。

蔣禹赫和溫妤的位置不同，如果溫易安堅持不允許，並真拿這個投票論究，他也不能強行和溫妤住到一起。

所以，關鍵的一票，是溫清佑的態度。

大家都看向了他，等著答案。

溫清佑不慌不忙地喝了碗中的湯，過去好一會，才抬起頭，淡淡道了四個字——

「我也不管。」

客廳安靜如雞好幾秒。

「哼！」投票失敗的溫易安又是重重一聲，撂下筷子氣到離席。

緊接著，溫妤忍不住的笑聲在客廳瘋狂回蕩，「我爸現在是小公主嗎，動不動就哼，他想要誰去哄他啊？」

溫清佑：「反正不是你跟我。」

「……」

&

飯後，溫妤因為快要離開，捨不得宋知辛，一直黏著她在廚房說話。

蔣禹赫便趁著這個機會找到了溫清佑，「出去聊兩句？」

溫清佑看了他一眼，笑：「好啊。」

兩個年齡相仿，之前不斷過招的男人，總算在這一晚停戰了似的，無比和諧地在別墅外的車旁聊起了天。

「還回去嗎。」蔣禹赫問。

溫清佑拿了兩罐啤酒，一罐給蔣禹赫，一罐自己打開，喝了一口，過去很久才說：「不了。」

沉默片刻，蔣禹赫打開啤酒，說：「我過來的這幾天，都是她在幫我看著公司。」

「是嗎。」溫清佑似乎沒什麼興趣，語氣淡淡的。

「真不在乎了？」

溫清佑沉默，沒回答這個問題。

蔣禹赫自然也明白了，沒再追問，說起了別的。

「剛剛謝了。」他說。

溫清佑：「什麼？」

「你爸那個投票。」

蔣禹赫的確沒想到，溫清佑會投贊成一票。

溫清佑卻嗤了聲，「這有什麼好謝的，我幫我妹妹而已。」

「不管怎麼樣，謝謝。」

溫清佑聽完片刻，轉過來看著他，似笑非笑地感慨：「準妹夫說謝謝，難得啊。」

聰明男人之間的對話，從來不需要太多贅話。

一聲準妹夫，溫清佑的立場已經顯然立見。

蔣禹赫也垂眸輕笑兩聲：「那我是不是要再說一聲，多謝大舅哥的成全？」

雙方對視，皆是淡然一笑。

似乎將過去的一切都泯滅在這個笑裡，兩個男人不約而同地碰了碰手裡的啤酒。

「哥哥們，在聊什麼呀！」溫妤這時從家裡走出來，見兩個男人難得和諧地靠在車旁聊天，心情相當愉快，直直走到兩人中間撒著嬌，「帶我一起聊唄？」

溫清佑：「不帶。」

蔣禹赫：「不帶。」

溫妤：「……」

各自掐了一把，「好呀，你們倆現在有悄悄話了是不是？」

雖然是這樣，但溫妤還是很開心看到兩個哥哥終於不再像過去那樣針鋒相對。

她手搭在兩個男人的肩上，感慨道：「我覺得，我現在是世界上最幸福的人。」

溫清佑笑：「就因為有兩個哥哥？」

「不。」溫妤糾正道，「你是我哥。」

說著看向蔣禹赫，聲音明顯多了幾分羞澀，「他是哥哥，不一樣。」

溫清佑無語睨了她一眼，「就你事多。」

趁這兄妹倆說話的時候，一旁的蔣禹赫不動聲色地把溫妤搭在溫清佑肩膀上的手拿了回來。

溫清佑：「？」

「蔣禹赫你有必要嗎。」

蔣禹赫面不改色：「有。」

「……」

「你要實在想有人搭你肩膀。」蔣禹赫伸出手，「我來。」

「……」

溫清佑馬上嫌棄地走遠了些，一臉無語地仰頭喝完手裡的啤酒，「霸道到這種地步，都不知道我妹喜歡你什麼。」

說完一個拋物線，將空啤酒罐扔到不遠處的垃圾桶，「走了，你們搭個夠。」

溫清佑罵罵咧咧離開，溫妤笑到抽了氣，轉身去看蔣禹赫有沒有一起笑，卻發現這人靠在車上靜靜地看著自己，說：「我也想知道。」

溫妤笑到愣住：「知道什麼？」

「我這麼霸道，你喜歡我什麼？」

溫妤笑意漸收，眨了眨眼，抱住蔣禹赫的脖子，在他唇上輕輕一點，「就喜歡你霸道不行嗎？」頓了頓，又反問他，「那你呢，喜歡我什麼？」

蔣禹赫淡淡看著她，很久都沒回答。

溫妤沒等到想聽的話，也明白蔣禹赫這個人不擅長甜言蜜語，抿了抿唇，「算啦，我知道你喜歡我就夠了。」

夜晚安靜得只剩月色在流淌，這一刻，風不知從哪個方向吹來，溫妤的長髮被吹得亂了些在臉上，她伸手想去撩開，卻被蔣禹赫的手先一步抵達。

他輕輕撥開她臉上的亂髮，看著她澄澈的眼睛。

許久，才低頭吻住她，輕柔地，緩慢地，在齒間用溫熱氣息告訴她：「不是喜歡。」

溫妤措手不及，慢慢睜大了眼睛，直至耳邊落下他的聲音：「好好。」

「我愛你。」

這是蔣禹赫第一次對溫妤告白。

不是溫柔的喜歡，而是更加熱烈的——「愛」。

這也是他第一次叫溫妤的小名，妤妤。

他從來都是這樣，無論是言語還是行動，都是赤裸裸的，能讓溫妤感受到的直接和安心。

或許很多年後再想起來，溫妤仍然會記得紐約的最後一晚，蔣禹赫這個告白吻帶給自己的感覺。是徜徉在心間，一輩子都不會忘記的悸動。

隔天，兩人從紐約飛回京市。

溫妤離開的這七、八天，劇組的工作並沒有落下，《我愛上你的那個瞬間》官方微博每天都宣佈一個演員的名單，雖說沒到那種大爆的程度，但熱度在穩定保持著。

這其中最關鍵的一個熱度，便還是溫妤之前那番首映票房破億就公佈戀情的話，一直吊著眾多流量粉們的心。

從紐約回來後，溫妤在京市沒待兩天就去了江城，著手準備舉行電影的開機發表會。

原本她作為投資人是可以不參加的，但她本身的熱度已經和電影掛鉤，抱著資源最大化利用的想法，溫妤不得不利用自己的流量為電影做宣傳。

而之所以會是在江城，是因為溫妤第一次做投資人，還是希望能以自己微薄的力量帶動家鄉的旅遊發展。

因此劇組的校園部分拍攝地點，她早就聯繫了江城大學，並談成了合作取景。

因此，這個開機的發表會在江城舉行再合適不過。

對溫妤來說也有著特別的意義。

這裡是她長大的地方，跌倒的地方，也是現在——見證她重新成長的地方。

去江城的前一晚，溫妤收拾行李的時候，蔣禹赫遞來一個玻璃小瓶給她，「十二姨說這個她用了過敏，請我還給你。」

溫妤一看，竟然是自己送給十二姨的那瓶香水。

她愣住，「怎麼會呀？她之前用過還說很喜歡呢。」

「體質是隨時變化的，也許，」蔣禹赫微頓，意味深長：「這瓶香水有更適合的人在等著它。」

溫妤也沒多想，接過來就往身上噴了點，「多好聞，她怎麼突然就過敏了呢，奇怪。」

噴完，溫妤轉身，四肢舒展開，看著蔣禹赫：「好聞嗎？」

蔣禹赫看著她那張臉，聞著熟悉入骨髓的味道，無數話語湧到嘴邊，最終還是忍了下來。

「好聞。」他說。

「真的？」溫妤還是第一次見到蔣禹赫這麼快速地肯定一樣東西，便把香水塞到了行李箱裡，「那我就帶過去好了。」

蔣禹赫：「嗯。」

無論是香水，還是人，都應該回到最初的位置，重新開始了。

❦

溫好出差在江城忙了快一週，佈置、宣傳、聯繫媒體，樣樣親力親為，只在每天晚上和蔣禹赫通視訊電話。

臨開發表會前的那晚，她問蔣禹赫：「你明天真沒空過來嗎？」

蔣禹赫：「嗯。」

溫好有些失望，但也能理解，畢竟蔣禹赫公司事情多，她這麼一個小小的開機發表會，倒也不用矯情得必須男朋友來捧場不可。

而且就算他來了，溫好也不敢讓他公然出現陪著自己。

還不如就讓他忙好自己的事情。

溫好說服了自己，問他：「那你晚上還有空跟我視訊嗎？」

蔣禹赫：「可能沒有。」

幹啥事這麼忙啊。

溫好好奇問了句：「是有什麼重要的應酬？」

蔣禹赫頓了片刻，輕應一聲，說：「要去見一個很重要的人。」

溫好從字面意義上理解了這句話，想著蔣禹赫明天應該是要去見一個很重要的客戶，所以也沒再追問下去，草草說了幾句後掛了視訊。

溫好今天住在江城自己的家裡，尤昕陪著她。

尤昕見她掛了視訊，問：「怎麼不說了？」

溫好軟軟地低垂著頭，「時間不早了，他說明天要去見個重要的客戶，我不想打擾他休息，就掛了。」

「唉。」尤昕自言自語，「蔣總怎麼回事，你第一部電影欸，他都不來，什麼重要客戶啊，該不會是什麼前女友吧嘿嘿。」

溫妤一愣，「你怎麼知道他有前女友？」

尤昕自知說漏了嘴，忙圓話，「我不知道啊，我隨口說的，臥槽蔣總真的有前女友？」

不提還好，一提溫妤又有些鬱悶，「是有一個，不過他不喜歡她，只喜歡我。」

尤昕撐著下巴眨了眨眼，「你確定？」

溫妤嘖了聲，用抱枕打了她一下，「我自己男朋友我當然確定。」

尤昕抱頭一邊笑一邊求饒，「好好好，你確定。」

溫妤不知道尤昕這奇奇怪怪的語氣是什麼意思，不過她也沒多想，拉著尤昕來到衣帽間，「幫我選選，明天穿什麼衣服去參加發表會。」

溫妤從京市帶了幾套衣服回來，她指著那些新的讓尤昕選，尤昕看了幾眼卻都搖頭。

「這些都好普通，表現不出你最絕的樣子。」

溫妤皺眉：「我最絕的樣子？」

尤昕在她的衣架上四處搜索，足足找了好幾分鐘，才在一處角落的位置找到了那條絲絨的黑裙子。

她眼睛一亮，同時也鬆了口氣。

轉身，尤昕拿起裙子對溫妤說：「穿這件，必須穿這件。」

溫妤覺得尤昕手裡的裙子有點眼熟，好一會才想起，上一次穿這件裙子，是自己破產前的最後一夜。

當時的她恣意又明豔地穿著這件黑色絲絨短裙去參加那場音樂會，誰知第二天人生就天翻地覆。

還真是一條有意義的裙子。

溫妤笑了笑，從尤昕手裡接過來，站在鏡子前比著：「好看嗎？」

尤昕：「相信我，你穿黑色美豔到讓人窒息，真的絕，一定要相信我。」

尤昕就差跪下來求溫妤了。

畢竟，她可是在總裁辦公室對蔣禹赫立正發誓會完成任務的。

溫妤在鏡子前看了片刻，終於點頭，「好，那就穿這件。」

落魄千金曾經最後的美麗，如今在同樣的地方，她要用同一件衣服，去撿起自己過去的所有光芒。

&

隔日，許常一早就來幫溫妤化妝。今天是她的大日子，開機大吉，無論如何都要漂漂亮亮地出現在公眾面前。

溫妤閉著眼睛，任憑許常為自己打扮。而尤昕則拿著一張影片的截圖，時不時給許常偷偷掃一眼。

等許常按著指示做完造型後，溫妤睜開眼睛。

看著鏡子裡的自己，她微微怔了兩秒，而後看向許常，眨了眨眼，「你怎麼會這樣幫我打扮？」

許常：「……怎，怎麼了？」

溫妤噗哧一聲笑了，「之前我穿這件裙子的時候，也是這樣的妝容、這樣的髮型。」

許常這個人不會撒謊，緊張地擦了把汗，「那說明我們的審美一樣，也說明這個造型是最適合你的。」

溫妤點點頭，很滿意地站起來，「行吧，那就這樣。時間到了，司機過來了嗎。」

尤昕馬上拿起她桌上的玫瑰木香追上去，「女人香怎！麼！能！忘！」

溫妤：「……」

噴上了香水，總算安排妥當。尤昕又做了最後的檢查，才比了個OK，「行了，走吧！」

許常小聲跟在她身側，「我做到一比一還原了嗎。」

尤昕：「差不多。」

「蔣總應該會滿意吧。」

溫妤忽然回頭：「你倆說什麼呢？」

「誰知道呢……」

尤昕＆許常馬上站直搖頭：「沒什麼沒什麼……」

溫妤雖然察覺到了尤昕今天古古怪怪的，但大概是一心都撲在發表會上，所以也沒顧上時間去想這其中的原因。

一行人驅車，來到了朗嘉中心大樓。

這裡是江城的地標建築，但凡有大型的高級活動都會在這裡舉行。

上次的天臺電影OST音樂會就是在這裡的頂樓舉行的，只不過溫妤今天只是舉行一場簡單的發表會，還用不著去天臺那麼鋪張。

下午五點，發表會準時在郎嘉中心十二樓的多功能廳舉行。

開始之前，溫妤收到蔣禹赫傳來的微信。

【祝順利。】

言簡意賅的三個字，是他一貫的風格。

溫妤回他：【你見到要見的人了嗎？】

蔣禹赫：【還沒。】

剛好唐淮這時候來通知溫妤準備上場，溫妤便回了個表情符號給蔣禹赫，接著收起手機，呼了口氣，對唐淮微微一笑：「走吧。」

來自全國多個媒體的娛樂記者將多功能廳擠滿，發表會現場也在某APP直播，數萬網友線上圍觀。

溫妤和兩位主演、導演陳有生以及製片人共同上場。

台下掌聲熱烈，除了對電影本身和主演的關注外，記者們最想要來現場提問的熱點人物自然就是溫妤這位美女投資人。

和她口中的那位「頂流人物男朋友」。

在好幾輪對演員和電影的相關提問過去後，記者們終於把目標對準了溫妤，想盡辦法地想從她嘴裡套話，比如——

「溫小姐的男朋友是主攻演員還是歌手發展？」

溫妤考慮了兩秒，很認真地回答：「他都有涉獵。」

沒說錯呀，蔣禹赫那麼大一家公司，別說演員歌手了，就連樂手，甚至運動員都有簽約，全面得不能再全面。

好傢伙，這話一出圍觀的網友們直接沸騰了。

頂流人物，還是全面發展的那種。

到！底！是！誰！

網友們的心都被吊到了天上。

【希望陳導三天拍完電影，後期三天製作完，第七天我要看到電影上映！！我家房不能塌！】

【從沒這麼八卦過，到底是誰啊？】

【這麼厲害，確定是娛樂圈的嗎？】

【我也懷疑，不會是炒作吧？】

針對網友的問題，記者也開玩笑似的問了溫妤：「溫小姐口中的男朋友是真實存在的嗎？」

溫妤微愣，而後笑出來，很稀鬆平常地說：「我們昨晚才視訊說了晚安。」

在場的記者其實也都明白，不會有哪個投資人會蠢到為了一億的首映票房虛擬個人物出來欺騙網友。

所以是否真實存在的問題自然也沒人再懷疑下去。

這時又有人問——

「這部電影叫《我愛上你的那個瞬間》，那溫小姐能不能也跟網友們分享一下，你愛上你男朋友的那個瞬間呢？」

這個問題問得很點題，又剛好和溫妤的八卦相連。

全場記者都安靜下來，等著溫妤的回答。

溫妤也凝神想了幾秒，不知想到了什麼，她微微笑著，若有所思地說：「應該是在一個初雪的晚上，他迎著風雪朝我走來的時候吧。」

那是溫妤剛剛到蔣禹赫家做三等公民的日子。

那天也是她第一次產生了逃跑想法的日子。

她趁著蔣禹赫和十二姨都不在家，偷偷跑了出去，結果在半路遇到沈銘嘉和小三，被兩人奚落後又痛定思痛地決定回來，卻沒了進門的鑰匙，不得不在家門口從白天等到黑夜。

那天是去年的初雪。

當時溫妤還坐著輪椅，漫天的雪落在她身上，連睫毛都不能倖免。

她又冷又餓，無處可去。

想起破產的家，想起落井下石的前男友，想起被撞瘸了一隻腿的自己。

有很長一段時間，溫妤閉著眼睛，覺得自己的世界是看不到盡頭的那種黑暗。

這是她最人生最落魄的一晚。

後來風雪寂靜，就在她無盡地陷在這種迷茫和黑暗裡時。

眼前有了光亮。

再後來，迎著風雪朝她走來的男人，帶她回了溫暖的家，也把她的世界重新點燃。

和蔣禹赫在一起後，溫妤時常都在想，自己是什麼時候愛上他的。

想了無數個開始，最終才發現——那晚她看到他肩頭落著細雪，沉沉朝自己走來時的樣子。

那一刻，或許已經是心動的開始。

初雪應該和愛的人在一起。

原本上天就在暗示她啊。

溫妤的回答雖然只是短短兩句話，卻在網友眼裡掀起了巨大的波瀾。

【好浪漫啊，下雪的晚上。】

【怎麼回事，代入了一下我的偶像，忽然覺得也不是那麼不可了！】

【同，我腦補了一下我家哥哥在雪夜朝她走過去的樣子，啊啊啊啊我已經開始嗑他們了！】

【？？？？前面那些你們清醒點！！】

【溫姐姐開篇只需一句話，剩下的都靠我們自己腦補去編哈哈哈哈哈。】

【所以到底是誰，是誰！啊啊啊啊！】

彼時，這場直播，蔣禹赫也在看。

不管是溫妤的回答還是網友的彈幕，他都看到了。

身邊的人這時提醒他：「蔣總，發表會快結束了。」

蔣禹赫輕輕點頭，「好。」

多功能廳裡，唐淮作為發表會的主持人，開始說著收尾的話。

他一邊感謝在座的媒體，一邊希望大家對電影多多的支持，最後說：「溫總在頂樓天臺準備了自助酒會，感謝大家的蒞臨，從這裡出去直達頂樓即可。」

話音剛落，台下記者紛紛愣然驚喜。

「溫總太客氣了吧。」

「剛好肚子餓了哈哈太絕了，第一次遇到這麼大方的劇組。」

「聽說朗嘉的天臺餐廳很貴，包場一晚上不含餐飲，光是場所就是百萬起。」

「……那吃完回去使勁誇！哈哈！」

媒體就是這樣，總要給點辛苦費，有來有往，才能在娛樂圈混下去。

溫妤也早想到了這點，準備了馬卡龍小禮盒給每家媒體，卻沒想到——

唐淮那句話說出口後，溫妤懵了似的回過頭去看他，好像在問：你瘋了吧？

我什麼時候訂天臺自助酒會了？

你是不是串場了！

但很快的幾秒鐘後，溫妤就冷靜下來，明白了什麼。

唐淮是蔣禹赫的人。

他不可能信口開河，必然是真的有這麼一場酒會在天臺，他才敢這麼說。

所以……

是蔣禹赫為自己安排的？

這種事情的確是他的風格。

溫妤來不及多想，馬上也跟著去了頂樓天臺。

時隔快一年再來到這裡，很奇怪，溫妤卻並沒有那種物是人非的感覺。

似乎今晚這裡的一切都被刻意營造過，處處都透著溫馨和浪漫的熟悉感，馥郁入鼻的鮮花，悠揚高級的交響樂……

溫妤覺得腦子裡有很多熟悉的畫面在不斷重播，可她來不及去看、去想。

人群不斷從她身邊經過，或是感謝，或是招呼，溫妤機械地笑著應酬過去，見了無數張臉，才發現這不只是一場普通的媒體酒會。

因為除了自己邀請的媒體外，現場早已有了很多嘉賓。

全都是娛樂圈的大腕們，入眼幾乎各個頂流人物、一線。

從年長的到童星，幾乎所有領域的靈魂人物都在現場。

周圍的媒體們在竊竊私語：

「溫總排場也太大了吧，這麼多一線來幫她撐場子？」

「一直都不知道她的背景，現在看起來，真是琢磨不透。」

「看來頂流人物男朋友絕不是炒作，看這個架勢，起碼都得是XXX那個位置的。」

就在媒體們議論的同時，還在有明星入場。

閃光燈不斷在現場響起，溫妤倉促地接受著這風光體面的一切，一時間有些茫然。

找到機會，她戴起耳機打電話給蔣禹赫。

響了三聲，對面接起，「喂。」

「……天臺，是你安排的嗎？」

蔣禹赫沒否認，嗯了聲，「還滿意嗎。」

溫妤不知道怎麼形容這一刻的感覺，起初有些恍惚，後來又是感慨。

一年前她站在這裡的時候還是千金小姐，陪尤昕去找陳導自薦，安慰失敗的尤昕不要洩氣。

甚至最後，她還大著膽子壞黎蔓的好事，塞了那張小紙條給蔣禹赫。

那個夜晚是故事的最開始，可蔣禹赫今天竟然無意中讓她又站在了這裡。

這是什麼兜兜轉轉的緣分啊。

溫妤莫名想笑，又想哭。

她想對蔣禹赫說很多很多，想告訴他，這個天臺對他們的意義。

可她現在在工作。

也記得蔣禹赫今晚有重要的事要去做。

只能先按下一切波瀾，答他：「滿意，謝謝哥哥。」

又問：「那你呢，見到要見的人了嗎？」

蔣禹赫平靜地說：「我現在就去見她。」

「好。」溫妤輕道，「那你去忙吧，等忙完了，我有話想——」

話剛說一半，溫妤忽然聽到入場處又響起了閃光燈的聲音。

閃光燈此起彼伏，異常激烈，聽起來像是來了很重要的嘉賓。

可同時，溫妤耳機裡也響起了同樣的聲音。

她微頓，好像明白了什麼，不敢相信地回頭。

記者和賓客一層層地圍住了進來的人，而從身邊跑過去的兩個記者邊跑邊說：

「操，蔣禹赫竟然都來了，瘋了，今晚什麼日子！」

「跑快點，趕不上前排了。」

溫妤：「……」

溫妤怔怔地看著入口的方向。

無數閃光燈對著，溫妤一眼便看到了一張被光劃過的側臉。

一瞬間，她彷彿夢回去年現場的某一刻。

同樣的地點，同樣的場景，同樣的他們。

她看著矜貴的他一身黑裝，萬眾矚目地入場。

電話沒掛，通話還在繼續。

溫妤能聽到記者們瘋狂圍在蔣禹赫那邊提問。

「蔣總也是來幫《瞬間》劇組捧場嗎？」

「蔣總怎麼看待這部戲未來的前景？」

「蔣總說兩句吧。」

「蔣總之前熱搜上看的方向是女朋友嗎？」

蔣禹赫一個字都沒回答，陳有生把他接了過去，對媒體們說：「不要打擾蔣總，今晚希望大家專注電影本身，謝謝。」

記者們好像了然了般，紛紛說著蔣禹赫應該是給陳有生面子過來的。

等人都散開了，溫妤才站在人群裡，和蔣禹赫遙遙相望。

至此，她也終於反應過來這個男人之前的那些「沒空，要去見很重要的人」是什麼意思。

溫妤輕輕抿著唇，在電話裡笑著說：「這是你為我準備的驚喜嗎。」

「不是驚喜。」男人低低的聲音透過耳機傳來。

「不是？」溫妤問，「那是什麼？」

可溫妤沒等到答案，通話就被蔣禹赫掛斷了。

她抬眸去看，只見男人拿了杯酒，緩緩朝自己走了過來。

去年，是自己朝他走過去。

而現在，他正朝自己走來。

恍惚間，溫妤覺得時間改變了什麼，卻又好像從未改變。

他們之間，無論是誰，註定會走向彼此。

她靜靜等著，終於，男人走到自己面前。

外人眼裡，兩人很客套地碰了一杯，而後不知在交談著什麼。

而人群中心，無人聽到的地方，蔣禹赫跟溫妤說的卻是：「發表會的直播我看了。」

「噢，」溫妤知道這人在說自己隔空告白的事，故意回道：「蔣總有什麼指教嗎？」

伶牙俐齒，卻又風情萬種。

蔣禹赫輕輕漾了漾唇，「我什麼時候能指教到你。」

溫妤又抿了口酒，說話間隙還跟隔壁一個女明星打了聲招呼，裝出一副和蔣禹赫在漫不經心對話的樣子。

「那你現在是不是特別驕傲。」

「為什麼。」

「我那麼早就愛上你了，你心裡肯定得意死了吧。」

夜晚燈光下，溫妤手捧一杯酒，溫柔的長捲髮垂在一邊，身上的黑絲絨迷人又慵懶。

熟悉的香水味掠過呼吸，她唇畔是明豔自信的笑。

一切都彷彿回到了那晚。

是那個在人群中發著光的女人。

時間不能倒回。

但蔣禹赫可以讓它從這一刻起，修改彼此記憶裡的初遇。

讓錯過不再錯過。

這一次，他會緊緊握住她的手。

蔣禹赫輕輕扯了扯唇，看著溫妤：「那不如，你也問問我同樣的問題。」

溫妤從旁處收回視線，眨了眨眼，「同樣的問題？」

驀地，她反應過來，「你愛上我的瞬間嗎？」

「是。」

溫妤笑了，根本不相信蔣禹赫會比自己還早，但還是學著記者的語氣戲謔道，「那行吧，請問蔣總，你愛上你家小寶貝的那個瞬間？」

「當時在哪裡呀，在幹嘛呀。」

安靜半晌。

周圍的川流不息好像緩緩在靜止。

溫妤聽到蔣禹赫對自己說了幾個字：「就在這裡。」

——就在這裡。

溫妤笑意隨話頓住，還沒反應過來什麼意思，手裡被他輕輕塞了樣東西過來。

垂眸，她張開手心，等看清蔣禹赫遞過來的東西後，難以置信地睜大了眼睛。

一張有著陳舊摺痕的紙條。

上面，是自己清秀的字跡。

男人的聲音也在這萬千光芒的夜晚，如星墜落耳邊。

遙遠而熟悉——

「愛你很久了，前女友。」

像推理電視劇演到了最後一集，溫妤聽著蔣禹赫的話，看著手裡的紙條，終於後知後覺地看懂了故事的結局。

一直以為自己是局外的旁觀者，殊不知，自己才是故事裡的女主角。

遠處的暗沉天際這一刻彷彿重新有了顏色，溫妤怔然地站在喧囂的人群中心，耳邊聲音漸漸消失。她獨自沉浸在無聲的世界裡，消化著突然得知的這一切。

原來這張紙條不僅是溫妤以為的故事的起點，也是蔣禹赫的。

原來他一直念念不忘的那個人是自己。

原來他們早在相遇之初就被註定了結局。

十二姨突然不要的香水、尤昕的古裡古怪、許常為自己化一年前的妝容、天臺熟悉的佈置、明星雲集的酒會……

都是蔣禹赫的刻意安排。

他想完全還原一年前的那個夜晚，想讓彼此重走一遍當晚的路。

溫妤忍著內心的起伏問：「你說今晚不是驚喜，那是什麼。」

蔣禹赫想了很久，淡淡說：「是開始。」

讓一切在這裡重新開始。

他們沒有前男友，沒有前女友。

自始至終，從見到對方的第一眼起，就只有彼此。

夜風輕柔吹開溫妤的長髮，她把紙條捏在手心裡，好像捏住了蔣禹赫沉沉的愛意。

交響樂悠揚重新傳到耳裡，鮮花的香也瞬間彌漫了整個天臺。

流動的風、動聽的音樂、酒杯、人群……這一刻，這些都成為了溫妤和蔣禹赫這段兜兜轉轉關係的見證者。

他們相遇，錯過，又以另一種方式走到一起。

如今總算共同站在這裡，重新開始往後的人生。

那晚過去很久，溫妤曾經問過蔣禹赫：「如果那張紙條是別的女人給你的呢。」

蔣禹赫告訴她：「那故事根本不會開始。」

最初的一眼驚豔，之後的日漸生情，無條件妥協，從來都是因為——

這個人是你。

如果不是你，這個故事裡的每一個環節都不會完美契合。

正因為是你，我才會願意跟你一起寫完結局。

&

這一場堪比小型頒獎典禮的天臺酒會當晚也上了熱搜。

因為眾多大咖的到來，溫妤的影響力被重新評估，一夜之間成為娛樂圈最強美女新資本家。

而《我愛上你的那個瞬間》，也因為這場酒會而再次席捲了一波熱度。

公眾眼裡，這部電影的標籤已經從「陳導沉澱三年之作」、「最具潛力的都市IP改編之作」變成了「娛樂圈眾大咖聯手推薦」、「年度網友最期待的電影」。

整個電影拍攝期間，溫妤更是成了比主演還紅的熱門人物，所有媒體都想偷拍她身後的那位全能頂流人物。

最初幾個月，溫妤忙著電影前期的宣傳，難免會參加一些應酬。

有時私下單獨和哪個圈內的人見面了，都會被當成頭條八卦報導出來，列為男友疑似人選。

那段時間，被懷疑為溫妤男朋友的，有頂流人物男團的藝人，有拿了大滿貫的中年硬漢影帝，甚至連德藝雙馨的老藝術家都沒放過。

網友們殺瘋了，見一個懷疑一個。

溫妤的男朋友到底是誰，成了娛樂圈最大的未解之謎。

網友們在網路上八卦得開心，完全不知網路上每出現一個被懷疑的對象，溫妤都會在蔣禹赫那付出「忍辱負重」的代價。

終於，十個月過去，電影在緊鑼密鼓地拍攝和製作後，終於到了上映的日子。

溫妤特地定檔在七夕這個中國的傳統情人節上映。

七夕前一天，全網熱鬧堪比過年，網友紛紛表示——

【活久了什麼事都能見到，人生第一次追個八卦跟追連續劇一樣，終於要大結局了！】

【零點怎麼還不到，我要看，我要票房，我要直播公佈戀情！】

【大家都給我衝！今天必須抓出那個勾了我們快一年的男人！】

【顫抖吧哈哈哈哈哈哈哈哈，今年的七夕會是瓜節嗎！】

【先提前祝塌房的那家過節快樂！】

早上醒來，溫妤滑到了這樣的評論，忍不住笑。

她翻了個身，懶洋洋趴到蔣禹赫身上，「蔣頂流人物，今晚如果電影爭氣，我就要曝光你了，緊張嗎？」

蔣禹赫閉著眼睛，懶得回答她這種幼稚問題似的，沒理。

溫妤又故意挑釁他：「你要是怕，我可以找個人出來頂替你的。」

頓了頓，她眨眨眼：「反正我們Pisces娛樂旗下也有兩、三個頂流人物呢。」

溫妤三個月前才簽了一批藝人，公司發展愈來愈正規、強大。

而她也逐漸成為這個圈子裡能獨當一面的投資人，十個月時間裡，沒有透過蔣禹赫，自己簽下了三部ＩＰ，還在努力開發與遊戲、動漫的合作。

「怎麼不說話。」溫妤去捏蔣禹赫的臉，「你這個頂流人物哥哥怎麼一點都不激動嘛。」

終於，在她堅持不懈地騷擾和威脅下，男人給了反應。

卻不是被威脅到後的害怕。

「你昨晚不夠累是不是。」

溫妤還沒意識到危險的靠近：「什麼？」

「現在很有力氣是不是。」

「……」

聽到這裡，溫妤已經明白他要做什麼了，可還沒來得及反應，人已經失去了主動地位。

蔣禹赫迅速欺身而上，沉沉的力量襲來。溫妤愣住，邊笑邊去推他，

「別鬧。」

「我警告你啊，今天可是決定要不要把你介紹給大家的日子，你要是不好好表現，我隨時繼續雪藏你！」

蔣禹赫輕吻她的耳垂，「好。」

「？」

「我會好好表現。」

「……」

一大清早，溫妤人沒了。

朦朦朧朧時，她聽到男人埋在她脖窩深處說：「如果破億了，我也有話跟你說。」

溫妤：「什麼話？」

蔣禹赫卻沒有再說下去，只親了她的臉頰：「準備好介紹我。」

溫妤：「……」

蔣禹赫這麼篤定，是因為到了今天，溫妤公開戀情已經勢在必行。

《瞬間》只是預售票房，在七夕前一天就已經達到了九千三百萬。

溫妤也明白，這個成績除了自己的付出和努力外，蔣禹赫在幕後沒少為她推波助瀾。

這十個月裡，比網友還想公開這段戀情的，就屬蔣禹赫了。

他已經被那些接二連三的假男友憋瘋了。

首映日，#大家今天一定要去看瞬間#高掛熱搜，知道前情的、後來被科普的，總之所有人都在八卦地等著溫妤的公佈。

作為電影最大的投資方，溫妤特地在京市某影城單獨包場，邀請圈內頗具分量的電影人、投資人、明星和媒體來現場看首映。

蔣禹赫也來了，只是很低調地坐在台下，沒有接受任何採訪。

旁人也都習慣了他的冷淡，以為他是導演陳有生請來的，沒有多想。

零點，京市各大電影院喧囂沸騰，人來人往，今晚大家都是吃瓜人，見面都要先問一句：

「你也來是衝一億的？」

「是啊哈哈哈今天必須等到一個結果，醉了，等了快一年了。」

「哈哈哈哈哈哈哈，衝衝衝！」

而媒體們也做好了準備，將這一年來被懷疑過的頂流人物幾乎人人都做了一份待發稿件。

只等溫妤官宣後，馬上發表爭搶獨家。

萬眾期待之下，零點，《我愛上你的那個瞬間》正式上映。

八卦網友直接開通了專屬微博，即時更新著票房資料，只等一億的到來。

而這一切，正參加首映觀禮的溫妤全不知道。

她坐在影廳裡，看著自己歷時一年多製作出的這部電影，就像是自己孕育出的孩子，今天終於看到了它的誕生。

看片過程中，觀眾為劇情開心過，爆笑過，到最後，也感動流淚過。

一個半小時後，電影結束，廳內燈亮，幾乎所有觀影人都發自肺腑地鼓起了掌。

原以為是一部商業愛情片，卻沒想到誠意十足，有笑有淚，讓人感觸良多。

主持人安排了溫妤和導演及演員們上場致謝發言。

現場有電影人發表著自己的觀後感，溫妤也參與其中的討論，就在大家在認真聽取觀影意見時，左後方，一家媒體的記者忽然響聲提醒——

「打擾一下。」

「溫總，票房一分鐘前破億了！」

彷彿一場盛典的高潮來臨，本來周圍還在一臉認真探討國內電影發展前景的眾人，忽然就八卦地舉起相機，將所有鏡頭對準了溫妤。

萬眾期待的一刻終於來臨，大家的迫不及待都寫在臉上，彷彿一秒都不願意再等：「溫總，破億了，是時候公佈一下您的戀情了。」

溫妤：「……」

溫妤想過很多次公開時的畫面，卻沒想到會來得這麼快，這麼突然。

甚至連首映觀禮還沒有舉行結束。

但，她也等這一刻很久很久了。

影廳亮著暗黃的燈，她愛的人就在台下。

此刻，他也在看著她。

溫妤收回視線，輕輕清了清嗓，「好。」

她來了她來了！

激動人心的時刻，數台高清攝影機對準了溫妤，等著她的發言。

娛樂圈最大的未解之謎終於要解開了。

面對一群黑乎乎的機器，溫妤無奈笑了笑。

深吸一口氣，她抬起頭，鄭重而溫柔地說：「其實我想過很多種介紹他的方式，可最後我發現，用再多語言去介紹都顯得累贅，他是一個直接的人。」

「他喜歡直接，用行動表達一切。」

「所以今天，我也想用行動告訴大家他是誰。」

「在這之前，我想謝謝他一路對我的支持和鼓勵，沒有他默默的付出，不會有今天的《瞬間》，也不會有現在的 Pisces 娛樂。」

「謝謝你。」

「我愛你。」

溫妤對著鏡頭緩緩說著，台下的蔣禹赫看似面無表情，但他眼裡的波瀾，只有溫妤懂。

直播間裡的網友急瘋了。

【你倒是說啊，是誰啊！】

【聽起來，頂流人物哥哥心甘情願為溫姐姐付出很久了。】

【竟然有些感動，所以到底是誰，說吧，我要哭了。】

【……就算是我家哥哥我也認了，趕緊生孩子去吧。】

現場記者也迫不及待要搶獨家——

「溫小姐是打算怎麼用行動介紹他給大家認識呢。」

聞言，溫妤慢慢站起來。

她的視線微微掠過蔣禹赫，很快又收回，「他就在這裡。」

眾人：「？？？？？」

直播間：【臥槽？臥槽！！！！】

今天現場被邀請來能稱之為頂流人物的男藝人，倒是有那麼兩、三個。

記者們下意識地開始把鏡頭分給那幾個男藝人，可就當他們都架好機位，隨時恭候著溫妤公佈名字時，溫妤卻忽然走到台下。

第一排，正中間的位置。

她站在蔣禹赫面前。

這一刻，她不再是那個當機立斷的投資人溫總。

這一刻，她只想做蔣禹赫掌心的寶貝。

伸開手，撒嬌地問他：「要抱我嗎？」

「在這裡。」

記者們：「……？？？」

眾人：「？？？？？」

還沒等所有人反應，大家就看到那個娛樂圈至高位置，從來都是一張高級無情臉的男人唇畔浮著笑意，接著起身，深深將面前的女人抱在懷裡。

所有人看呆了似的，現場至少有十多秒的靜止畫面，好半天記者們才一個接一個的調轉機位，把鏡頭對準了擁抱中的兩個人。

太！瘋！狂！了！

原以為的頂流人物男藝人，沒想到是娛樂圈最大的頂流人物資本家。

難怪要說他全面涉獵，難怪要說他流量無敵！

媒體們準備了無數頂流人物的稿件，唯獨沒有想過，這位男朋友會是幕後最大的資本大佬。

直播間的吃瓜網友也看傻了眼。

【我人傻了？這是什麼劇情……】

【這是大哥，真的大哥，我哥哥也要叫他大哥的那種。】

【失禮了，原來是大嫂，麻煩以後多多關照我家哥哥嗚嗚嗚嗚。】

【失禮加一，XX全體後援會向嫂子問好。】

【他媽的，我房子塌了啊啊啊啊！！真以為大哥沒粉絲嗎！！！啊啊啊啊啊哭了，怎麼會吃瓜吃到自己頭上！我愛蔣總啊！】

【朋友們，我翻出那次蔣總上熱搜的圖了，我放大再放大，你們猜我看到了什麼？】

【看到了，是她是她就是她！】

【代入一下溫姐姐之前說的初雪，和今天說的這些話，他們好相愛啊，嗚嗚嗚神仙愛情。】

【操，酸了。】

【酸了加一〇〇八六】

……

又是一個沸騰之夜。

調侃也好，祝福也好，吃瓜也好，溫妤和蔣禹赫都已經無暇去聽那些聲音了。

世界回復安靜後，他們牽著手來到電影院的頂樓。

蔣禹赫找了很久，才找到這麼一處，和朗嘉中心天臺風格相同的地方。

雖然一樣，但今晚這裡卻空空如也。

只是一個天臺。

入眼除了一張長椅，和幾塊巨大的廣告看板，什麼都沒有。

溫妤環視四周，心裡有些微妙的失望。

早上他說有話跟自己說，溫妤還以為……

看來是自己想多了。

溫妤不自然地扣緊了自己外套的口袋，把藏在裡面的東西塞深了些。

「溫妤。」蔣禹赫忽然叫她。

「嗯？」溫妤收起心底的那些小幻想，抬起頭，「怎麼。」

「坐。」

溫妤便順著在那把長椅上坐下。

蔣禹赫坐在她身邊，看著她，「知道我帶你上來幹什麼嗎。」

「不知道。」溫妤再次看了眼空蕩的四周，「你不是有話要跟我說嗎，說什麼？」

蔣禹赫低著頭，片刻，緩緩道——

「其實這句話上次在朗嘉的天臺我就想對你說，但那晚的我還不能公開身分，所以我一直在等。」

「等今天。」

「等你剛剛在那麼多人面前承認我的一刻。」

溫妤隱隱約約覺得蔣禹赫要做什麼，但又不是那麼肯定。

她心跳慢慢加速，「是什麼話？」

四目對視，蔣禹赫漆黑的眸看著她，眼裡沒了冷漠，只剩無盡溫柔。

半晌，他平靜地說——

「嫁給我。」

「……」

溫妤萬萬沒想到，在心裡期待了無數次的話，就這樣直接地被蔣禹赫說出來了。

她心跳變得更快，卻用笑聲掩飾住了眼角湧過的酸，「你是在跟我求婚嗎。」

「是。」

溫妤看了眼四周：「就在這裡？」

「在這裡。」

溫妤其實早就想過，蔣禹赫生性不喜歡熱鬧，感情內斂冷淡，所以一定也不會像別人的男朋友那樣，精心策劃什麼浪漫的求婚儀式。

一早做好了這樣的心理準備，所以現在這樣直白的求婚對溫妤來說，也談不上什麼失望。

只是他直接歸直接，溫妤才不想一口就答應。

總要慢慢逗他一會兒才行。

她佯裝不在意道：「那你是不是太摳了點，求婚一束花都不捨得買嗎。」

蔣禹赫頓了頓，「有花就嫁？」

溫妤睨他：「現在去買可不算數。」

蔣禹赫輕笑，拿起手機不知道按了什麼，沒過一分鐘，唐淮和幾個人從入口處走了過來。

唐淮手裡捧著黑金包裝紙包著的紅玫瑰，送到溫妤面前：「溫總，蔣總送您的花。」

溫妤：「……」

再看身後，隨唐淮一起走進來的人，手裡捧著大大小小不同的鮮花束，不出五分鐘，整個天臺四周都被鮮花點綴著。

芳香四溢。

……溫妤沒想到這個男人求個婚還玩起了欲擒故縱的把戲。

她倒要看看他多能幹。

捧著花，溫妤不以為然道：「你不覺得，求婚的氛圍差了點嗎。」

「你想要什麼氛圍？」

溫妤：「是不是應該來點音樂。」

蔣禹赫嗯了聲，「應該。」

溫妤正想說現場播的那種不要，耳邊忽然傳來了悠揚深沉的大提琴和鋼琴聲。

她愣住，視線循著聲音看過去，才發現天臺一側，剛剛被一些看板擋住的地方，現在被人緩緩移開。

他們夫妻正在演奏的這首曲子雋永溫柔，叫《愛的禮讚》，是英國一位作曲家寫給自己妻子，表達愛意的作品。

溫妤認出，那是劉團長和他的夫人。

那裡竟然多出一個小型的旋轉舞臺，舞臺上，大提琴手在左側，彈鋼琴的在右側。

天臺四周，細碎溫柔的光條也隨著曲聲亮起，一片一片，如星輝落在身邊。

蔣禹赫的聲音也在這時落下：「嫁嗎。」

溫妤從溫婉的音樂聲中回神，懵然地張了張嘴，「……你，你認真的嗎。」

「我從不開玩笑。」蔣禹赫看著她，深沉眼神裡藏滿炙熱，「又怎麼可能拿這件事開玩笑。」

溫妤忽然不會說話了似的，心突突跳著，緊張又激動。

手裡的花，身後的音樂……

溫妤很快意識到，蔣禹赫的這場求婚，不是沒有做準備。

相反。

他也許做足了自己能力範圍內的所有準備。

只要溫妤開口，他就會將她想要的畫面擺到她面前，最終給她一個完美的，她想像中求婚該有的場景。

溫妤不確定是不是真的這樣，她看著遠處黑暗的天際，試探著說：「人家祁總跟明婼姐姐求婚的時候可是放了很多漂亮的煙火的。」

言下之意，我也要有才行。

蔣禹赫沒說話，給了唐淮一個眼神。

唐淮立即照做，不知道手裡什麼時候多出的對講機，「二號準備，可以開始了。」

溫妤……？

還沒等自己反應過來，遠處的天空忽然絢爛一片，無數煙火齊齊升到空中，旋轉變幻，最後定格成一個 MARRY ME 的造型。

整個城市都被照亮了般，閃著熠熠的光。

溫妤直接看傻了。

是真的，竟然是真的……

她難以置信地看向蔣禹赫，張了張嘴，想說些什麼，卻發現自己什麼都說不出來。

似乎所有語言在這一刻的漫天煙火下，都顯得那麼平庸蒼白。

斑斕光影掠過溫妤的臉，她承認自己心動了，輕輕問蔣禹赫：「我心裡想的，你真的都知道嗎。」

蔣禹赫轉身看她，很肯定地回：「當然。」

對視片刻，溫妤直直指著對面的商場大樓，「我要那裡亮起來，我要你在上面說愛我，我要看俗氣的，我要今晚全京市的人都知道你在對我求婚。」

話音剛落，都不等蔣禹赫吩咐，唐淮馬上對著對講機：「六號準備，所有大樓同步播放，詞條一和詞條三持續十分鐘滾動。」

溫妤：「……」

半分鐘後，溫妤看到了不可思議的畫面。

以自己所處的高樓為中心，周邊所有辦公大樓、商場，只要是有液晶LED螢幕的，幾乎全部同時開始滾動起了「溫妤我愛你」、「嫁給我」這樣的話。

這種感覺大概就是，又羞恥又激動。

天臺還有人，溫妤手忙腳亂地對唐淮說：「可以了可以了，關掉吧，我看到了。」

蔣禹赫卻道：「十分鐘，一分鐘都不能少。」

頓了頓，「是你要的。」

「……」

溫妤原本就是想試試蔣禹赫是不是那麼料事如神，知道自己心裡在想什麼，會喜歡什麼。

她是真沒想到，他能連這麼「俗氣」的內容都準備了。

蔣禹赫這時又靠過來，聲音低低的，帶著點蠱惑：「肯嫁沒有？」

溫妤被正在閃的那些話弄得臉紅心跳的，偏偏這個男人還霸道地讓它們持續播著不停，一時羞得更不想鬆口，「你不覺得，求婚這樣的大日子，父母不在身邊很遺憾嗎。」

聞言，蔣禹赫輕輕一笑，「覺得。」

說完捧著溫妤的臉，慢慢轉到身後，「所以我請他們來了。」

溫妤這才發現，不知什麼時候，溫易安、宋知辛、蔣禹赫的父母，甚至連十二姨和何叔一家、蔣奶奶都來了。

溫妤驚呆了，愣然地站起身，唇囁嚅了兩下：「爸，媽，你們……」

兩位媽媽先後發言——

宋知辛：「妤妤，快答應禹赫吧。」

林數：「禹赫你給妤妤跪下，單膝，快。」

付文清也說：「魚魚呀，禹赫等這一天很久了，你們快在一起，讓奶奶抱個曾孫吧。」

十二姨：「魚魚你快答應少爺，我十二點就該睡覺的，這算是在加班呢。」

自己的家庭、蔣禹赫的家庭全部站在這裡見證著他們的重要時刻。

溫妤終於忍不住淚了目，投降般看著蔣禹赫，「你到底準備了多少。」

「很多。」

「你或許會喜歡的畫面，我都準備了。」

「只要你想，它就會成為我們這一刻的回憶。」

溫妤忍著想要衝破眼眶的眼淚，「所以我想要什麼你都知道是不是。」

蔣禹赫平靜地看著她：「是。」

「就算有不知道的，我也會努力讓自己跟上你的腳步去瞭解，去知道。」

「因為我希望，在每一次你開口的時候，我已經為你準備好了一切。」

溫妤眼裡的淚終於控制不住滑落，視線變得模糊，「那我還可以再考你一次嗎。」

說完自己都忍不住笑了，「對不起，我是不是有點作了。」

「今晚你是考官，」蔣禹赫輕輕揉了揉她的頭，「想怎麼考我，想怎麼作，都可以。」

溫妤噗哧一聲，聽得又哭又笑。

片刻，她用手背抹掉眼淚，然後伸出手。

掌心朝上，是索取的手勢。

這是她的考題。

她在和蔣禹赫要東西，卻沒有說要什麼。

夜風徐徐在兩人之間吹著，過去很久，就在溫妤以為蔣禹赫這次不可能再猜中自己的心思時，蔣禹赫緩緩從自己的西裝內袋裡拿出一樣東西。

遞到她的手心，「是要這個嗎。」

藍色的小泥人，腳底寫著金童兩個字。

那是溫妤第一次回江城時在望江橋買給蔣禹赫的禮物。

當時明明想買兄妹情深，最後卻不小心買成了金童玉女。

哥哥與妹妹，天造地設，百年好合。

看到蔣禹赫竟然連這麼刁鑽的心思都猜到，溫妤的情感再也控制不住，眼淚嘩啦啦地往下流。

「你怎麼什麼都知道……」

蔣禹赫幫她擦著眼淚，邊擦邊說——

「因為愛你。」

「因為每天睜開眼睛就想看到你，因為每個夜晚都想要身邊有你，因為想把你記入我的生命裡——」

聽到這裡，溫妤倏地用手堵住蔣禹赫的嘴，「別說了。」

她拚命克制著自己的情緒，害怕自己在戴上戒指前哭到花了妝，主動問：「戒指呢，求婚沒有戒指嗎。」

安靜幾秒，蔣禹赫忽然說：「在你手上，在我心裡。」

溫妤起初沒聽懂這八個字是什麼意思，反應了幾秒，才好像明白了什麼，垂眸看著手裡的小泥人。

在她手上，在他心裡。

溫妤心跳得厲害，慢慢揉搓小泥人心臟的位置，用指尖撥開，果然——在裡面找到了一枚晶瑩精緻的鑽戒。

看到戒指的瞬間，溫妤的眼淚突然不能控制似的往下直流。

蔣禹赫只以為她是太激動，輕拍著她的背，又扶正她的臉。

「別哭。」

「溫妤，看著我。」

溫妤抽泣著抬頭。

蔣禹赫從她手裡拿走戒指，慢慢單膝跪地，鄭重地說出了那句話——

「好好，嫁給我。」

溫妤卻不知被戳中了什麼，捂著臉哭了很久，哭到不會說話了似的，眼眶紅了一圈又一圈。

直到最後，才從自己外套的口袋裡也拿出一個粉色的泥人遞給蔣禹赫。

哽咽著說了同樣的話：「……在你手上，在我心裡。」

蔣禹赫微微愣住。

須臾，他好像明白了溫妤的意思，在小女孩同樣的心臟位置去尋找，慢慢撥開軟泥——

一張紙條。

裡面藏著一張紙條。

蔣禹赫抽出，攤在掌心。

清秀的字體寫著三個字。

那是她的回答——

「我願意。」

在一起這麼久，又何止是蔣禹赫瞭解溫妤的所有。

他們追逐相愛，早已是彼此生命裡最熟悉的陪伴者。

很早很早之前，溫妤就準備好了這一切。

想用這樣的方式告訴蔣禹赫，她藏在心裡最大的祕密，就是有一天，成為他的新娘。

今晚，他們終於如願以償，互相成全了彼此。

晚風和煦，相愛的人溫暖地擁吻在一起，濃烈愛意持久在天臺飄散著，融化著，飄向這座城市的每一處角落。

這是我們的瞬間。

也是永遠。

《綠茶要有綠茶的本事》　完

番外一／婚禮

正如溫妤所想，那一晚，全京市的人都知道了蔣禹赫對她的求婚。

在城市上空持續了半小時的求婚煙火，在城市中心持續不斷的大樓告白，凌晨的京市，所有行人都暫停下來，仰頭看著這場浪漫的盛宴。

微博那一晚也癱瘓了很長時間。

首映禮現場，溫妤撒嬌索抱，蔣禹赫寵溺將人擁進懷裡的畫面被製成動圖，幾乎是瞬間肆虐了整個微博。

就在眾網友還沒從吃了一年的瓜竟然是娛樂圈幕後點金勝手的大佬這件事裡緩過神來，整座城市緊隨而至地被這個男人霸氣的求婚點燃。

京市的網友紛紛打卡發圖——

【殺人啦，蔣總是不是憋了這麼久憋瘋了，京市這邊只要是棟樓，都在滾動宣誓主權！】

【是真的，我家在五環外都看到這邊的大樓在閃，單身狗流下了心酸的眼淚。】

【今晚誰也別想睡覺！都給我爬起來酸！】

【原來真的是辦公室娘娘，哈哈哈本亞盛員工不能多說，只能告訴大家，他們在一起已經很久很久了！！！老闆是真的獨愛她一個，各種破例！】

【有在嘉恆電影院看首映的朋友嗎，聽說蔣總就在頂樓跟溫姐姐求婚呢！】

因為這則訊息，溫妤和蔣禹赫從電影院離開的時候，街道幾乎被堵得水泄不通，車根本就進不來。

有觀影後收到消息沒離開的粉絲，有想要搶獨家頭條的記者，還有路過的吃瓜網友，裡三層外三層地圍住了路，都想看個新鮮熱騰騰的八卦。

後來很久，溫妤都記得那天自己出來時的樣子。

閃光燈劈裡啪啦地瘋狂閃著，比剛剛見過的那些煙火還要明亮，耳邊是各種各樣的聲音，有記者在問她問題，有網友在喊她和蔣禹赫的名字。

無數的燈光和聲音淹沒了溫妤，眼前黑壓壓一片全是人，是一條怎麼看都走不出去的路。

可她心裡卻一點都沒慌。

因為自始至終，都有一雙手牽著她，擋在她前面。

溫妤知道，這是她這一生都可以依靠的臂彎。

是她的歸屬，是她永遠的城牆。

&

兩人的婚禮自然水到渠成地到來。

蔣禹赫結婚對娛樂圈來說，不亞於任何一場頒獎盛事。

亞盛幾乎壟斷了圈內大大小小的業務，只要與娛樂有關的行業幾乎都有滲透，圈子裡的大哥結婚，靠他賞飯的人自然不敢怠慢。

結婚的消息才傳出來，家裡的賀禮就一波又一波，堆成了山。

關於婚禮，蔣禹赫也問過溫好——想隆重一點，還是低調一點。

如果要隆重，就在國內極盡奢華地去辦。

如果要低調，兩人帶著家人朋友去國外找個漂亮的小島完成儀式就好。

溫家長輩的意見是隨便兩個孩子，蔣家卻剛好相反。

林數表態說：「當初我跟禹赫他爸結婚就是悄悄找了個教堂，現在想起來都有些後悔，年輕人嘛，就是要轟轟烈烈一點，一輩子就這麼一次，有什麼好低調的，必須要隆重點。」

蔣奶奶也說：「就在國內吧，去國外我又得坐飛機，上次去美國可把我坐累死了。」

其實溫好覺得都無所謂，只要結婚的那個人是蔣禹赫，在哪裡都可以。

但因著付文清這句話，考慮到老太太年紀大了，最後兩人還是決定在國內舉行婚禮。

到了拍婚紗照那天，蔣禹赫突然說：「其實我也想隆重點。」

「為什麼？」溫好眨眼問她，「你不是最討厭熱鬧嗎。」

過去很久，蔣禹赫才輕輕淡淡地告訴她：「因為我想讓所有人都知道，溫好嫁給蔣禹赫了。」

溫好一下子便聽出他這句話的深層意思，笑著去捏他的臉：「幹嘛，想昭告天下我是你的人了，就沒人來跟你搶我了是不是。」

蔣禹赫倒是一點都不遮掩自己的佔有欲，很淡然地回答：「是。」

溫好抿笑，「那真巧。」

「巧什麼。」

「我也想讓全世界都知道。」溫好忽然靠了上去，輕輕吻了下蔣禹赫的唇，「蔣禹赫是我溫好的。」

微頓，似真似假地警告著——

「任何女人都不准打你的主意。」

兩人就這樣對視數秒，最後蔣禹赫輕輕一笑，把溫妤拉到懷裡抱住。

「嗯。」他垂眸，安撫懷裡的小貓，「我是你的。」

攝影師當即抓住了這個瞬間，成功拍下這張堪稱經典的對視照。

溫妤穿的是一套瑰麗優雅的白色魚尾婚紗，薄紗拼接綢緞，長長的拖尾裙完全襯托出了她絕佳的身材。

而一旁的蔣禹赫則依然雷打不動的黑色系。

原本攝影師想讓他換上白色襯衫，可真的換上了，拍出來又覺得少了些什麼。

後來就連攝影師也發現，蔣禹赫天生適合黑色的氣場，穿上白的，身上那股從內散發的矜貴和桀驁就沒了。

最後乾脆重新換上了黑色，搭配溫妤的溫柔白色魚尾婚紗，兩人的婚紗照真正可以稱得上是天作之合。

蔣禹赫雖然沒什麼表情，但眼裡的眼神是溫柔的。

身邊的溫妤頭靠在他肩側，唇輕輕地彎著，寫滿了幸福。

婚紗照一共拍了五個不同的婚紗款式，A字型、花苞型、抹胸款、魚尾款等等，全都是國外設計師的經典作品，白色仙氣，溫柔也高貴。

但婚禮現場的主婚紗，溫妤卻是自己定的，沒告訴任何人。

就連蔣禹赫問起，溫妤也保密說：「婚禮當天你不就知道了？嘿嘿。」

因此，溫妤為自己挑選的主婚紗，誰也不知道是什麼樣的。

&

這場世紀婚禮，註定將成為娛樂圈能載入史冊的重大熱門事件。

既然已經選了隆重，蔣家便極盡奢華地舉辦了這場婚禮，給溫妤的一切都是最好的。

伴郎伴娘除了雙方的三兩好友外，齊聚了彼此公司旗下的所有單身頂流人物。

婚禮也選在京市唯一的一家七星級國際飯店舉行，飯店坐落江邊，簡潔奢華。

為了今晚的婚禮，蔣家大手筆包下了整棟飯店用來給客人入住及休息。

從早上開始，交警就在附近的馬路監督嚴管，有效地分散車流，避免晚上這裡出現擁塞的情況。

到了五點半左右，飯店門口開始陸陸續續地出現各種豪車。

媒體們全部蹲守在外，記錄和見證著娛樂圈這樣一個熱鬧的夜晚。

電影圈的、電視圈的、音樂圈的、主持圈的……大咖們一個接一個的出現，彷彿一場盛大的紅毯秀，媒體的閃光燈都跟不上藝人出現的速度。

大家都面帶笑容，說著祝福的話。

今晚星光熠熠，明星雲集，整個京市都為之沸騰著，全網網友也在翹首以盼著婚禮的即時報導。

這是蔣禹赫和溫妤的婚禮。

也是他們人生中，最盛大的一場宴會。

這場奢侈的婚禮，蔣禹赫除了想讓全世界知道他娶了溫妤外，心裡想得更多的其實是——讓他的女孩，曾經落入泥濘的天之嬌女，在出嫁的這一刻，比過去更加明豔驕傲。

她值得，也應該站在最耀眼的地方走向自己。

七點半的時候，賓客幾乎都到了，現場高朋滿座，就連媒體都有單獨的二十桌。

婚禮即將開始，蔣禹赫也終於從無數寒暄熱鬧的祝福裡暫時抽身，走回臺上，靜靜等著他的新娘。

從早上迎親敬過父母的茶後，蔣禹赫就沒再看到溫妤。

雖然已經在一起兩年多，他熟知她的一切，樣貌更是早已刻進腦海裡，可不知為什麼，這未知的一刻，還是讓一向沉穩的蔣禹赫內心無法平靜起來。

主持人說著祝福的話，但蔣禹赫一句都沒聽進去。

他的眼睛只看著一個方向。

那道大門。

溫妤會走出來的地方。

終於，一頓開場白後，主持人總算說出了那句——

「有請我們的新娘，溫妤小姐。」

追光幾乎是一秒就齊齊打到了宴會廳的大門處，劉團長的愛韻樂團也在這時演奏起了蔣禹赫求婚時用的那首《愛的禮讚》。

現場全都安靜下來，被輕柔悠揚的琴聲環繞著。

眾人的視線也都看著門外。

蔣禹赫站在玻璃天橋的這一頭，靜靜等著他的新娘。

視線從未移開過。

終於。

大門被緩緩打開了。

看到溫妤的那一刻，蔣禹赫身形微頓，有幾秒的怔然。

原以為會看到溫妤穿著一身潔白的婚紗走出來，卻沒想到——他一眼看到了星光。

黑夜裡最亮的星，這一刻全部鋪灑在溫妤身上。

蔣禹赫的喉結在滾動，好像明白了什麼，情緒瞬間湧到了嗓間，壓抑著，克制著。

溫妤穿的是柔黑色的婚紗。

黑色輕紗高貴奢華，超長的拖尾上，每一根銀線都點綴著細鑽，忽明忽暗地閃動著。

溫妤每走一步，就好像帶著整片宇宙星河在前行。

這一刻，她是最璀璨奪目的存在。

宛如從夢幻古堡走出來的黑天鵝女王。

神祕，卻又美豔至極。

挽著溫易安的手，溫妤慢慢來到蔣禹赫面前，她輕輕抬頭。

在這一刻，也只有蔣禹赫懂她眼裡的千言萬語。

這是他們初遇那一刻的顏色。

是他們相愛的顏色。

至死不渝，永遠忠貞。

透明黑色的頭紗下，是讓蔣禹赫看了無數次還是會忍不住心動的那張臉。

初見是一眼驚豔。

但蔣禹赫現在才知道，無論多少眼，她總會一次次的，驚豔自己這一生的漫長歲月。

從溫易安手裡接過溫妤的手，都不等主持人按流程走，蔣禹赫再也忍不住，輕輕揭開頭紗，擁吻了他的新娘。

他等這一刻太久太久了。

在這個吻裡，缺失的靈魂也似乎終於圓滿了般，慢慢和身體融為一體，塵埃落定。

這個夜晚，一切都像他們最初的樣子。

也是可以預見的，未來最美的樣子。

&

熱搜上，#蔣禹赫溫妤大婚#的熱搜高居第一，直至婚禮結束還持續不下。

【哈哈哈哈蔣總有那麼迫不及待嗎，戒指還沒交換呢就要去親人家哈哈哈哈！】

【不能怪蔣總，新娘今天太美了，黑紗紅唇，沒有男人能控制得住吧？】

【所以說不是什麼女人都能做大哥的女人，瞧瞧這一身霸氣的黑婚紗，誰敢穿？】

【嗚嗚嗚嗚嗚溫姐姐太酷了，她出場的時候我感覺自己心跳都停了一拍。】

【我也是，我真的一點沒想到她會穿黑色的婚紗，太驚豔也太大膽了……】

【一個聽來的八卦，這兩人認識的時候，溫姐姐就穿黑裙子，可能是為了懷念初見吧。】

【嗚嗚，好浪漫啊啊啊啊啊啊啊。】

【真情實感地追了一年的CP結婚了，媽媽哭濕了一包衛生紙。】

從求婚到結婚，蔣禹赫和溫妤從未在網路上公開回應過什麼，但今晚，兩家公司的官方微博都忍不住各自發了祝福的話。

@亞盛集團：我們有老闆娘啦！

@Pisces娛樂：我們有姐夫啦，姐夫要好好愛姐姐哦！

數萬網友在兩家的回應下瘋狂嗑糧，而就在沸騰的網路之外，結束了一天婚禮的溫妤和蔣禹赫也終於回到了家。

溫妤累了一天，在回來的車上就睏到闔了眼。

是蔣禹赫把她抱回家的。

回到臥室，溫妤被動靜鬧醒，迷迷糊糊睜開眼睛，「回家了？」

她手還掛在蔣禹赫脖子上，蔣禹赫便放低了身體，保持姿勢不動，「嗯。我去幫你倒杯水？」

溫妤卻搖頭，把蔣禹赫抱緊了些，貼著自己。

「我想抱抱你。」

「……」

這樣的擁抱在過去每晚都會上演，只是不知道為什麼，今晚，彼此連擁抱都有了不同的感覺。

蔣禹赫輕輕牽住溫妤的手，還是他喜歡的方式，十指慢慢纏住，直至緊緊把她握在掌心。

溫妤看著他，眼裡的濃情化都化不開：「我現在，是不是應該叫你老公了。」

蔣禹赫撫著她的臉，「是。」

溫妤點點頭，喃喃自語著，「老公？老公……」

好像在感受這個新稱呼的感覺，過了會，溫妤又否定般搖著頭，撒嬌地說：「可我還是想叫哥哥。」

蔣禹赫並不在意這些，「那就哥哥。」

「到老了也可以這麼叫嗎。」

「可以。」

「老公。」

「嗯。」

「哥哥。」

「嗯。」

「老公？」

溫妤便開始來來回回地叫著，感受著他在自己生命裡新的身分。

「哥哥？」

「老公哥哥……唔——」

後面的話，溫妤沒能再說出來。

即便剛剛在婚禮現場已經吻過溫妤，可眼下，蔣禹赫忍了一晚上的情感還是無法控制地渴望宣洩。

這是他的新娘。

這是他們的新婚夜。

他只想，讓美好的事情變得更加美好。

嘰嘰喳喳的聲音消失，換成藏在呼吸裡的繾綣輕柔。

濃情時刻，溫妤閉著眼睛喃喃。

「有時我在想，如果當初我沒有來京市，又或者來了卻沒遇見你……我們怎麼辦。」

臥室好像悄悄披上了那件黑色的薄紗，月光所有的溫柔今晚都給了他們。

蔣禹赫深深吻著溫妤，握緊了她的手，啞著聲音說——

「你沒來，我會去。」

「無論多遠，無論你在哪。」

「我都會找到你，把你帶回我身邊。」

番外二／平行時空之你沒來我會去

音樂會當晚的受邀名單已經寄到了蔣禹赫的信箱裡，他從江城回來有兩天了，徹底解決乾淨黎蔓的事後才得空坐下，仔細瀏覽這份名單。

嘉賓一共是三十位，排除掉自己認識的，還剩不到十位來自其他領域的嘉賓。

在這最後十位裡再進行一輪排除，剩下的那個最符合可能的，便是江城小有名氣的名媛，趙文靜。

從照片上看，趙文靜的身材和送紙條給自己的神祕女人很接近。

只是蔣禹赫覺得，感覺不太對。

那份在心底縈繞許久的念念不忘，卻在看到這張臉時，半點波瀾都沒有。

蔣禹赫不知道問題出在哪裡。

他關了電腦，沒再看。

可之後的幾天，那個瀲灩的背影還是會在自己工作的間隙跳進腦海，揮之不去。

像一個解不開的心結，始終牽制著蔣禹赫，無法平靜。

他想知道她是誰，想知道她長什麼樣。

想知道，是怎樣性格的一個女人，才會寫下那麼有趣的一行字。

蔣禹赫不知道，這算不算是一種心動。

他明明只看到了一個背影。

卻始終無法忘記。

心底那股強烈的，想要找到她、認識她的衝動，根本沒有辦法克制。

於是，距離音樂會結束後的第六天，蔣禹赫決定重返江城。

去之前蔣禹赫讓祕書提前約了趙文靜。

雖然趙文靜的照片讓蔣禹赫覺得不太符合，但他還是打算見一下真人，至少問清楚，當晚送紙條給自己的是不是她。

會不會，是當晚現場燈光音樂的環境渲染，所以造成了這種照片上的偏差。

和趙文靜的見面是在江城一家著名的餐廳。

趙文靜很早就到了，她對突然被這麼一位優秀的男人邀請感到興奮不已，在朋友圈吹了一波自己可能要戀愛的訊息不說，還重點強調對方是娛樂圈最有權勢的資本大佬。

因此她無比鄭重地對待了這次見面，穿了剛買的新裙子，早早就到了餐廳。

蔣禹赫去的時候，她正在接電話。

「踢了她唄，她們溫家都那樣了還留在我們名人會幹嘛。」

「怕什麼呀，我就不信她溫妤破產了還能繼續耀武揚威。」

「放心踢，就說我准的。」

還未見到真人，只是聽這番話，蔣禹赫就皺了皺眉。

等走到座位上看到趙文靜的第一眼，那種直覺便愈發強烈。

不是她。

儘管這個女人的長相和打扮算上乘，也穿著差不多款式的絲絨裙，甚至連髮型都是一樣的長捲髮。

可蔣禹赫心裡有個聲音在告訴他——

趙文靜不是他要找的人。

出於尊重和禮貌，蔣禹赫還是問了一句：「音樂會那晚，是趙小姐給我的提示嗎。」

趙文靜眨了眨眼，不懂他的意思，「什麼提示？」

話到此，蔣禹赫便明白了。

他搖頭起身，沒在這個陌生女人身上浪費一絲時間：「抱歉，我找錯人了。」

趙文靜：「……？」

從餐廳離開，蔣禹赫在車上想了很久，決定再去一次音樂會的舉辦場地，朗嘉中心。

當晚因為是在天臺，所以沒有任何監視器可以查詢。

可蔣禹赫知道，他可以從大樓的電梯監視器去找線索。

他讓人聯繫了音樂會當晚的承辦方，以丟了東西為由調取了當晚朗嘉中心的電梯監視錄影。

但那晚電梯裡來來往往的人實在太多，就算是頂樓，也有不少得到消息的其他樓層路人偷偷跑上來在周邊偷看。

因此，光是從幾百個人裡找那個身影都花了蔣禹赫和厲白五個多小時。

但依然一無所獲。

當晚通往頂樓的，所有出現在電梯裡的，根本就沒有穿黑色絲絨裙的女人。

看到最後，蔣禹赫疲憊地起身離開。

他站在天臺上點了根菸，從模糊的煙霧裡俯瞰整個江城，不禁有些懷疑——

這個女人是真實存在的嗎。

她就那麼短暫驚豔地出現了一下，便再找不到半分痕跡。

可那張紙條上的每個字都寫得那麼清楚，又怎麼可能是自己幻想出來的人。

蔣禹赫不知道自己中了什麼邪，心裡的執念越來越深。

掘地三尺，也要把這個女人找出來。

抽完那根菸，蔣禹赫讓人找來活動的承辦方，決定一層一層查下去。

「有沒有工作人員私下帶親戚或朋友進來，必須如實交代。」

蔣禹赫是當晚所有嘉賓裡最不能得罪的人，他自稱掉了東西，誰也不敢怠慢。

活動方避免事情鬧大，將那天所有的負責人都聚集到了一起，一個個盤問。

在他們盤問的時間裡，蔣禹赫回了飯店。

他晚上有個應酬。

蔣禹赫這次完全是私事來江城，但行程還是被有心人知道了。

對方和亞盛有過幾次合作，也算是資歷較深的一家經紀公司的老闆，當晚便熱情地組了個飯局，說是給蔣禹赫介紹個演員，談談合作。

對方一直拍胸口說這個演員悟性好，有前途，還很遷就地願意在他住的飯店見面。

卑微成這樣，蔣禹赫不好再三拒絕。

於是那晚，飯店餐廳的包廂裡，蔣禹赫見了這位老牌經紀人前輩，也見到了他口中那位有前途的演員。

叫沈銘嘉，最近的確有些熱度，長得也還行。

只不過在蔣禹赫看來，資質普普通通，可塑性更是一般。

沈銘嘉這樣的類型，在娛樂圈一抓一大把。

蔣禹赫在看藝人是否有前途的眼光上很準。誰能紅，誰能長紅，他幾乎一眼就能看出個大概。

面前這位，最多兩年的花期。

老牌經紀人一直跟蔣禹赫誇著沈銘嘉的好，什麼努力認真，什麼謙遜禮貌，什麼對蔣禹赫早有敬佩之心，想簽約亞盛讓蔣禹赫帶著他成長。

這樣冠冕堂皇的話蔣禹赫聽得太多，內心根本沒什麼波瀾。

他是點金勝手，但也不是什麼貨色都點。

不知道為什麼，蔣禹赫看這個叫沈銘嘉的，沒來由地有幾分嫌惡。

是他過於討好的言語，還是有些小人的面相，亦或者是其他什麼原因，蔣禹赫也不知道。

總之，氣場不適。

隨意吃了點東西後蔣禹赫就沒了繼續應酬下去的興趣。

剛好這時，手機收到了新訊息。

是音樂會承辦方的負責人傳來的。

【抱歉蔣總，經過嚴查，的確有工作人員私下帶了兩個邀請名單外的人進過音樂會現場，但我想她們應該不是你要找的人，因為就是兩個年輕女生，而且也都算是有頭有臉的，應該不會拿走您的東西。】

看到這則訊息，蔣禹赫不禁微微坐正。

——兩個年輕女生。

這句話無疑給了蔣禹赫希望。

他從名單找到監視器都沒找到那個神祕女人，現在終於有了新的線索，當然不能放過。

蔣禹赫理了理西裝前襟，正要說聲有事先走，包廂的門忽然碰一聲被人踹開。

沒錯，絕對是踹開的力度。

服務生的聲音急切傳來，「小姐，你這樣不合適。」

可女人已經走了進來。

像陣風似的，直接走到沈銘嘉面前，譏諷的語氣：「怎麼，以為躲著我就找不到你人了？」

沈銘嘉幾天前剛從劇組殺青回了江城，今天又有這麼個機會被人引薦到蔣禹赫面前，正在賣力表現，卻不想溫妤突然找了過來。

他有些慌，下意識看了蔣禹赫一眼，卻發現對方眼神淡淡，似乎對突然的鬧劇並不感興趣。

也的確如此。

蔣禹赫連看都懶得抬眸，直接起身，「先走了。」

經紀人以為蔣禹赫是被溫妤的突然闖入搞到掃興，忙跟上來解釋說：「蔣總您別啊，都，都是誤會。」

可就算沒有這個女人的突然闖入，蔣禹赫也不打算留下來。

他還有更重要的事去做。

與溫妤擦肩而過的時候，蔣禹赫不經意掃了她一眼。

女人身材高挑，穿著一件卡其色的風衣，長髮很自然地垂落在身後，此刻眼裡有幾分惱怒，以至於臉頰兩側被怒氣染上了淡紅。

蔣禹赫腳步未停，心裡卻驀地劃過一種莫名的熟悉感。

好像在哪裡見過她，但又找不出具體的時間地點。

不過只是一瞬的分心，等蔣禹赫走出門外，那股念頭就自然地被擱置到一旁，被更重要的事代替。

本想馬上打電話給負責人問清楚，沒想到對方也是個會做事的，還不等蔣禹赫問，就主動把資料傳了過來。

【一位叫尤昕，是位演員，還有一位叫溫妤，是江城華度集團老闆的千金。】

溫妤？

名字有點耳熟。

只是幾秒，蔣禹赫便想起，那天在和趙文靜見面之前，從她口中聽過這個名字。

當時她的原話好像是——

「怕什麼呀，我就不信她溫妤破產了還能繼續耀武揚威。」

蔣禹赫皺了皺眉，正要繼續追問，那邊又傳來溫妤和尤昕的照片。

尤昕是短髮，照片直接被蔣禹赫一略帶過，等看到溫妤照片的一刻，身體瞬間頓住。

……這不就是剛剛衝進包廂的女人？

頃刻間，思緒發散灌入，蔣禹赫後知後覺地明白了那股熟悉感的原因。

是她身上的那件風衣。

在朗嘉大樓監控室看了五個多小時的監視錄影重播，蔣禹赫幾乎對每個進出過的身影都有了記憶點。

而這件卡其色的名牌風衣，他也記得清清楚楚。

是她。

她去過音樂會現場。

和見到趙文靜截然不同的感覺，蔣禹赫看著手機裡的照片，再仔細回憶那一晚清風下的背影。

好像玩了很久的拼圖遊戲，在多次嘗試後，終於將缺失的那一塊拼到了正確的位置上。

完全嵌合的歸屬感。

蔣禹赫停在餐廳的走道，回頭看向那個包廂。

陪同的厲白看出端倪，問：「怎麼了老闆？」

蔣禹赫微頓片刻便開始往回走，無比肯定的語氣——

「她在裡面。」

厲白：「？」

兩人剛重返包廂門口，包廂門從裡面被打開，一個身影氣勢洶洶地迎面而來，差點掀翻蔣禹赫。

蔣禹赫被那股氣勢弄得往後退了一步。

那道身影卻沒回頭，踩著高跟鞋揚長離去，風衣衣擺被帶起往後揚。

沈銘嘉氣急敗壞的聲音也緊隨而至：「溫妤你他媽給我站住！」

蔣禹赫視線從女人身上離開，落回包廂內。

沈銘嘉表情痛苦，像個蝦米一樣蜷縮著身體，雙手捂著襠部，頭髮到脖子都有酒。

都這樣了，還踉踉蹌蹌地要往前追。

是個長眼睛的都知道他剛剛經歷了什麼。

這個畫面的確是蔣禹赫沒有想過的。

他輕輕扯了扯唇，轉身同時跟厲白說了句：「按住他。」

厲白這時已經看懂剛剛離開的那個女人就是蔣禹赫要找的人，自然盡心要為老闆創造條件。

兩步上前攔在沈銘嘉胸前：「沈先生，請別打擾你不該打擾的人。」

沈銘嘉：「……」

&

怒踹了沈銘嘉命根子一腳後，溫妤頭也不回地下電梯，跑出了飯店。

大口大口呼吸到透涼的空氣時，她滿腦子的衝動和激進才緩緩平復下來。

可平復過後，卻被更沉重的無力感包裹著，透不過氣。

慢慢走到飯店門口的噴泉花台，溫妤終於忍不住原地坐下，把臉深深埋進臂彎裡。

溫妤永遠不會想到，只是短短幾天的時間，她就從江城人人羨慕的豪門小姐變成了背著一身債務的落魄千金。

原本想開開心心出發去京市拿自己訂的袖釦，只因在機場候機時打了十多通電話給父親溫易安沒打通，溫妤發覺不對勁，輾轉聯繫到了父親的祕書，這才得知——

公司正在面臨破產的命運。

溫妤哪裡還有出去玩的心思，立即回了家。這一週都在陪著父親，共同扛著一夜之間破產的患難現實。

債主的聲討，房產的變賣，圈子的降級。

短短幾天，溫妤經歷著人生中最大最突然的變故。可儘管這樣，她還天真地覺得自己那位男朋友會在這個時候會站出來。

不要求別的，至少，能陪著她度過這個難關。

可是沒有。

沈銘嘉給她的只有一則分手訊息。

連原因都沒有，直接告訴她：【我們結束了。】

之後無情封鎖。

溫好知道自己今非昔比，但也咽不下這口破產了就被甩掉的窩囊氣，好不容易被朋友告知沈銘嘉今晚在某飯店餐廳吃飯的消息，就衝動地找了過來。

這才有了剛剛那一幕。

可發洩過後，回歸現實的溫好並沒有覺得好過一點。

破產讓整個溫家陷入風霜之中，她才二十二歲，之前沒有任何危機意識，這幾天卻被迫看盡世態炎涼，看盡人情冷暖。

連那個一直說喜歡自己的男朋友都能這麼無情，她還可以相信誰。

這幾天，在溫易安面前，溫好永遠是笑著的。她必須用樂觀的情緒去安慰父親，撐起這個家。

可當全世界只剩下自己的時候，溫好還是難以控制地流露出心底最真實的情緒。

破產、被甩，彷彿所有的倒楣事都找上了自己。

溫好深深埋著頭，眼淚無聲地從臉頰淌過，卻好強地不讓自己發出一點聲音。

沉浸在自我修復的世界裡不知多久，溫好忽然感覺到，面前好像多了個人。

她忘了自己在哭，下意識就抬起了頭。

一眼便看到了站在面前的黑色身影。

噴泉花台有地面壁燈，可明明只是幾分微黃的燈影，卻好像全淬在了男人眼裡。

他的眼神深邃卻明亮，像深淵裡照進來的一點光，莫名止住了溫好的眼淚。

溫好認識他，卻不知道他為什麼要站在這裡。

她沒說話，安靜地看著他。

而蔣禹赫也在看著她。

那個一眼難忘的身影，終於真實地出現在自己面前。

儘管沒了那晚的明豔風情，儘管狼狽地在這裡哭著。

但只是這短暫而又漫長的一眼對視。

蔣禹赫就知道——

是她。

是自己夢裡的白月光，也會是這一生都難忘的朱砂痣。

那晚夜風徐徐，星空皓月，一切都剛好。

而你也剛好出現，照耀了我整個世界。

「你好，溫妤。」

番外三／溫清佑X蔣令薇

一

四月，美國邁阿密南海灘。

對於邁阿密這種處在熱帶氣候的城市來說，彼時正是一年中最佳的渡假時節。蔚藍的海水泛著波光，白色細軟的沙灘上，無數穿著火辣比基尼的美女和帥哥流連在這裡，有的玩著沙灘排球，有的激情衝浪，平和些的，則直接躺在沙灘椅上曬太陽。

比如——蔣令薇。

蔣令薇陪著奶奶付文清來美國渡假療養，這段時間驅車和一家人玩遍了美國多個城市，眼下一站，終於來到了邁阿密。

她最喜歡的城市之一。

熱情，自由。

蔣令薇穿著白色的比基尼躺在沙灘椅上，手裡捧一杯檸檬水，邊喝邊回閨蜜周芽的話——

「後悔有什麼辦法，生都生了，早就要你不要衝動。」

閨蜜周芽就躺在她旁邊的沙灘椅上，掀起自己泳衣的一角給蔣令薇看：「你看看我肚子上這道疤，我還是疤痕體質，這輩子沒辦法穿你這種性感的比基尼了。」

蔣令薇都沒側眼，「我才不看。」

周芽嘆了口氣，放好衣服：「還是羨慕你，一個人自由自在，我現在每天就在尿布和餵奶裡忙著，我老公白天上班幫不了我，今天要不是他休假在家，我都沒空來見你。」

閨蜜兩年前嫁到邁阿密，蔣令薇沒想到見面就聽她發了一大堆婚姻裡的牢騷。

她淡定地拿出防曬乳，「所以我早說過，結什麼婚，這輩子只想一個人獨美。」

周芽睨她：「你真不打算找個人結婚過日子？」

蔣令薇擠出一點防曬，伸長手臂一點點抹開，邊抹邊說：「為什麼要找人過日子，我一個人不能過嗎？」

頓了頓——

「我的生活，不需要任何人來加入。」

周芽若有所思地聽著，片刻搖搖頭：「也許是你還沒遇到命中的那個真愛，姻緣這種東西嘛，很難說的。」

蔣令薇似乎被這句話逗笑了，「哪來的真愛，抱歉，我只愛我自己。」

「……」周芽不以為然，「等你遇到了就不會這麼說了。」

畢竟能和蔣令薇成為閨蜜，之前的周芽也是同樣堅定的不婚主義者。

但自從兩年前遇到了那位真命天子，她竟甘願收心，雖然現在會在蔣令薇面前抱怨婚姻裡的瑣碎事，但總結起來——

「起碼生病難受的時候，他會陪著你，知道你冷暖，讓你有個依靠的肩膀，不會感到孤獨。」

蔣令薇微笑：「我不需要。」

周芽：「……」

她們這幫朋友裡，就算有還沒結婚的，也都有固定的伴侶了。

只有蔣令薇，二十七歲了，至今還孑然一身。

她不是找不到男人，長相美豔風情不說，學歷擺在那也甩同齡人N條街。

哥倫比亞大學法學院畢業，現在擔任家族公司亞盛集團的法律總顧問。

有長相，有學歷，家庭顯赫，方方面面堪稱完美。

偏偏從不談感情。

玩玩可以，絕不走心。

「行了，別總說這些沒意思的話題。」蔣令薇擦完防曬，收到一邊，「晚上別著急回去，陪我喝兩杯再走。」

周芽：「當然，好不容易出來玩一趟，今晚要跟你不醉不歸。」

這時付文清的聲音傳來：「令薇，你過來幫奶奶拍個照。」

蔣令薇看了看不遠處，對周芽說：「你等我一會。」

說完她起身，朝老太太站的地方走過去。

付文清正踩在淺灘裡，兒子、兒媳在一旁幫她拍著照，一家人開開心心地玩著。

蔣令薇走過去，「拍什麼？」

林數把相機給她，「幫我們跟奶奶拍個合照。」

蔣令薇接過相機，「那你們站好。」

淺灘裡的海水清澈見底，珊瑚和海藻時有浮現，蔣令薇人往後退，專注力都在相機的鏡頭裡，正想找一個合適的角度，卻沒注意被幾片雜亂的海藻勾住腳踝。

以至於再往後退的時候，身體瞬間失去了平衡。

眼看就要後仰摔在淺灘裡，一隻手從背後接住了她。

是一雙濕潤微涼的手。

掐在她腰間，穩穩扶住了她。

觸感很快就離開了蔣令薇的身體，短暫到好像從未接觸過。

卻莫名讓人心魂彷彿游離了一秒，走了神。

蔣令薇下意識回頭，正好和男人四目對視。

可僅僅半秒，對方便收回了視線，和好幾個男人拿著衝浪板走出了淺灘。

他渾身都是濕的，堪堪扶了她一下後，連頭都沒回就走了。

一句話都沒說。

這一秒，蔣令薇記住了這張臉。

幫付文清拍完照，老太太又和兒子兒媳去撿起了貝殼，蔣令薇回到沙灘椅上，視線卻在整片沙灘上徘徊。

周芽見她好像在找什麼，問：「找誰呢？」

蔣令薇輕輕咬著吸管，想著剛才那一個對視，自言自語道：「一個挺有意思的男人。」

周芽：「有意思？怎麼有意思？」

大概是見多了在各種場合下對自己曲意逢迎、諂媚討好的男人，突然出現這麼一個，在自己穿著這樣性感的比基尼，還掐了一把自己的腰的情況下，竟然能不聲不響，毫無反應地離開。

反而勾起了蔣令薇的興趣。

是個亞洲面孔，顏值很高，只是不知道是哪國人。

蔣令薇在沙灘上看了一圈都沒再看到那個身影，便也沒再記在心上，和周芽又聊了會，直到傍晚，付文清和父母都玩累了，一行人才回到飯店。

蔣令薇進電梯的同時，飯店另一側的電梯也緩緩打開。

溫清佑從裡面走出來，身邊跟了兩個男人，幾人邊走邊用英文說著什麼。

「忙了兩天，ＦＤ的合約總算拿到手了。」

「Derek，我們是不是應該慶祝一下？」

「我們晚上會去附近的酒吧坐坐，一起嗎？」

溫清佑搖頭，「不了，我想休息。」

ＦＤ公司的合約僵持了很久都沒拿下，無意中知道他們老闆喜歡衝浪這項運動，溫清佑陪著玩了兩次，對方對他熟練的衝浪技巧感到驚訝和佩服，幾輪下來，合約竟就此敲定。

吃完晚飯，同事們想要慶祝，結伴去了附近的酒吧，溫清佑想休息一下，獨自回了飯店。

進電梯的時候，不知為什麼，又突然改變了主意。

他按了十二樓，飯店自己的酒吧，很安靜的那種。

溫清佑打算過去喝兩杯。

晚上八點，蔣令薇帶父母和奶奶、閨蜜周芽在飯店的九樓餐廳用完餐，接著送幾個長輩回了房間。

全部安頓好他們後，才回自己的房間換了件中長款的裙子出來。

裙子是香檳色的，很柔軟的顏色，與膚色若隱若現地相襯，很有女人味。

周芽：「我們去哪裡喝？前面那條街有個酒吧不錯。」

蔣令薇卻搖搖頭：「就去十二樓，我奶奶在，她不喜歡我去那些酒吧玩。」

周芽想了想，「行，在哪裡喝都一樣。」

兩人一起去了十二樓，雖說是飯店自帶的酒吧，但地方也很大，比起外面的酒吧，這裡的環境更舒服些。

有歌手在臺上唱著安靜的歌，飯店的客人三三兩兩圍坐在一起，服務生穿梭在人群裡，氛圍安靜又自在。

蔣令薇和周芽坐下，各自要了一杯雞尾酒。

兩人從大學的事開始聊起，一杯接一杯，聊到半途，周芽忽然推了推蔣令薇的手臂：「看那邊。」

蔣令薇：「看什麼。」

「還能看什麼，當然是喊你看男人，我猜這個一定有拉丁混血，好帥。」

蔣令薇隨她指的視線看過去，接著不屑一顧地嗤了聲，「就這個？」

所謂的白人帥哥這些日子見得不少，但還真沒有一個能入她蔣大小姐的眼。

可就在收回視線的一瞬，蔣令薇的目光卻倏然停住。

停在了酒吧吧台那裡。

一個身影淡然地坐在高腳椅上，骨節分明的手很漂亮，漫不經心地托著酒杯，偶爾喝一口，放下，閒適地看著臺上的表演。

已經不是白天見到時穿著黑色衝浪服，渾身打濕的樣子。

現在的他，穿著白色的襯衫，袖口的鈕釦一絲不苟地繫著，臉上戴著金邊眼鏡。

衣冠楚楚，斯文矜貴。

卻又透著種難以征服的禁欲味。

……是他。

蔣令薇想到了腰上的那個微妙的觸感，牽了牽唇，抿了口杯子裡的酒，說：「真正帥的在那邊。」

周芽順著她的眼神看過去，「咦，你喜歡斯文掛？」

斯文？

蔣令薇輕輕笑了笑。

她的直覺告訴她，這個男人絕不是什麼斯文掛。

喝完杯子裡的酒，蔣令薇低聲對周芽說：「今晚不能陪你醉了。」

周芽：「啊？」

「我看上他了。」

「……」

還不等周芽開口，蔣令薇起身，鬆開紮在一起的長髮，朝吧台走過去。

周芽聞到了空氣裡瞬間蕩漾的，從蔣令薇髮絲裡散開的清香。

而這股香氣，很快從座位蔓延到了吧台。

蔣令薇很自然地在溫清佑旁邊的位置上坐下。

男人的眼神短暫地落過來兩秒，但並未有明顯反應。

這讓蔣令薇的征服欲又更重了些。

她用英文流利地向服務生要一杯酒，可卻在選擇付款或簽單的時候，皺了皺眉，假意道：「對不起，我忘了帶錢包出來。」

說完看向溫清佑，主動試探：「嗨，可以請我喝一杯嗎。」

鏡片後，男人的眼神淡淡打量了蔣令薇一眼，片刻，什麼都沒說，簽了她的單。

拿到酒，蔣令薇端起，對他一笑：「謝謝。」

溫清佑：「不用。」

至此，彼此的對話都是英文。

蔣令薇成功開啟了第一步，喝著杯子裡的酒，聽歌手唱完一曲後才又問他：「Chinese？」

溫清佑沒回，唇角卻漾了漾。

過了會兒才看向蔣令薇，用中文回她：「這杯酒，似乎應該你請我喝才對。」

蔣令薇沒想到他會突然跳轉話題到手裡的酒上。

她好整以暇地看著他：「為什麼？」

「白天我扶了你，不是嗎。」

「……」

蔣令薇還以為他不記得了。

還以為，那短到只有半秒的接觸，在他眼裡不屑一顧。

他甚至都沒再多看自己一眼。

蔣令薇撐著下巴，突然對這個男人更感興趣，「這麼說，你記得我？」

溫清佑不置可否，直接反問她：「所以你是故意坐到我這邊來的嗎。」

蔣令薇覺得愈發有趣起來，坐直，交疊起修長的雙腿，微微傾身，說：「我只是想靠近一點，看清楚扶住我腰的男人長什麼樣子而已。」

這句話，「扶住」根本不是關鍵。

關鍵是——她的腰。

他們曾經那半秒的肌膚之親。

溫清佑心領神會她的意思，唇角有微妙笑意，回應了她的注視，半晌才問：「那現在看清楚了嗎。」

蔣令薇搖了搖頭，意味不明的語氣：「不夠清楚。」

溫清佑似乎是笑了下，收回視線。

爵士歌手在臺上輕輕唱著歌，空氣莫名被一種氤氳的濕氣彌漫著。

兩人都暫時沒說話，若隱若無的曖昧在緩緩蔓延流動。

幾分鐘過去，臺上的歌手唱完了歌，現場有觀眾在鼓掌，溫清佑一口喝完杯中的酒，而後看她：「你也住這裡？」

蔣令薇聳聳肩：「我來找朋友，可她不在。」

溫清佑點點頭，起身要走，「晚安。」

蔣令薇也笑了笑，「晚安。」

可就在溫清佑離開後幾步，身後忽然傳來玻璃杯跌落地面的聲音。

他微頓，回頭。

蔣令薇和迎面走來的人撞到了一起，對方手上的酒水都灑落在她身上。胸口往下，濕了一片。

外國男人不斷對蔣令薇說著對不起，並且提出可以讓朋友帶她去洗手間清理。

但蔣令薇卻挑了挑眉，說不用。

她看著還在原地沒動的溫清佑，輕輕一笑，「我有朋友在等我。」

說完走過去，站在他面前，「介意借你的房間讓我清理一下嗎。」

&

很巧，溫清佑的房間跟蔣令薇竟然就是上下樓。

但蔣令薇沒有讓他知道自己也住在這裡。

成功進了男人的房間，看到茶几上的筆記型電腦和幾疊打開的複雜文件，再結合男人一身矜貴的穿著，蔣令薇就知道，自己看上的這個獵物絕不是什麼泛泛之輩。

他身上有種很特別的氣質，彷彿完全嵌合了自己的審美，讓她忍不住想要主動出手試探他，瞭解他。

甚至是——

擁有他。

彼此默認走到這個房間裡，其實就已經心照不宣。

成年男女，有些遊戲是不需要講規則的。

蔣令薇相信自己的眼光。

這場遊戲，他們勢均力敵。

她在溫清佑的浴室裡洗了個澡，原來的衣服已經髒了，只能隔著門口問他：「方便借一件你的襯衫給我嗎。」

兩分鐘後，溫清佑遞來了一件乾淨的白色襯衫。

上面有好聞的，屬於男人的味道。

蔣令薇在浴室裡吹乾了頭髮，穿好襯衫出來的時候，卻沒看到溫清佑的身影。

走出幾步才發現，男人坐在陽臺上。

電腦開著，他鏡片上反射著螢幕的光，似乎在辦公。

蔣令薇就站在背後看著他，莫名笑了笑。

他在幹什麼，想表達自己在這種環境下還可以心無旁騖，坐懷不亂嗎。

蔣令薇朝他走過去。

推開玻璃門，迎面的海風清涼醒人，卻吹不散房裡早已被燥熱縈繞上升的溫度。

蔣令薇沒有急著跟溫清佑說什麼，而是貼在陽臺上看著遠處。

夜晚的沙灘依然迷人，有人在那裡開派對，音樂聲人聲交雜在一起，勾勒出一個燈紅酒綠的奢靡世界。

那些人在擁抱自己想要的快樂。

而她，也不想荒廢這一個特別的夜晚。

身後這個男人，是上天為她安排的最好禮物。

頓了頓，蔣令薇對著空氣說：「你衝浪似乎玩得很好。」

身後的溫清佑淡道：「興趣而已。」

「可以教教我嗎。」蔣令薇轉了過來，背靠在陽臺上，似笑非笑地問他。

她光腳踩在地面，身上只穿了一件男人的白襯衫，鬆鬆垮垮的，在夜晚看著莫名的慵懶迷人。

溫清佑抬起頭，看著她。

片刻，緩緩蓋下筆記型電腦：「現在？」

蔣令薇看到了他這個動作，感覺男人應該懂了她的意思，慢慢走上前，故意坐在溫清佑腿上，聲音輕輕的，糅雜在曖昧的空氣裡：「你不想看清楚我的樣子嗎。」

蔣令薇說這句話的時候，海風應景地吹過來，吹起她的長髮，輕輕掠過溫清佑的臉。

她靠得很近，香氣在呼吸裡起伏。

有時候，女人的風情萬種比海風更誘人。

輕易便能淪陷。

一切也都在這個剛好的時刻發生。

四目對視，只是片刻，溫清佑便攬過蔣令薇的腰，主動吻住了她的唇。

彼此口中都有淡淡的酒氣，是互相吸引的味道。

蔣令薇早就知道，這絕不是一個斯文平和的男人。

褪去了斯文的外殼，內心的野性袒露無遺。

遠處的派對音樂是重金屬，直擊靈魂深處的躁動。

而他們在吹著海風的陽臺擁吻，張揚又熱烈。

時間好像停止在這一刻。

今夜海風剛好，夾雜了你的味道。

蔣令薇不知什麼時候被抱著回了房間，關上窗，遠離喧囂，一切都靜謐下來。

他們在這個寂靜的夜晚，互相擁抱，甘願沉淪。

邁阿密熱情似火。

而這，只是一個開始。

二

結束的時候是半夜。

發生了很久很久。

激情褪去，彼此的理智逐漸回溫，雖然還擁在一起，但卻已然多了幾分陌生的距離。

這大概是每對一夜情後的男女都會面臨的處境。

素不相識，只憑一時的喜歡和衝動發生。

「喝水嗎，幫你倒一杯。」溫清佑說。

「好。」

男人下床，隨手披了件浴袍。

驟然脫離開溫暖的懷抱，蔣令薇竟然有片刻的不適應。

那種感覺不知道是不是留戀，但在此之前，她從未這樣過。

她坐起來，靠在床上看溫清佑的背影。

他很高，拿杯子，彎腰倒水，每個動作都充滿了優雅的風度。

和剛剛在床上的樣子判若兩人。

水倒過來，蔣令薇喝了一口，很快便全部喝掉。

溫清佑問：「很渴？」

蔣令薇把空杯還給他，品著他這句話的意思，語氣裡也帶了幾分玩味，「你不也一樣。」

溫清佑微怔，而後垂眸笑，「我不是那個意思。」

「隨便什麼意思。」蔣令薇慢慢撿起地上的衣服，「我不在意這些。」

蔣令薇一件件穿好衣服，卻故意似的，在扣 bra 的時候說：「可以幫我一下嗎。」

沒等溫清佑開口，她的理由已經合理地擺了出來——

「你剛剛把我的手壓麻了。」

溫清佑微頓，沒說話，直接走到床邊，在她身側坐下。

手慢慢移至肩帶處，捏住兩端，扣到一起。

彎曲的指節有意無意地與肌膚觸碰劃過，電流不負責任地在兩人體內橫衝直撞。

氣氛莫名安靜，任由一切洶湧。

鬆手，溫清佑說：「好了。」

蔣令薇回頭看了他一眼，眼尾勾著笑：「經常幫人扣？」

溫清佑沒回答這個問題，只說了句：「挺漂亮。」

「你指什麼？」蔣令薇轉過身來，胸微微挺起面朝著他，「這裡，還是內衣？」

溫清佑還是那樣很輕地笑，沒再說話。

蔣令薇當然也不會像個十八歲的天真少女一樣去追問，她開始穿乾了的裙子，溫清佑看著她，

「不多睡一會？」

「不怕我一直睡在你這裡嗎。」

「……」

拉好裙子的拉鍊，蔣令薇站起來。

溫清佑也隨之站起。

好像結束了一場匆促又澎湃的故事，在說再見的時候，蔣令薇竟然第一次產生了其他的念頭。

她看著他，忽然道：「要不，認識下？」

安靜片刻，溫清佑靠近至面前，在她額角輕輕一吻，低淡的聲音也從上方落下來：「Take care。」

蔣令薇便懂了。

遊戲而已，誰都不想當真。

這種故事從來只有開始，沒有以後。

因此最後她亦微笑，瀟灑地說了拜拜。

&

回到房間，蔣令薇洗了個澡，洗去那一身的繾綣味道。

洗完想再睡會，卻怎麼都沒了睏意。

她拿出手機，才發現周芽在晚上十一點多的時候傳過訊息給她。

【你怎麼樣了？來真的？】

【怎麼不回？在忙？】

【靠，你不會在跟他……你瘋了嗎？第一次見面！】

在周芽的認知和瞭解裡，蔣令薇雖然不輕易走心，但更不輕易走腎。

蔣令薇平靜地開了瓶酒，倒在杯子裡，接著走到陽臺上坐下。

她喝著酒，看著不遠處的海平面。

即便還未日出，但黑暗中還是有細碎的光散落在上面。

海水波蕩，像他情動時漆黑的眼神。

是啊。

蔣令薇也在想，她是瘋了嗎。

剛剛竟然對這個遊戲產生了不想結束的念頭。

可他卻是理智的。

拒絕的同時，也拉回了自己。

蔣令薇一口喝掉杯子裡的紅酒，澀感沖過喉嚨，把心裡那些奇怪的想法一併淹沒下去。

她回了訊息給周芽：【玩玩而已，結束了。】

雖然就住在自己樓下。

但已經註定是不會再見的人。

一家人還要在邁阿密玩三天，所以，蔣令薇的房間要在三天之後才退。

第二天上午十點，她換了新衣服，坐在飯店大廳的沙發上等著父母和付文清下來的時候，不經意間又看到了溫清佑。

他和幾個白人男性走在一起，他在中間，一眼可辨的矜貴。

他手裡提著行李箱，顯然是要離開的樣子。

蔣令薇視線跟隨他的身影，直到離開。

消失在飯店大廳。

她驀地笑了笑。

不知剛剛的某一秒裡，自己在期待什麼。

期待他回頭？

蔣令薇自嘲地搖了搖頭。

怎麼回事啊你，一個匆匆過客而已，怎麼還上癮了。

付文清和兒子兒媳很快也下來，三個人開開心心的，如昨天一樣，對今天充滿了期待：「令薇，今天帶奶奶去哪裡玩？」

蔣令薇思緒回神，漫不經心地戴上墨鏡，笑著說：「去市中心逛逛吧。」

是啊，所有人都已經在今天了。

昨天是個過去式。

這一刻起，昨天，在自己的日曆裡被刪除了。

兩個月後。

某天，溫清佑在公司接到了周越的電話。

「你妹妹好像在做一些很衝動危險的事。」

這些年周越一直受雇於溫清佑，在國內幫忙看著父親和妹妹。

溫清佑皺了皺眉，「什麼危險的事？」

周越如實回答他查到的事，「她接近了娛樂圈一個勢力很大的男人，我猜測或許是想報復沈銘嘉。」

溫清佑當即坐正，快速提取了話裡的資訊後，仍有些不明，「為什麼說危險？」

「因為，她假裝失憶，認定對方是自己的親哥哥。」微頓，周越輕聲說：「也就是把對方故意稱為你。」

溫清佑：「……」

決定回國，也只花了兩天的時間。

收拾行李的時候，溫清佑從抽屜裡又拿起了那枚鈕釦。

準確說不是鈕釦，是裙子上的一個裝飾釘珠。

那個女人掉下的。

溫清佑是離開飯店時看到的，原本要隨手扔掉，卻不知為什麼，最後收在了口袋裡。

帶回了紐約。

至今。

好幾個失眠的晚上，溫清佑會把這個釘珠拿出來看，眼前會不受控制地浮現她的影子。

她坐在吧台對自己笑的樣子。

她穿著白襯衫背靠陽臺慵懶的樣子。

她緋紅薄汗不能自已的樣子。

溫清佑原以為只是一夜情緣，卻沒想回到紐約後，這些畫面卻怎麼都揮散不去。

好像隨著那顆釘珠，深深釘在了自己的世界。

他開始承認自己的懷念，甚至渴望再一次遇見。

後來也再去過那個沙灘，意料之中，一無所獲。

之後無數個夜晚，輾轉反側，卻再也觸碰不到真實的她。

像一場彩色的泡沫，破了，再難尋回。

原本打算就這樣慢慢放下，時間總能抹平一切，但溫清佑沒想到，回國後，妹妹溫好的一段話問醒了他。

——哥，你做過什麼後悔的事嗎。

當時，溫清佑腦中閃過的第一件事便是——

如果時光倒回兩個月前的那晚，在她提出認識一下的時候，他一定會毫不猶豫地說好。

而不是拒絕。

但沒有如果。

時間也不可能倒回，讓他再選一次。

彼時溫清佑正帶著溫妤從蔣禹赫的家裡離開，兩人坐在機場裡，面對這個問題，心裡想著不同的人。

最後溫妤選擇了不回頭。

她要往前走，她要走到喜歡的人身邊去。

就算前路是可以窺見的荊棘，就算最後不一定會有好的結果。

她還是義無反顧地去了。

那一刻，溫清佑莫名從妹妹身上受到了某種感染。

他開始想，或許……他也可以試試。

給自己一次再選的機會。

儘管如同大海撈針，儘管希望渺茫，但回國後的那一個多月裡，溫清佑還是在京市、江城、魔都等等一線城市的酒吧裡尋找著，希望可以再見到那個身影。

他只在聊天中得知她是來美國旅遊的，其他什麼都不知道。

這樣的尋找難如登天，幾乎沒有什麼可能。

溫清佑都明白，只不過還是想盡力一試，去博那〇．〇一％的微小希望而已。

直到後來，義無反顧的溫妤也黯然回到江城時，溫清佑才逐漸明白，生活的選擇題從來就沒有第二次再選的機會。

他慢慢放棄，訂了回紐約的機票。

可就在要回去前的兩週，妹妹的感情發生了逆轉。

蔣禹赫來江城找溫妤。

不清不楚的關係下，溫清佑並不是很放心他和溫妤之間的相處。因此，那一晚酒吧相約，他強硬說服了溫妤，十一點準時來酒吧門口接她。

卻沒想到，在一行人散場走出來時，溫妤拉著一個女人的手對他介紹：「哥，這是蔣姐姐，蔣家大小姐，蔣令薇。」

江城的晚上很熱鬧，四周都是人，酒吧門口更是燈紅酒綠。

像極了他們初見的那晚。

溫清佑猝不及防地，就看到了與腦中百轉千迴無數次的臉完全契合的女人。

他沒有任何準備地重遇了她。

還是在這樣一個巧合到讓人驚奇的關係下。

她是妹妹喜歡的男人的姐姐。

卻和自己有過一夜。

那幾秒，儘管溫清佑心中被巨浪掀翻了好幾輪，臉上卻還是波瀾不驚，平靜地對她伸出手：「你好，蔣小姐。」

蔣令薇眼中明顯也有怔然，但如他一樣，也淡定地回應了他的問好。

彼此都遮掩得很好。

好像從沒見過。

更不可能有那麼荒唐的一夜。

當時蔣禹赫和溫妤的感情還在牽扯，他非要她跟著去飯店寫合約，溫清佑剛好借這個機會順勢而上，進入他們的世界。

準確說，是進入她的世界。

蔣令薇。

去往飯店的路上，溫清佑問溫妤，「蔣禹赫什麼時候多了個姐姐出來。」

溫妤回他：「蔣姐姐這兩個月陪奶奶在美國渡假，前不久才回國，這次是跟著來江城玩玩的。」

玩玩？

和誰。

別的男人嗎。

可他們之前不也是玩玩。

想到這裡，溫清佑的心莫名被擰著，他沉默沒說話，溫妤卻自言自語地補充了很多蔣令薇的資訊。

「你別覺得蔣姐姐愛玩就是個花瓶，人家可是亞盛集團的副主席，整個法務部都是她在管，對了，她還是哥倫比亞大學法律系畢業的高材生，很厲害的。」

隻字片語，溫清佑又進一步瞭解了蔣令薇。

也終於明白，她為什麼會給自己那麼強的後勁，至今都緩不過來。

原來那種魅力是從骨子裡散發的。

她從來不是燈紅酒綠裡的普通女人。

蔣禹赫的車就在前面，溫清佑跟在後面，隱約能看到前車裡女人的背影。

過去怎麼找都找不到，沒想到當自己要放棄的時候，她又出現。

這算不算是上天給自己的又一次機會？

安靜了會，溫清佑故作隨意地問溫妤：「這麼優秀，結婚了嗎。」

溫妤不知道親哥哥和蔣令薇的這些風月事情，沒有防備地全盤托出：「沒有，連男朋友都沒有，剛剛在酒吧還說蔣奶奶催她呢。」

溫清佑沒說話。

但，唇角已然有了微微上揚的弧度。

回到飯店，停車場，兩輛車並排停下。

蔣禹赫和蔣令薇從旁邊下車，溫清佑和溫妤也緊跟其後。

四個人走在一起，內心卻都不平靜，各自藏著不同的心思。

有那麼一個瞬間，溫清佑的目光和蔣令薇碰到了一起，但她很快避開，似乎並不想跟他有交流。

從電梯裡出來，蔣禹赫態度淡淡地跟溫清佑說：「合約的事，我只想跟溫妤單獨談。」

「隨意。」溫清佑本也沒有要跟進去的想法，他看了眼手錶，「十二點前我來接妤妤。」

蔣禹赫沒說話，關了門。

看著緊閉的大門，溫清佑這才慢慢將視線落到隔壁。

那裡的人才是他真正跟過來的目的。

他走過去，抬手，敲門。

蔣令薇並沒有扭捏不見，事實上這段關係的重逢讓她也很愕然，自己的弟弟，對方的妹妹。跨越國家的一次一夜情。

竟然在幾個月後還能再遇見，以這樣的方式。

電視都不敢這麼演。

以至於在最初，蔣令薇以為自己認錯了人。

但看到那雙鏡片後的那雙眼睛，她彷彿瞬間被帶回了那個炙熱的夜晚。

她知道敲門的是他，平靜打開門，看了他一眼，讓開身體。

溫清佑有默契地走進去，門又關上。

房裡一時沉默，兩人都不知道該以什麼話題作為開始。

許久，溫清佑才主動說：「剛回來？」

蔣令薇：「嗯。」

接著又是一段很長的靜默。

他們之間確實不知從何說起，連問好都顯得多餘尷尬。

可說的也似乎只有那個衝動的夜晚。

迫切地希望從這種尷尬的氣氛裡走出來，蔣令薇乾脆直接表明了自己的立場：「溫先生，我希望，不要讓我弟弟知道我們的事。」

溫清佑微頓：「可以。」

「還有你妹妹，不要讓她知道。」

「可以。」

蔣令薇沉了口氣，最後說：「我們也一樣，就當沒認識過。」

可這次，溫清佑沒有答得那麼乾脆。

好幾秒後他才開口，聲音淡淡的，卻很有力：「不可以。」

「……？」

蔣令薇抬起頭，有些莫名：「你什麼意思。」

溫清佑凝眸看著她，兩個月沒見，她這張臉卻一點都不陌生。

好像那一晚就已經足夠記住一生，永遠都擺脫不了。

「我反悔了。」溫清佑說。

蔣令薇微怔，心跳得有點快，面色依然冷靜：「反悔什麼？」

「我想認識你，想瞭解你。」

「……」

蔣令薇的思緒莫名恍惚了幾秒，感覺聽到的話不太真實似的，那麼遙遠那麼陌生。

「抱歉。」她不覺笑了笑，又搖搖頭，移開視線看著窗外，「那天已經被我從記憶裡刪除了，我跟你，什麼都沒發生過。」

這句話，將彼此再見面後的距離瞬間拉遠，甚至比從前更遠。

溫清佑問她：「沒發生過？」

「是，沒發生過。」

話音落地，房間裡的溫度驟然變冷。

空氣一點點凝固，僵持到接近停滯，連帶著呼吸都跟著缺氧似的，稀薄急促。

蔣令薇的視線還落在窗外，她深呼吸了一下，正想繼續說彼此不要再聯繫的話，頭卻忽地被一雙手扳正。

強硬地對著他。

蔣令薇反應不及，灼熱的氣息已經湧了過來，封堵住她所有要說的話。

「……」

蔣令薇睜大了眼，沒想到溫清佑會這樣肆無忌憚，她去推他，扯他的衣服，去竭力分開彼此。

卻都是徒勞。

只是須臾，抗拒和糾纏也悄悄變成了不自覺地迎合。

蔣令薇喜歡邁阿密這座城市，是因為它熱情自由，總會給人意外的驚喜。

兩個月前的那晚是。

她不確定今晚的再見是不是，但意識已經不由自主，在代表自己給出答案。

許久後，溫清佑才鬆開她，氣息沙啞，「再問你一次，發生過嗎。」

蔣令薇平復著呼吸，努力拉回走失的靈魂。

她不知道溫清佑這樣的舉動是什麼意思。

是想在這座城市，同樣的飯店，同樣的夜晚，再跟她重溫一次他們的那場露水情緣？

她承認自己無法招架。

蔣令薇因此作出退讓：「不如你直說，你想要什麼。」

溫清佑看著她，半晌才輕輕說了一個字。

「你。」

三

蔣令薇覺得溫清佑提出的要求匪夷所思。

要她？

要她做什麼。

「要我？」蔣令薇挑眉看著溫清佑，手輕佻地去逗弄他的衣領，「我弟弟和你妹妹就在隔壁，你是不是太大膽了些。」

溫清佑知道她誤會了自己的意思。

他慢慢扯開蔣令薇的手，卻握到了手裡，「我要你這個人，不是你的身體。」

「……」

蔣令薇隱隱好像懂了他的意思，頓了頓，甩開他的手並後退兩步，渾身都是防備。

她抱胸，陌生地看著他：「別開玩笑了，玩玩而已，你怎麼還當真。」

溫清佑低頭，還是那樣淡淡的笑，「是，我當真了。」

蔣令薇沒說話，就那麼看著他。

安靜了很久，溫清佑才繼續，語氣多了幾分認真：「我想當真，行不行。」

蔣令薇的第一反應是笑了。

她承認自己對這個男人的第一面有好感，但這份好感止於邁阿密的那晚，止於他拒絕自己的那晚。

她本也不是什麼感情豐富的人，過去兩個多月，雖然身體還是會被他輕而易舉地調動，但若要說玩真的——

蔣令薇搖了搖頭，似笑非笑，「不行。」

溫清佑當然知道自己不可能那麼順利就打動她，更何況當初在邁阿密，是他先拒絕的。

所以現在蔣令薇的反應，在意料之中。

他的回應也很淡然，

「不試試又怎麼知道不行。」

「至少——」

溫清佑靠蔣令薇更近了些，低沉語音裡裹著幾分曖昧，「我們在某些方面很合拍。」

追蔣令薇的人不是沒有，但或許正因為顯赫的家世、學歷等門檻壓著，加上她本身的性格也桀驁難馴，讓那些追她的男人總是少了些勢均力敵的降服感。

蔣令薇一直覺得，愛情是靈魂的互相降服。

這其中當然也包括身體。

這是第一次有一個男人敢直白地在自己面前說這樣的話。

蔣令薇不禁一笑，被激起了興趣似的，無所謂地牽了牽唇，「行啊，那你就試試。」

那天開始，溫清佑對自己的人生有了重新的規劃。

她透過和溫妤的聊天，慢慢瞭解了蔣令薇的生活。

知道她工作之餘愛旅遊，愛泡酒吧，愛玩極限運動，可以說是完全的高級玩家。

好像一匹熱愛奔騰的烈馬，馳騁在自己的世界，不喜歡被人打擾。

溫清佑深知這樣的女人很難征服，做好了長線作戰的準備，因此退了回美國的機票，甚至連工作都轉移了一部分到國內。

她對自己越是拒絕，他的好奇心與征服欲也越強烈。

&

春天的時候，溫清佑和溫妤一起回到了京市。

他一邊在妹妹公司的同層樓處理美國那邊的公事，一邊在暗中走進蔣令薇的世界。

這一切，溫妤和蔣禹赫都不知情。

應該說，除了蔣令薇自己，誰都不知道溫清佑正在做的事。

蔣令薇起初以為溫清佑在江城說的那番話不過是一時興起，畢竟從江城到京市隔山隔山不說，他們之間還隔著個國家。

可沒想到只是幾天後，溫清佑就回到了她面前。

「第一次約會，你想去哪。」見面的那天，溫清佑問這個問題。

他們都不是小孩子，彎彎繞繞的心思無需遮掩，更何況是蔣令薇這樣的女人，溫清佑知道一切套路都沒用。

只能順著她，跟著她。

於是蔣令薇扯了扯唇，「MODU，去嗎？」

MODU是京市很知名的一家夜店，到了晚上門口會排起長隊的那種，無數年輕人熱愛消遣的地方。

溫清佑並不愛泡酒吧。

在他成人後的十多年裡，和蔣令薇的那晚是唯一一次違背底線的行為。

一次違背，便會如現在這般，數次違背。

他陪著她去酒吧，陪她喝酒，目睹她在玩家圈裡風情萬種。

那段時間溫清佑幾乎都在，像蔣令薇身邊最忠實的旁觀者。

看著她，如何在每個波瀾跌宕的夜晚，向自己演繹她的放縱不羈。

白天她是穿西裝制服裙的職場高管，到了晚上，燈光下，她如罌粟迷人卻不可侵犯。

誰都能靠近她，誰卻又都靠近不了她。

包括溫清佑。

這樣的生活持續了一個多月，蔣令薇只是讓溫清佑走進了她的世界，卻從未對他有任何承諾。

是溫清佑要說試試，是他要開始的。

他當然也有權利喊停，喊結束。

這看似是一個沒有未來的開始。

但溫清佑卻自始至終很淡然。

在蔣令薇喝醉的時候送她回家，在她和別的男人調情的時候平靜自若地看著。

看她要如何瘋給自己看。

看誰更沉得住氣。

終於，這段關係的轉折發生在某個意外的晚上。

蔣令薇依然和朋友們在熟悉的酒吧喝酒，溫清佑也依然陪著她。

他一如往常地溫潤淡然，接納她所有的放縱。

那晚，蔣令薇的朋友裡多了一個陌生的女人，女人眼角有傷，來後便和蔣令薇哭訴著。

溫清佑聽了個大概，女人是受到了家暴，來和蔣令薇諮詢法律上的相關求助。

蔣令薇情緒很激動，一邊罵朋友的老公不是東西，一邊又安撫著自己的朋友。

她性情真實自我，完全沒受豪門大小姐這樣頭銜的束縛，無論好壞，總熱忱地表達著自己的一切想法。

這或許也是溫清佑在日漸相處後更加喜歡她的原因。

可這種喜歡又是痛苦的。

她真實，熱愛自由，但似乎不包括他。

事情的轉折便在那晚的後來。

女人的老公一直在跟蹤她，得知她要對自己提起法律訴訟，將所有怒氣當場發洩，砸了蔣令薇的局不說，還要對她這個「幕後軍師」動手。

一百八的大高個，還帶了兩、三個男人來，換做平常，蔣令薇是絕對應付不住的。

幸好，那晚她不是一個人。

一直安靜坐在旁邊的溫清佑在局面混亂時強硬攔下了男人對蔣令薇伸出的手。

「別碰她。」他很淡地說。

別人溫清佑不管，他只管蔣令薇。

男人氣勢野蠻，見溫清佑白襯衫，戴眼鏡，斯斯文文的樣子，根本沒放在眼裡，反手就拿起酒瓶想教育他的多管閒事。

可他並不知道，如今這個看似衣冠楚楚的矜貴男人，也曾是掙扎在紐約底層，在刀尖上舔過血的少年。

他混跡在各種圈子裡長大，骨子裡的複雜遠比大家看到的多得多。

溫清佑只是擅於隱藏和掩飾過去，但不代表過去不存在。

不代表，他可以任由面前這個粗暴野蠻的男人對自己喜歡的女人有一絲冒犯。

溫清佑單一隻手便牽制住了他，接著慢條斯理地摘了手錶，脫了外套，在無數驚詫的眼光下，從溫潤的謙謙君子一秒變成了地獄裡嗜血惡魔般，用最血腥的方式讓那人為自己的狂妄付出代價。

冷徹入骨的聲音：「我說過，不准碰她。」

對方的額角被玻璃渣刺入很深，不斷流著血，早已嚇得魂飛魄散，連聲說抱歉的時候，警方也及時趕到。

是蔣令薇報的警。

在那個家暴男找到包廂來的時候她就猜到今晚會有事發生，所以早一步就做好了打算。只是完全沒想到，身邊這個看似完全無害的男人，會在幾分鐘後掌控了一切。

在蔣令薇的陳述下，警方最終帶走了女人和她的丈夫。

混亂的包廂，剩下的人也沒了玩樂的興致，紛紛因此離開。最後只剩蔣令薇和溫清佑兩個人。

蔣令薇絲毫沒有被這種場面嚇到，相反，讓她意外的是溫清佑的反差。

她在沙發上坐下，片刻，似笑非笑地，「你又給了我一次驚喜。」

溫清佑卻並沒有在意驚喜兩個字，他在意的是——

「又？」

他淡然坐到她對面，意味不明：「這麼說，我曾經給過你驚喜。」

蔣令薇不置可否，就那麼看著他，唇畔揚著幾絲自己才懂的笑意。

須臾幾秒，便靠過去吻住了他。

主動而熱烈。

兩個月前的那種激情在這一晚又復燃，蔣令薇好像認識了一個新的溫清佑，不僅是浮於表面，擁有好皮囊的溫清佑。

她反鎖了包廂。

他們在滿地凌亂中再一次去熱烈汲取對方的身體，去告訴對方彼此的感覺。

停留在玻璃碎片上的酒都好像被裹挾了香豔的味道，火熱地吞噬著包廂裡的所有空氣。

那是一場極致的纏綿。

也是他們抉擇追逐的開始。

&

那晚過後的很長一段日子裡，溫清佑和蔣令薇都過得很快樂。

跟所有情侶一樣，他們會在下班後一起吃飯，會手牽手去看電影，會在沒人看到的地方接吻，會背著所有人悄悄去旅遊，會在雨天氤氳霧氣的房間裡一次一次沉迷彼此。

蔣令薇承認，無論是精神還是身體，都在這個男人身上得到了極大的愉悅。

她開始減少去酒吧的次數，更多時候，她願意和溫清佑在一起，享受他帶給自己的改變和快樂。

連溫清佑也以為，和蔣令薇會這樣一直走下去，走到他覺得平穩的時候，給她一個家。

和妹妹好事成雙，蔣溫兩家，徹底成為一家人。

可冥冥之中，事情的發展總是出乎他的意料。

正如他們的遇見、重逢一樣，充滿著變數和意外。

地下關係維繫了兩個多月後，蔣令薇公司有事，出了一週的差。

回來後，小別勝新婚的兩人激情似火，剛好那天溫好不在家，溫清佑不想每次都躲躲藏藏地帶著蔣令薇去飯店，就把她帶回了家。

兩人從進門開始就不再掩飾對對方的渴望和思念。

親吻，擁抱，他們用最直接的方式表達著欲望。

可兩人怎麼都沒想到，溫好提前回來了。

甚至，連蔣禹赫都在。

地下關係就此被捅破。

被親弟弟看到的那一刻，蔣令薇是有些不自然的，但溫清佑神色平靜，根本不在意。

蔣禹赫強勢，對溫清佑似乎有些芥蒂，兩人在言語中起了微妙的衝突，蔣令薇在安撫雙方的同時，才知道原來弟弟和溫好也牽扯在一起。

就因為這樣，溫好被蔣禹赫帶離了溫清佑的住所。

公寓徹底成了溫清佑和蔣令薇的二人世界。

原以為生活的完全融入會將彼此拉得更近、更緊，可溫清佑沒想到，這卻是距離漸遠的開始。

一天早上，兩人正親密的時候，蔣令薇突然反胃嘔吐。

她撫著胸口，壓下一次又一次的噁心，推開溫清佑：「算了，有點不舒服。」

溫清佑看著她作嘔的樣子，驀地想起了什麼，皺了皺眉：「這幾天你不是應該生理期嗎？」

蔣令薇嗯了聲，「沒來。」

溫清佑很自然地聯想到了最大的可能，「是不是懷孕了。」

蔣令薇卻瞥他：「怎麼可能。」

「怎麼不可能。」溫清佑開始穿衣服，「我帶你去醫院看看，如果懷了——」

「沒有如果。」不等溫清佑說完，蔣令薇直直打斷他的話，「有了我也會拿掉。」

「……」

她的乾脆果斷讓溫清佑有些難以接受：「拿掉？」

「是啊。」蔣令薇轉過來看他，眼尾翹著，笑得滿不在乎，「你覺得我是那種會願意在家裡帶孩子的女人？」

溫清佑被她這句話怔到很久都不知道說什麼。

有好幾分鐘，他覺得自己抓在手裡的東西在慢慢流失。

也或者，他從就沒抓住過。

「令薇。」他聲音有點啞，「你是不是從沒想過，跟我有個家。」

蔣令薇看了他一眼，片刻又收回，低頭笑道，「現在這樣不好嗎。」

這是兩人在無數快樂的日子過去後，第一次聊到這個話題。

婚姻，家庭。

溫清佑不懂蔣令薇的意思，也或者是懂了，但還想聽得更直接一點。

他問她：「只是現在這樣？」

蔣令薇：「嗯？」

「好好會和你弟弟結婚，他們會有一個家。」

蔣令薇：「那是他們，不是我們。」

「你不想結婚？」

沉默了很久。

蔣令薇從床上起來，神色淡漠地穿衣服，「不想。」

蔣令薇很早之前就是不婚主義者。

在美國讀大學時，她在當地的婦女協會做過公益律師，見了太多悲傷的婚姻，見了太多被婚姻所傷的女人，見了太多無能為力的結果。

再加上自身的性格，早就促成她骨子裡根深蒂固的觀點。

可以有愛情。

但不需要婚姻。

愛情不需要一段關係的約束才能證明。

每個人都應該是獨立的個體。

結婚懷孕也不是每個女人生命裡必須要完成的任務。

她不想成為誰的妻子、誰的母親。

她只想做蔣令薇。

那場對話無疾而終。

蔣令薇也找藉口離開了公寓。

他們之間，慢慢有了一道無形的傷口。

那是一段跨不過去的距離。

溫清佑和溫妤一樣，從小家庭離異，感情缺失，他努力拚搏打鬥，人生的終極理想便是能有一個屬於自己的家，去彌補童年，彌補對圓滿的遺憾。

他渴望有一個家，有自己的愛人，有自己的孩子。

可這和蔣令薇的觀點完全背道而馳。

那天過後，兩人雖然努力裝作無事發生，但終究有些東西在微妙地改變。

溫清佑也想當沒有發生過那次的對話，先過好眼下的每一天。

至少，她還在身邊。

可也許是上天都要他們去面對。

一天，他在廁所的垃圾桶裡發現了一支驗孕棒。

顯示格裡的紅條被液體打濕，已經看不清最終的結果，只能看到有模糊的紅色，暈染了一片。

那時距離溫清佑和蔣令薇談話過去了一週，也就是說，這一週，蔣令薇還是沒來生理期。

不然她不會莫名做這個測試。

溫清佑立即打電話給她，接通響了好幾聲，好不容易接通，說話的卻是一個男人。

周圍是很嘈雜的音樂，一聽就知道是在什麼地方。

「誰找薇姐？」

溫清佑耐著性子，「我是她男朋友，叫她接電話。」

電話那邊不知說了什麼，男人忽然嘻笑著回道，「你誰啊，薇姐說她沒有男朋友，別他媽往臉上瞎貼金啊。」

本就在拚命克制的溫清佑徹底沒了耐心。

他掛了電話，直接拿著車鑰匙，從蔣令薇最喜歡玩的幾家酒吧開始，一家一家地找。

找到第三家的時候，終於在一個卡座看到了她的身影。

她身邊圍了好多人。

她好像又回到了之前的世界，盡情肆意地縱情聲色。

隔著喧囂的酒池，溫清佑遠遠地看著蔣令薇，那一刻，他知道有些事一旦說破，可能就回不去了。

只是他還不想放棄。

他走到蔣令薇面前，在眾人面前喊她的名字：「令薇。」

蔣令薇回頭，彷彿他也是她的玩伴之一，漫不經心地笑：「你來了？」

她甚至給他倒了杯酒，「坐。」

溫清佑不想跟她這樣互相逃避，強硬地把她拉到酒吧外。

「我有話問你。」

蔣令薇摸著被摔疼的手腕，「有什麼不能在裡面問？」

溫清佑拿出那根驗孕棒：「你不打算告訴我結果嗎？」

蔣令薇眼神微動，但很快又平靜。

「結果怎麼樣有區別嗎。」

「說清楚。」溫清佑克制著，「什麼意思。」

蔣令薇別開頭，有風生澀地吹到臉上，她輕輕一笑，「有沒有又怎麼樣，我說過，就算有我也會拿掉。」

溫清佑再也忍不住，紅著眼，雙手箍住她的肩，「你知不知道自己在說什麼？」

「我當然知道。」蔣令薇的眼神忽然變得很陌生，「是你不知道。」

她忽地彎唇，撩了撩長髮，笑得很無所謂，「玩玩而已，你會不會想太多了。」

那一刻，風似乎停止了流動，空氣陷入了死寂。

溫清佑能聽到心臟上血管被割裂的聲音，滾燙的血液失控地在體內衝擊洶湧，又慢慢冰凍住。

整顆心都沒了溫度。

很久很久，溫清佑才緩緩鬆開自己的手。

他什麼都沒說。

身體一點一點往後退，直到最後，絕決毅然地轉了身。

四

儘管被那句冷漠的話傷到心痛，可只是轉身走出去幾步，溫清佑還是停下了。

他停在那，知道自己這一轉身或許就真的再也不能回頭，身體裡有兩個聲音在掙扎。

是要純粹地喜歡她，還是成全自己的人生。

可這樣的掙扎也只是短短幾秒，溫清佑就重新轉了過去。

他在想，只要蔣令薇還在原地。

只要，她沒走。

可繽紛閃爍的霓虹燈下，早已沒了熟悉的身影。

剩下的只有風吹起的落葉，帶著幾分嘲諷的荒涼。

那一刻，溫清佑才明白。

原來他們之間，不是自己願意退讓就可以。

她不屬於他。

不屬於任何人。

而他本就愛她的熱烈與自由，現在又何必去摧毀那些美好。

有時，愛或許也應該是另一種方式的成全。

主動放手。

不要強迫她去一個不喜歡的世界。

&

酒吧裡，蔣令薇從外面回來後也沒再說過話。

驗孕棒是她故意讓溫清佑看到的。

她知道他會來問，知道他會緊張。可自從那天在家裡第一次嘔吐，溫清佑提出了婚姻這個話題時，她感到莫名的不安和焦慮。

她能感受到溫清佑對家庭的渴望，可又覺得自己承擔不了這個責任。

她給不了溫清佑未來。

她沒信心，也不敢去嘗試這樣一段過去一直被自己排斥的關係。

去醫院檢查時，也一度在想如果真的懷孕了，要怎麼辦。

說拿掉只是強撐鎮定的自我安慰，蔣令薇還不至於那麼冷血，可如果留下，她又還沒有做好這樣匆促的準備。

那幾天，蔣令薇的世界也一團亂麻，不知所措。

還好最後的檢查結果，只是工作太疲憊導致的內分泌失調，還有喝酒過多導致的胃炎。

雖然結果讓蔣令薇鬆了口氣，可就是矛盾掙扎的那幾天，讓她最終下了那樣的決定。

她主動去做那個無情的人，讓溫清佑不要再回頭，不要在她身上浪費時間。

正因為知道他的好，所以更不願意去傷害。

旁人問蔣令薇：「薇姐，剛那人誰啊？」

蔣令薇走了很久的神，才輕輕說：「陌路人。」

他們本就不是一路人，卻偏偏互相招惹。

如果不是這件事的突然發生，蔣令薇都一直以為，彼此只是風花雪月談場戀愛而已。

更不會想到，在溫清佑提出婚姻的話題時，她會因為自己的拒絕而感到不安。

她不知道自己從什麼時候開始，竟然在乎起了他的感受。

這種感覺讓蔣令薇很不習慣，她匆匆推開他，在自己的世界粉飾太平，希望一切都回到過去，她依然沒心沒肺，不會被任何人的情緒牽制。

也如她所願，酒吧那晚後，溫清佑沒有再聯繫過她。

或許，成年人的告別都是這樣，體面退出，不再打擾。

半個月後的某天早上，蔣禹赫告訴蔣令薇：「他要回紐約了。」

蔣令薇動作頓住，而後低下頭，「什麼時候。」

「明天。」

「……」

儘管想儘快從這段關係裡走出來，儘管蔣令薇曾經覺得自己從不會被任何事情任何人束縛，但是這次，她還是高估了自己。

那天的航班，是蔣令薇開車送蔣禹赫去的。

可她卻沒有進去，也要弟弟不要說自己來了的事。

相送止於門前，從此奔赴山海，各自天涯。

飛機起飛的時候，蔣令薇在心底說了一句珍重，卻始終不願意去承認那一刻酸澀的眼眶。

她只能安慰自己，只是有些不習慣罷了，和一生的無所約束比起來，這一刻的不捨不算什麼。

她是蔣令薇，是只屬於自己的蔣令薇。

這一段不到半年的關係就此戛然而止，在最熱烈的時候，亦以最熱烈的方式結束。

蔣令薇原以為自己能很快回到過去，可就連身邊人都看出來，自從溫清佑離開，她整個人都變了。

起初還照著過去的方式生活，可不自覺的，她總會在某個熱鬧的瞬間忽然走神。

好像失去了什麼，內心缺失了什麼。

漸漸的，她開始感到厭倦。

厭倦刺眼的燈光，厭倦刺耳的音樂，厭倦吵鬧的人群。

到最後，蔣令薇不知道是不是在厭倦自己。

八個月後，蔣禹赫要跟溫妤求婚，打算把她的家人都從美國請回來，共同見證他們的幸福時刻。

那一刻，蔣令薇覺得自己沉寂許久的心終於有了一絲波瀾。

她也終於發現，原來潛意識裡，自己一直在期待與這個男人有關的所有消息。

只是那點可笑的驕傲還不願承認罷了。

原來。

她從沒放下過。

然而最終，蔣令薇還是失望了。

求婚的那晚，蔣溫兩家人都在天臺。

唯獨沒有溫清佑。

他沒有回來。

一點餘地都沒有留給對方。

連妹妹的求婚都不願意回來，蔣令薇深知，在他心裡，與自己的這段故事或許已經成了永遠不想再面對的過去。

那晚過後，蔣令薇的話越來越少，日常除了工作，還是工作。

兩人在不同的世界生活前行，偶爾會從弟弟妹妹的隻字片語裡知道對方的近況，但，也僅此。

或許給彼此最後的愛，就是不再打擾。

又過去幾個月後，蔣令薇誰也沒有通知，買了一張去美國的機票，獨自踏上了旅途。

目的地卻不是紐約，而是邁阿密。

她和溫清佑第一次見面的地方。

又是一年四月，距離初見，已經過去整整一年。

可能是想給這段無疾而終的感情在心裡劃一個句號，蔣令薇重新來到這個城市。

閨蜜周芽知道她來，很熱情地接機，又領她去自己家裡做客。

周芽的孩子已經一歲多會走路了，咿咿呀呀地朝蔣令薇蹣跚走來，很是可愛。

蔣令薇笑著逗弄小孩，看著四周問，「什麼時候換房子的？」

周芽：「我老公一直都知道我想要個花園，就努力為我買下了這間房子，每天早上我會跟孩子在花園玩，他就在旁邊工作陪著我們。」

蔣令薇感慨說：「一年前你見我的時候還在抱怨帶孩子累。」

周芽笑了笑，「可我也跟你說過，有個人知道你冷暖，願意陪著你、幫著你，是很幸福的一件事呀。」

她回頭看著正在為寶貝泡奶的老公，「至少這一年，我們都在學著做父母，他也在很努力地給我驚喜，我們都在進步。」

蔣令薇沒說話，若有所思地聽著。

「人生嘛，總要往前走的，嘗試下不同的角色也是一種很棒的體驗，至少到目前為止，」周芽的眼神很滿足，「我很慶幸有他和寶寶陪著我。」

蔣令薇點頭，很輕嗯了聲，「你幸福就好。」

「你呢？還打算一直單身？」

周芽並不知道蔣令薇和溫清佑的事，她和所有朋友一樣，這一年來看到的依然是那個自由自在，隨心所欲的蔣大小姐。

面對這個問題，蔣令薇竟然第一次沒有那麼肯定地去回答。

換做過去，她早已拋出「當然」兩個字。

但現在，她卻很久都沒出聲。

周芽見她似乎有心思，問：「怎麼，有喜歡的人了？」

蔣令薇搖了搖頭，又笑笑，過了會才問她，「你當初和你老公結婚，真的一點都沒猶豫嗎。」

周芽：「沒有。」

「為什麼？」

「因為我無比確定他是我愛的人，我愛他，我的所有思想都告訴我想要跟他在一起，想和他有一個家，有一個長得像我和他的孩子。」

蔣令薇頓了頓：「那如果以後——」

如果以後不愛了呢。

如果婚姻裡一地雞毛，如果柴米油鹽很瑣碎，如果……

蔣令薇心裡有太多的如果。

周芽卻好像知道她要問什麼似的，輕輕一笑。

「哪有那麼多以後，你就是想得太多，那你怎麼不想想，如果明天就是世界末日，你連談以後的資格都沒有，那些本該屬於你們的快樂，就在你這樣的患得患失裡消失，你不會覺得遺憾嗎。」

「……」

「就算哪天他不愛我了，或者我不愛他了，我在婚姻這段旅程裡是失敗的，但我體驗過了，並不後悔。」

聊到最後，周芽說：「你呀，就是還沒遇到對的那個人罷了。」

&

從周芽家裡出來是下午五點。

蔣令薇叫車直奔一年前和家人渡假的那片沙灘。

沙灘熱鬧如昔，卻在蔣令薇心中再難有起伏。

終究有些東西變了就是變了，從前覺得這裡風情浪漫，現在再看，只剩下滿目的物是人非。

蔣令薇去了那家沙灘飯店，點名想要當初和溫清佑住的那間房。

卻被櫃檯人員告知——「對不起，那個房間已經被人訂下了。」

蔣令薇提出以雙倍房價跟客人調換，甚至十倍也可以。

可工作人員始終搖頭，「Sorry。」

蔣令薇失落地站了好一會，轉身想走，卻還是沒死心，又回頭問：「能不能問問那位客人，讓我進去看一眼可以嗎。」

只是一眼就夠了。

今天是他們認識一週年。

工作人員有些為難，蔣令薇又努力補充了句：「那裡是我和我男朋友相愛的地方，但我們分開了。」

蔣令薇不斷說著please，到最後，工作人員也被說動了似的，拿對講機問了客房服務，然後告訴蔣令薇。

「或許，你可以上去待一會，那位客人已經走了。」

蔣令薇說著謝謝，連忙上了電梯。

到房間門口的時候，客房部的人已經收到了櫃檯的指令，為她開了門。

「女士，最多十分鐘。」

蔣令薇點頭，走進房間。

房裡很乾淨，沒有住過的痕跡，推開陽臺的玻璃門，一眼可見不遠處的沙灘。

那一晚，他們曾經在這裡吹著海風，以為只是一場剛好的遊戲，卻不知最後成了生命中最深的一次烙印。

想起來，心會被燙得疼。

一年過去了，蔣令薇並沒有自己以為的那麼灑脫。

她看著遠處的沙灘，許多畫面在腦中浮現，雖有遺憾，卻又讓人滿足。

至少能有這樣一段回憶，證明她曾經擁有過。

那就夠了吧。

輕輕笑了笑，蔣令薇深呼吸了口氣，準備就此離開。

她朝房外走，卻在到門口的時候無意中瞥見床頭放著一束藍色的鳶尾花。

她腳下一頓，好像被戳中了什麼似的，忽然就停在了那。

鳶尾的花語是自由，是她最喜歡的花。

他知道。

藍色鳶尾靜靜擺放在床頭，蔣令薇不知道為什麼，心忽然跳得很快。

她慢慢走上前，拿起那束花，卻沒有發現任何卡片。

……是那位客人留下的嗎。

蔣令薇下意識回頭，可，房間裡只有她一個人。

她很難說清楚那一刻她在期待些什麼，可期待過後，便是更深的失落。

流沙從指縫中流走，終究一絲不剩。

清醒自己的妄想，蔣令薇自嘲地笑了笑，把花放回原位。

可就在放回那一瞬，她看到桌面上還放著另一樣東西。

很小一顆，晶晶亮亮的。

蔣令薇怔怔看了幾秒，馬上衝到門口問客房服務，「住在這裡的客人呢？」

對方回她：「他並沒有在這裡住，只是過來坐了會就走了。」

蔣令薇：「走了？什麼時候？」

「一小時前吧。」

「……」

蔣令薇快速下樓，在整個飯店大廳尋找，她四處去看，滿眼都是人，來來回回，在她眼前穿梭不停。

這一刻，好像全世界都是他，又都不是他。

蔣令薇所有的壓抑在這一刻決堤，她茫然看著人來人往的飯店，第一次承認和面對了自己的內心。

她很想他。

每天都是。

蔣令薇訂了最快的機票去紐約。

那個早就在心裡看了千千萬萬次的地址，她終於有勇氣邁開第一步，朝他走過去。

他。

蔣令薇不知道等待自己的會是什麼，但那一刻，就像周芽說的，所有思想都在告訴她——去找去找他。

無論隔著多遠的距離。

溫清佑的名片是蔣令薇無意中在弟弟蔣禹赫那裡看到的，當時她就偷偷拍了照片。

後來無數個失眠的夜晚，她會看著名片上的地址發呆。

恍恍惚惚一年，如今，她終於站在了這裡。

蔣令薇抬頭看著眼前的這棟大樓，想像著溫清佑每天從這裡出入工作的樣子，好像回到了他的世界般，內心都連帶著透進一絲陽光，明亮起來。

她平靜地站在辦公大樓的門口，想著也許會發生的畫面。

是說一句好久不見，還是熱烈地上前抱住他。

可就像蔣令薇自己說的，一年的時間，很多事都物是人非。

她以為的畫面也沒有發生。

她等到了溫清佑。

卻不是一個人。

他身邊還有另外一個女人。

女人穿著素淨的白裙，長髮柔軟，笑容也很溫柔，看向他的眼神充滿愛意。

而他，並肩走在她身邊，雖然沒什麼表情，卻也在安靜地聽她說。

他沒變，還是那樣，白色的襯衫乾淨整潔，比過去更加成熟穩重。

人流中，蔣令薇感覺心跳停止了一秒的跳動，她開始羞愧自己衝動的出現，想落荒離開時，兩人卻走到了面前。

她沒了退路。

只能抬頭看著他。

四目對視的一刻，時間好像定格在這個畫面裡。

人群來來去去，彼此是唯一的焦點。

溫清佑的表情頓在那，鏡片後的眼神裡看不出任何情緒，似乎有幾秒是有起伏的，但很快就淹沒在周圍的嘈雜裡，再難尋到半分波動。

「來出差？」他主動開了口。

蔣令薇努力笑了笑，「是，真巧。」

「飯店在附近？」

「嗯。」

「那，不打擾你了。」

「……好。」

蔣令薇親眼看著溫清佑收回視線，最終，與她擦肩而過。

這就是自己想要的結果嗎。

她急切又無措地轉過去，看著溫清佑的背影，離自己越來越遠。

彷彿回到了酒吧那晚，蔣令薇不願承認，卻又不得不承認——

或許有些轉身，的確就是最後一次。

不會再回頭。

蔣令薇就那樣站在街頭，這一次，就算是離開，她也想把他的身影看得再清楚一點。

她努力看著不斷拉遠的距離，可就在溫清佑快要消失在自己的視野裡時——

他突然停下了。

他背對著自己，最終還是停下了。

馬路邊揚起的風吹亂了蔣令薇的長髮，她卻不敢動，好像怕自己稍微動一下，眼前的畫面就會像泡沫一樣消失。

人潮洶湧的街頭，溫清佑轉了身。

他看著她，隔著喧囂，隔著山海，隔著那道跨不過去的距離。

最後還是沒忍住，穿越重重人海，走到她面前。

深深抱住了她。

「為什麼還要出現在我面前。」

蔣令薇說不出話，只知道，如果這是他們最後一次擁抱。

她一定會努力，用盡所有力氣去抱緊他。

不再鬆手。

在那天，蔣令薇居無定所一整年的心，終於才沉沉地落回了原處。

她不敢輕易去承諾什麼，越是在乎，就越怕自己會讓對方失望。

可至少這一次，她願意主動去試試。

那之後的一年，蔣令薇在紐約重新找了份工作，留在了父母身邊。

留在了溫清佑身邊。

他們依然像過去那樣，會在週末手牽手去看電影，會在有空的時候去旅遊，會在每一個夜晚比以往任何時候都熱烈地愛著對方。

不同的是。

溫清佑不再提結婚。

也嚴密地做著每次的措施。

他們小心翼翼地不再提過去，平淡又幸福地度過了一年的時間。

這期間，溫妤和蔣禹赫的孩子出生了，取名小十。

再後來，溫易安也成功追回了前妻的心，兩人再續前緣，讓溫清佑童年的遺憾總算得到了一絲彌補。

所有人都圓滿了，唯獨剩下他們。

時間緩緩地往前走著，又一年過去，溫妤的新電影要上映，小十不知不覺也滿了一周歲。

那一年，蔣令薇和父母一起回家過了新年。

溫清佑也陪著她回國，卻在蔣令薇提出一起去蔣家過年的時候拒絕了她。

他給自己找藉口，「有朋友約。」

但蔣令薇很清楚，他只是不想在長輩面前給自己壓力。

這幾年來他一直都這樣，冷靜透澈，從不提與結婚有關的半句話。

元宵節那晚，全家人都回了蔣家別墅，小十已經周歲了，長得乖巧可愛，看到蔣令薇會發出「姑姑」的音，奶裡奶氣。

蔣令薇發現，不知不覺間，自己竟然也會被這樣的聲音融化，發自內心地喜歡。

她不知道，自己是不是也即將擁有這樣的生活。

一週前她就開始有嘔吐的跡象，生理期也沒來。

這些年她早已經不那麼遊戲人間，酒喝得少，胃也早就養好，所以這一次，蔣令薇覺得應該是別的原因。

雖然每次他們都嚴密地做了措施，但她也知道，措施並不是百分百有用。

也許，那麼一點機率就被她遇到了呢。

過年期間，四處都喜氣洋洋，蔣令薇沒去醫院，想著過了元宵節再去檢查一下。

在父母家吃完團圓飯，溫清佑來接她。

他們約好了一起去看郊區的主題公園看花燈。

那晚，他們走在五彩繽紛的花燈裡，和最尋常的情侶一樣，牽手，拍照，傳遞著對新一年的期待。

在一處花燈前自拍時，蔣令薇的噁心感再次湧上，她下意識握住了溫清佑的手。

「清佑。」

溫清佑看到她臉色不對，馬上扶住她，「怎麼了？」

蔣令薇本想說什麼，可大概是晚上吃得有些豐富，她話都沒來得及說出口，就全部彎腰吐了出來。

溫清佑知道蔣令薇有胃病，第一次看到她吐得這麼厲害，根本沒往那方面想，馬上把人送去了醫院。

夜晚的急診很安靜，大家都沉浸在元宵節的喜樂氛圍裡。

病床前的電視上正重播著元宵晚會，明星在臺上熱鬧地唱著歌，而蔣令薇身邊，卻有著最安穩的陪伴。

檢查結果還沒出來，溫清佑買了暖胃的生薑茶，一邊泡一邊跟蔣令薇說：「今晚在家裡是不是又喝酒了。」

「我不看著你就亂來。」

「先把這杯茶喝了。」

溫清佑吹了吹，自己喝了一口確定了溫度才遞過來。

看到遞到面前的薑茶，蔣令薇忽然體會到了周芽當初說的話。

「有個人知你冷熱，在你生病的時候陪著你，有個依靠的肩膀，是件很幸福的事。」

蔣令薇從前覺得自己可以從容面對這一切，哪怕就是眼下，她一個人在醫院，也沒什麼大不了。

可是，如果有一個願意陪著自己的人，她又為什麼要拒絕呢。

明明他們可以互相陪伴，互相依靠。

當這一刻，蔣令薇開始想像與溫清佑相濡以沫到老的畫面時，或許已經明白了愛的意義。

最初重逢時，她其實不敢輕易承諾什麼。

內心在乎，又做不到馬上推翻長存心底的觀念。

可幸好，溫清佑是包容她的。

他給了她毫無壓力的幾年時光，也正是這份細水長流的陪伴，讓蔣令薇終於在歲月荏苒中看清了自己的心。

她可以，也願意永遠和他走下去。

走完這一生。

她比任何時候都確定，他就是自己生命中那個對的人。

這段路雖然走了很長時間，但好在，他們攜手走過來了。

「清佑。」蔣令薇從未那樣肯定地看著溫清佑，半晌，輕輕說：「我們結婚吧。」

「……」

「就當做我在求婚。」

蔣令薇拿出被溫清佑當初留在飯店床頭櫃的東西。

是她裙子上掉下的釘珠。

小小一顆，卻從頭到尾繫著他們的命運。

那一天，溫清佑原本是想去飯店告別，徹底放下蔣令薇，去試著接受家裡介紹的女孩。

卻沒想到第二天就看到了她。

她重新出現的那一刻，所有都黯然了，可所有又似乎都綺麗起來，重新有了顏色。

溫清佑只用了那幾步的距離就知道——

他這一生都不可能會放下。

安靜的病房裡，蔣令薇把釘珠放到溫清佑手心，聲音帶著笑——

「我想嫁給你。」

「娶我好不好。」

&

同年十二月，蔣令薇生下了一個可愛的男孩。

婚禮很熱鬧，孩子是他們的花童，懵懵懂懂地坐在小車上，為父母送上了定情一生的戒指。

多年後的某個夜晚，蔣令薇躺在溫清佑懷裡問他。

「那年在你辦公大樓下，如果你沒有回頭看我，我們會不會就這樣錯過了。」

可蔣令薇不知道的是。

早在酒吧那一別，溫清佑就回頭等過她。

之後無論多久再見，他還是會如當初那般。

只要她還在原地。

他們就不會走散。

我翻山越嶺，你是唯一的風景。

我愛你，從來都身不由己。

高寶書版集團
gobooks.com.tw

YH 090
綠茶要有綠茶的本事（下）
作　　者　蘇錢錢
責任編輯　陳柔含
封面設計　黃馨儀
內頁排版　賴姵均
企　　劃　何嘉雯

發 行 人　朱凱蕾
出　　版　英屬維京群島商高寶國際有限公司台灣分公司
　　　　　Global Group Holdings, Ltd.
地　　址　台北市內湖區洲子街88號3樓
網　　址　gobooks.com.tw
電　　話　(02) 27992788
電　　郵　readers@gobooks.com.tw（讀者服務部）
傳　　真　出版部(02) 27990909　行銷部 (02) 27993088
郵政劃撥　19394552
戶　　名　英屬維京群島商高寶國際有限公司台灣分公司
發　　行　英屬維京群島商高寶國際有限公司台灣分公司
初　　版　2022年7月

本著作物《綠茶要有綠茶的本事》，作者：蘇錢錢，由北京晉江原創網絡科技有限公司授權出版。

國家圖書館出版品預行編目(CIP)資料

綠茶要有綠茶的本事（下） / 蘇錢錢著. -- 臺北市
: 英屬維京群島商高寶國際有限公司臺灣分公司,
2022.07
　冊； 公分. --

ISBN 978-986-506-451-8(下冊：平裝).

857.7　　111008388